Kalima et la Nouvelle Arche

DU MÊME AUTEUR

Aux éditions De Borée

La Trace mystérieuse, roman, 2009
Le Fugitif de la Saint-Jean, roman, 2007

45, rue du Clos-Four – 63056 Clermont-Ferrand Cedex 2

Christian Bouchardy

Kalima et la Nouvelle Arche

I

SUR LES MURS DU BÂTIMENT de l'ONU à New York, derrière les drapeaux flottants des 193 pays, s'étalait une immense banderole aux couleurs de l'arc-en-ciel : « Congrès mondial de la dernière chance ».

Tous les pays du globe étaient présents, pas un seul président ne manquait. Grandes démocraties, pays émergents, dictatures, paradis artificiels, du plus petit au plus puissant, il n'en manquait pas un pour « sauver la planète », comme le stipulait le programme copieux des débats qui devaient durer cinq jours.

Contrairement aux règles habituelles, il n'y aurait pas de droit de veto. Chacun des pays signataires s'était engagé à respecter et à faire appliquer les décisions prises en commun à la majorité des deux tiers. Les échecs cuisants des sommets mondiaux précédents étaient dans toutes les têtes et l'état de l'environnement planétaire était tel que l'ensemble des dirigeants avait enfin compris que l'avenir de l'humanité pourrait bien être réellement en péril.

Comme l'avait dit le secrétaire général de l'ONU dans son discours d'introduction : « Soyons égoïstes ! Même si l'avenir des milieux naturels, des terres et des mers, de la faune et de la flore, nous importait peu (ce qui bien entendu n'est pas le cas), nous devrions impérativement sauver la planète, ne serait-ce que pour nous, car nous n'avons pas de berceau de rechange. »

Les deux premières journées de ce mégacolloque avaient été consacrées aux bilans. Le gratin de la recherche scientifique avait présenté un tableau irréfutable et apocalyptique : la quasi-totalité des sols et des eaux terrestres était durablement polluée. Les ressources naturelles avaient atteint un niveau d'épuisement qui excluait tout renouvellement à moyen terme. Les espèces animales et végétales disparaissaient à un rythme accéléré et sur des surfaces de plus en plus grandes. La misère s'étendait à des pays jadis considérés comme favorisés et des conflits liés à l'eau, aux énergies et à l'alimentation naissaient un peu partout sur le globe. Des hordes de migrants chassés de leurs pays par le réchauffement climatique se pressaient aux frontières des pays riches où les attendaient des armées protectionnistes de plus en plus fébriles.

Autant de raisons, parmi bien d'autres, qui avaient précipité le sommet de New York.

Les troisième et quatrième journées avaient permis de valider les enjeux et les actions indispensables pour remédier à une situation jugée par tous comme ne permettant aucune tergiversation.

Au soir de la quatrième séance, tous les médias du monde concluaient à une entente universelle qui devait déboucher dès le lendemain sur un plan d'action drastique mais essentiel. Bien que ne s'étant pas concertés, plusieurs éditorialistes avaient affiché le même mot à la une de leurs journaux et de leurs chroniques télévisées : « ENFIN ».

II

Au matin du cinquième jour, les orateurs prévus n'avaient pas encore rejoint la tribune et les chefs d'État finissaient à peine de s'installer et de mettre leur casque pour la traduction simultanée quand Kalima Green entra dans l'immense salle de conférences de l'ONU. L'assistance fut immédiatement subjuguée et devint progressivement silencieuse au rythme de l'avancée de la jeune femme dans l'allée centrale.

Elle tenait dans ses bras un oiseau mazouté qui s'agitait faiblement. Sous la couche noirâtre et gluante, on devinait le plumage et le bec coloré d'un macareux moine, une espèce marine qui plonge pour capturer des petits poissons et qui niche sur les côtes rocheuses.

Deux vigiles suivaient l'intruse, mais la détermination tranquille et la prestance de Kalima avaient annihilé toute velléité d'intervention de la part des cerbères. Le Premier ministre britannique, qui devait présider la séance, reconnut immédiatement sa compatriote et fit preuve d'une étonnante réactivité en l'invitant à le suivre sur l'estrade.

Il prit le micro et, devant les télévisions de cinquante pays qui retransmettaient le colloque en direct, il dit :

— Mesdames, messieurs, chers collègues, je vous présente Kalima Green, une amie anglo-kenyane que j'ai eu le plaisir de rencontrer aux dernières assises de l'Union internationale pour la conservation de la nature (UICN), et je dois vous dire que vous avez face à vous une des plus ardentes et des plus compétentes porte-parole de la faune sauvage. Cette charmante demoiselle a passé toute son enfance au Kenya où son père, un chercheur en zoologie, étudie les communautés animales de grands prédateurs, lions, guépards et autres. Il est à l'origine de l'ONG Wild Life Park qui a fondé la réserve naturelle et le centre de sauvegarde du même nom.

Puis, se tournant vers elle et cherchant à éviter un scandale public, il ajouta :

— Peut-être souhaitez-vous, mademoiselle, dire un mot rapide à notre prestigieuse assemblée, avant que nous commencions nos travaux dont vous connaissez l'importance, y compris pour les préoccupations qui sont les vôtres.

— Je vous remercie, monsieur Brown, soyez rassuré, je ne suis pas venue pour perturber une journée aussi cruciale, mais simplement apporter ce témoignage.

Elle brandit alors le macareux au-dessus de sa tête et prononça quelques phrases dans une langue que personne ne comprit, pas même le président du Kenya.

Kalima, fille d'un zoologue anglais et d'une Massaï, venait de s'exprimer dans sa langue maternelle. La perplexité régnait dans le rang des traducteurs dont on devinait les silhouettes derrière une rangée de vitres surplombant la salle.

Ram Gandhi, le responsable du staff informatique des interprètes, sonda du regard l'ensemble de ses collaborateurs, mais il ne rencontra que signes de dénégation et regards étonnés. Il approcha le petit micro de sa bouche et dit dans l'oreillette du responsable des débats :

— Désolé, monsieur le Premier ministre, mais personne ici n'est en mesure d'assurer la traduction. Que fait-on ?

Celui-ci reprit la parole et poursuivit :

— Chère mademoiselle Green, souhaitez-vous traduire la mystérieuse phrase que vous venez de prononcer. Elle dépasse les capacités de notre équipe de traducteurs qui est pourtant la plus performante qui soit.

Kalima ne prononça pas un mot, elle replaça l'oiseau contre son chemisier maculé, quitta la tribune et traversa à nouveau la salle en marchant lentement, avec une grâce irréelle. Un silence absolu régnait, pas un souffle ne sortit de la bouche des deux cents personnages les plus influents de la planète. Les têtes se tournaient en une vague de curiosité et d'admiration et suivaient les pas de celle dont l'image inonda les écrans du monde entier en quelques minutes.

— Merveilleux, ma puce ! exulta un grand gaillard à la barbe rousse en prenant Kalima dans ses bras, quand elle eut franchi la porte de sortie.

— Tu avais raison, ajouta une jeune brune qui portait un polo orné d'un dessin de baleine et du logo *Whales-Peace*. C'était une bonne idée de lancer notre action à ce moment-là, en présence de lord Brown qui te connaît.

— Reprenez le macareux, dit Kalima, viens Barberousse, je retourne au bateau me changer, je me sens toute bizarre, je crois que je vais pleurer.

— C'est normal après une émotion pareille, répondit Chris, le capitaine du bateau *Whales-Peace*, ancré dans le port de New York.

— Non, il y a autre chose, insista Kalima, j'avais l'impression de flotter, comme sur un nuage.

C'est alors qu'elle croisa le regard de Ram Gandhi. Le jeune homme était descendu précipitamment dans l'espoir de croiser Kalima et il dit la seule chose qui lui vint à l'esprit.

— Pardonnez mon intrusion, j'ai conscience qu'il n'y a pas de moment plus mal choisi pour vous aborder, mais je suis le responsable du pôle traduction et vous m'avez posé une colle.

Est-il possible, sans contrarier vos desseins, de connaître le sens de votre intervention ?

— Soyez gentil, intervint Chris, mon amie est très éprouvée, laissez-nous vos coordonnées et je vous promets que nous vous recontacterons.

Kalima ne pouvait détacher ses yeux de ceux de Ram, elle avait envie de prolonger la rencontre. Elle prit le bras de Chris, fit un signe de tête à Ram et les entraîna dans un coin du hall où étaient installés quelques fauteuils. À peine furent-ils assis qu'un homme âgé d'une cinquantaine d'années arriva en courant et se précipita vers le capitaine.

— Fais gaffe, Barberousse, une meute de journalistes cherche ta protégée. Je vous conseille de déguerpir au plus vite, sinon ça va être le carnage.

— Qui est-ce ? demanda Kalima.

— Ted Paterson, un ami journaliste au *New York Times*, il est des nôtres et a souvent fait des papiers sur nos combats.

Un brouhaha qui ne présageait rien de bon arrivait du fond du couloir.

— Venez, dit Ted, je connais une porte dérobée qui mène dans le parc, suivez-moi.

— Heureusement que vous étiez là, monsieur Paterson, remercia Kalima, je crois qu'il va falloir que je me mette au vert quelque temps.

— Bravo, en tout cas vous venez de réussir un coup fabuleux, unique dans l'histoire de la communication et du journalisme. Tous les grands de ce monde et des centaines de millions de téléspectateurs d'un coup. Chapeau !

Planté d'arbres en provenance de tous les continents, le parc de l'ONU était une pure merveille botanique. À la grande surprise de Chris et de Ted, Kalima les pria d'attendre un instant et elle entraîna Ram dans une allée fleurie au bout de laquelle se tenait un petit kiosque dont les montants étaient couverts de plantes grimpantes. Ils prirent place sur un des deux bancs semi-circulaires qui entouraient une petite table ronde en marbre.

— T'as vu comme ils sont beaux, observa Ted.

— À qui le dis-tu ! répondit Chris. Depuis cinq ans que je connais cette gamine, je suis en perpétuel émerveillement et, comme tu l'imagines, je ne suis pas le seul. De toute mon existence, je n'ai jamais vu une femme, et je pourrais même dire un humain, qui allie autant la grâce et la sensibilité.

— Les mecs ne sont pas ma tasse de thé, poursuivit Ted, mais avoue que l'Indien n'est pas mal non plus. Ça ferait un sacré couple.

— J'ai l'impression que tu peux mettre ta phrase au présent, tu as vu comment elle le regarde, et pourtant je n'ai jamais vu Kalima avec un garçon. Les prétendants ne manquent certes pas, mais sa passion pour la nature et les bêtes est telle qu'ils sont comme transparents pour elle.

Les yeux de Kalima étaient aussi noirs que ceux de Ram étaient clairs, d'un vert émeraude éclatant, de longs cils donnaient l'illusion d'un maquillage permanent. Ils étaient assis l'un près de l'autre depuis une minute, mais ils n'avaient émis aucun son, Ram se décida le premier :

— Maintenant que nous sommes seuls, pouvez-vous me traduire la phrase que vous avez prononcée ?

— Non, je ne peux pas, veuillez m'en excuser, elle est venue spontanément et je n'ai pas envie de la partager. Cela n'a rien à voir avec une quelconque prévention vous concernant, mais tout simplement je ne peux pas.

— Pourquoi alors m'avoir entraîné dans cet endroit tranquille ?

— Je n'en ai pas la moindre idée, j'éprouve une réelle attirance pour vous mais je suis incapable d'en comprendre la raison. J'ai l'étrange impression d'être guidée par un fil invisible et... oh ! Regardez un écureuil, il vient vers nous.

Un écureuil courait en effet dans l'allée en direction du kiosque, il bondit sur la table et se tourna face aux deux jeunes.

— Je vous attendais, dit l'animal, nous avons des choses très importantes à faire, il faut me suivre immédiatement.

— Elle est bonne, celle-là ! s'exclama Kalima en partant d'un grand rire. Voilà que les écureuils sont doués de parole maintenant.

— Parfaitement, répliqua le gracieux rongeur, cela doit vous paraître fantastique mais je suis en mission et vous êtes attendus avec impatience.

— Attendus où ? répondit Ram qui flairait un montage venant d'une émission de télévision du style « caméra cachée ».

— Je ne puis vous le révéler, mais je vous garantis que l'affaire est sérieuse, je dirais même vitale pour notre avenir à tous.

— C'est bon, la blague a assez duré, intervint Ram. Comment veux-tu nous faire croire une énormité pareille ?

— Je m'attendais à cette réaction bien normale, insista l'écureuil. Moi-même, j'ai été plus que sceptique quand on m'a demandé de venir vous chercher et surtout quand on m'a expliqué que je pourrais vous parler et que vous me comprendriez.

— Ça va, dit Ram, tu es mignon et cela est très amusant, mais j'ai à parler avec cette dame et tu serais très gentil de dire à ton patron, qui doit être caché avec une caméra dans la haie, que nous devons en terminer malgré l'originalité et le côté désopilant de son entreprise.

— Peux-tu venir sur mes genoux ? demanda Kalima. Je dois vérifier quelque chose.

En une seconde, l'écureuil sauta sur le sol et grimpa sur Kalima.

— Regardez, Ram, constata-t-elle en caressant l'animal, il s'agit d'un véritable écureuil, en chair et en os, avec une splendide fourrure. Comment ont-ils fait pour l'apprivoiser aussi bien et qu'on ait l'impression qu'il est vraiment doué de parole ?

— Je ne suis pas apprivoisé, mademoiselle, certes je vis dans ce parc urbain de l'ONU, mais je suis bien un animal sauvage, comme la pie que vous voyez là-haut sur le séquoia. Je l'appelle, vous allez voir.

— Hé oh, la pie ! Viens par là, j'ai besoin d'un coup de main.

L'oiseau prit son envol et vint se poser sur un des rebords du kiosque.

— Tu vois, l'écureuil, dit-elle, je t'avais prévenu qu'ils ne te croiraient pas et que tu aurais besoin de moi.

— Salut les tourtereaux, alors on ne veut pas discuter avec mon ami à poil, on joue les rationalistes, on refuse l'évidence, on vous invite à la fête et vous chipotez !

L'amusement fit place à la stupéfaction chez Kalima qui prit le bras de Ram et se serra contre lui.

— Vous avez entendu comme moi ?

— Je crains que oui, fit Ram dans un souffle. Quel cauchemar sommes-nous en train de vivre ?

— Ce n'est pas un cauchemar mais un rêve, rétorqua la pie, nous n'avons pas le droit de vous en dire plus, mais faites-nous confiance. Toi, Kalima, l'amie des bêtes, celle dont on a dit qu'elle est la sœur des animaux sauvages, tu devrais comprendre.

— Mais comprendre quoi ? C'est de la folie !

— Que te faut-il, de quelle preuve as-tu besoin ? questionna l'écureuil.

Kalima réfléchit un court instant et répondit :

— Vous voyez ce bouvreuil dans le figuier et les étourneaux qui passent en vol au-dessus des drapeaux, demandez-leur de venir ici puisque vous êtes si forts.

— Toi, le bouvreuil, et vous, la compagnie aérienne, venez ici ! cria la pie. Mademoiselle veut vous parler.

Trente secondes plus tard, le bouvreuil était posé sur le dos du banc et le kiosque se couvrait d'étourneaux.

— On se croirait dans *Les Oiseaux* d'Hitchcock, dit Ram.

— Pas du tout, mon gars, rétorqua la truculente pie, contrairement aux caricatures d'oiseaux dont tu parles, nous sommes pacifiques, je dirais même bienveillants et affectueux.

— De plus, nous avons impérativement besoin de vous, ajouta le bouvreuil.

Kalima caressait doucement la main de Ram qui semblait terrorisé.

— Ne soyez pas inquiet, jamais un animal ne ferait de mal à un homme sans une bonne raison, nous allons bien finir par comprendre.

— C'est facile, susurra une petite voix qui venait de sous le banc.

— Kalima se pencha et aperçut un ver de terre.

— Alors toi aussi tu parles ? dit-elle.

— Et pourquoi il ne parlerait pas ? C'est un animal comme un autre, persifla la pie, quand on vous dit que vous devez nous faire confiance.

L'écureuil monta sur l'épaule de Kalima et lui dit :

— Dès l'instant où vous m'avez vu, vous avez été en mesure de comprendre le langage de tous les animaux de la terre et désormais vous pouvez leur parler. Exceptionnellement, ceux-ci se comprennent également entre eux comme vous avez pu le constater.

— Puis-je appeler mon ami Chris ? demanda Kalima. Il doit s'inquiéter et je voudrais bien qu'il partage cet extraordinaire instant.

— Extraordinaire, tu l'as dit, répondit la pie, et c'est précisément parce que nous sommes dans ce qui peut vous paraître irréel qu'il est inutile de quérir ton ami le marin.

— Je le connais bien, s'interposa une mouette qui venait d'arriver, c'est un chic type, qui aime les oiseaux de mer, mais il ne pourra jamais communiquer avec nous, pas plus que les autres humains, il n'y a que vous deux, pour des raisons qu'on nous a interdit de révéler.

Situés à une centaine de mètres, Chris et Ted étaient de plus en plus intrigués et un peu inquiets à la vue du rassemblement d'animaux autour du kiosque.

— Si on allait voir ce qui se passe ? suggéra Ted. Tu ne trouves pas ça bizarre tous ces oiseaux qui arrivent de tous les côtés.

— Tu as raison, répondit Chris. Avec Kalima, je m'attends à tout concernant les animaux, mais là, il y a quelque chose d'anormal.

À l'instant où les deux amis se mirent en marche dans l'allée, tous les animaux s'enfuirent. Quand Chris et Ted parvinrent au kiosque, tout le monde avait disparu, y compris Kalima et Ram.

Ted aperçut un papier sur le banc et lut :

Cher Chris,

Nous devons partir précipitamment pour une cause inconnue. Ne te fais aucun souci, tout va bien, je te donnerai rapidement des nouvelles.

Affectueusement.

Kalima.

III

LE NAVIRE, TOUT EN BOIS, était immense, à tel point que la vue se perdait dans un horizon grouillant de millions d'animaux sauvages. Kalima et Ram avançaient lentement sur le pont en se frayant un passage au milieu des mammifères, des amphibiens et des reptiles. Le ciel était obscurci par des myriades d'oiseaux et d'insectes qui voletaient au-dessus de l'eau, des vagues de poissons entouraient le navire.

— Où sommes-nous ? demanda Kalima à l'écureuil. Je rêve ou je suis éveillée ?

— Les deux, oserais-je dire, mais n'ayez crainte, suivez-moi, je dois vous présenter à quelqu'un.

— Bonjour, on vous attendait, dit un éléphant en touchant délicatement l'épaule de Kalima, avec sa trompe. Sais-tu, Kalima, que je viens de la même région que toi, dans le parc de Massaï-Mara ?

— Et moi, je suis du pays de Ram, rétorqua un splendide tigre du Bengale, en se frottant contre la jambe du jeune Indien.

— Moi aussi, ajouta une jolie perruche verte qui se posa sur l'épaule de Ram.

L'écureuil intervint pour freiner les ardeurs de ses amis et leur fit signe pour qu'ils s'écartent et permettent aux humains de monter sur la passerelle. Une vieille femme, tout de blanc vêtue, ouvrit la porte d'une petite cabine et fit un geste d'accueil invitant Kalima et Ram à entrer.

— Soyez les bienvenus, je sais que vous êtes impatients de comprendre dans quelle aventure vous êtes embarqués, aussi vais-je aller directement à l'essentiel sans précautions oratoires particulières. Je suis la déesse mère, ou la Mère Nature, on m'appelle aussi la Terre Mère et vous êtes sur la Nouvelle Arche en compagnie d'un représentant de chacune des espèces animales vivant sur terre. Certainement avez-vous entendu parler du Déluge dont on retrouve la trace dans les mythes fondateurs de pratiquement toutes les civilisations du monde. Après que les cieux ont provoqué une immense inondation afin de punir les hommes de leurs abus, une arche a été envoyée pour recueillir tous les animaux innocents. Une des plus connues est celle de Noé, mais elle n'est pas la seule. Des millénaires plus tard, rien n'a changé, bien au contraire, la situation n'a cessé de s'aggraver, les hommes continuent à exploiter et à détruire pour leur seul profit. Désormais, il ne s'agit plus de les sanctionner en sauvant les animaux mais d'organiser la révolte de tous les êtres vivants sauvages pour montrer à l'homme qu'il est dans une impasse et qu'il ne peut plus, au risque de disparaître, se couper de son environnement naturel. Je vous prie de nous excuser de la brutalité avec laquelle vous avez été conviés à nous rejoindre mais nous avons impérativement besoin de votre aide et vous avez été choisis pour être le couple représentant l'humanité dans notre communauté.

— Tout cela n'est pas possible, s'inquiéta Ram. Comment sommes-nous arrivés ici, et pourquoi nous, parmi les dix milliards d'hommes qui peuplent la terre ?

— Il m'est impossible de répondre de façon rationnelle et classique aux multiples questions que vous devez vous poser. Nous sommes toujours sur la planète, la vraie, en l'occurrence notre Arche est située au milieu de l'océan Pacifique, le plus loin possible de toute terre habitée. Vous êtes arrivés tous les deux avec notre guide l'écureuil par la voie des airs.

— Mais nous n'avons rien vu, coupa Ram qui regardait sa montre. Il y a une minute, nous étions dans le parc de l'ONU et maintenant nous sommes au cœur du Pacifique à des milliers de kilomètres !

La Mère leur expliqua alors qu'ils devaient oublier toutes les références matérielles et techniques qui déterminaient précédemment leur comportement dans le temps et dans l'espace.

— Quand j'ai dit que vous êtes venus par la voie des airs, je voulais parler d'un déplacement proche de celui que font les ondes qui traversent la terre en quelques dizaines de secondes pour se matérialiser sur un écran de télévision ou d'ordinateur. Mais, pour être franche avec vous, ne cherchez pas à comprendre, vous êtes toujours bien vivants, en chair et en os, mais dans un monde fantastique.

— C'est la raison pour laquelle nous pouvons dialoguer avec les animaux ? demanda Kalima.

— Exactement, et comme vous l'a dit l'écureuil qui était mon envoyé spécial, vous êtes les seuls humains à pouvoir le faire.

Kalima baignait dans un bien-être absolu, sans états d'âme ni appréhension, comme si les années passées dans la nature au contact de la vie sauvage l'avaient prédestinée à vivre une situation si singulière. Quant à Ram, toujours aussi dubitatif, il réitéra ses motifs d'inquiétude. La Mère le prit par le bras et le guida sous le plateau du pont. La salle dans laquelle ils pénétrèrent était très grande, somptueuse pour un technicien tel que Ram.

— Vous comprenez, maintenant, lui dit la Mère avec un clin d'œil. Vous avez été choisi parce que vous êtes un génie de l'informatique. Nous avons spécialement équipé cette salle avec le matériel le plus performant qui soit, plus quelques perfectionnements qui, j'en suis certaine, vont vous ravir.

Mère Nature expliqua ensuite la répartition des rôles entre Kalima et Ram. Celle-ci ferait le lien entre les animaux et les hommes, quant à Ram il aurait à préparer et organiser les actions en fournissant aux occupants de l'Arche tous les éléments pratiques nécessaires.

— Je commence à comprendre, dit le jeune homme, mais vous ne nous avez pas défini pour autant quel serait mon rôle ?

— C'est à la fois très simple et très compliqué. Pour mener à bien les différentes opérations, nous avons besoin de mieux comprendre comment fonctionne la société humaine, c'est vous qui fournirez les renseignements concrets et utiles pour préparer nos interventions.

L'écureuil prit alors la parole et demanda à la Mère s'il pouvait donner un exemple concret pour éclairer la lanterne de Ram.

— Dans mon domaine, qui est celui des bois, expliqua le rongeur, on constate que les hommes anéantissent les dernières belles forêts de la planète de plus en plus rapidement et sur des surfaces toujours plus importantes. Nous allons chercher un moyen de les en empêcher, mais nous avons besoin de coordonner nos actions. Ce sera donc à vous de nous fournir les cartes des zones forestières les plus touchées, ainsi que la liste des grandes compagnies qui les exploitent. Si par exemple nous voulons arrêter les engins qui abattent et débitent les arbres, il nous faut savoir comment bloquer leur mécanique. Vous aurez dans ce cas précis à nous fournir le mode d'emploi du moteur et à nous dire comment les neutraliser.

— On peut aussi s'attaquer directement aux sièges des multinationales, renchérit la Mère. Pour cela, nous devrons avoir leur adresse, ainsi que les plans des locaux et des systèmes de sécurité.

Malgré la furieuse envie qu'elle avait de rejoindre les animaux sur le pont, Kalima suivait attentivement les explications de la maîtresse des lieux, sans pour autant être capable de faire la part des choses entre le réel et le surnaturel de la situation.

— Vous avez dit, la Mère, que nous étions dans le miraculeux, pourquoi alors solliciter les compétences de Ram ? Il doit vous être aisé d'agir par vos propres moyens ou bien le miracle s'arrêterait-il à la frontière du pouvoir des hommes ?

— C'est exactement ça, chère petite. Si je pouvais agir directement sur la volonté et le comportement des humains, il ne serait pas nécessaire d'avoir à les convaincre. Or cela dépasse mes pouvoirs. Le but de notre action est, je le répète, de faire prendre conscience aux hommes de leurs erreurs, afin qu'ils prennent eux-mêmes les mesures pour y remédier. Nous ne pouvons pas arrêter d'un coup de baguette magique toutes les exactions qu'ils commettent, sinon tu penses bien que nous l'aurions déjà fait. L'homme doit être responsable de ses actes, c'est le prix à payer pour sa liberté. Mes pouvoirs surnaturels s'arrêtent à la nature, exception faite de vous deux qui serez le trait d'union entre eux et nous.

Cette idée d'être passeur entre la vie sauvage et les hommes enthousiasmait Kalima. C'était là tout le sens de son geste à l'ONU avec le macareux mazouté, à la différence notable qu'avant l'arrivée de la Mère et de son Arche pas un animal n'était en mesure de comprendre le sort qu'il subissait.

Comme si la Mère lisait dans les pensées de Kalima, elle précisa :

— Attention, Kalima, ne va pas croire que désormais vous allez communiquer avec les animaux en permanence. Cet état de fait est totalement provisoire. Dès que la situation sera redevenue supportable, tout rentrera dans l'ordre. Il n'y aura plus d'Arche et chacun d'entre nous reprendra le cours normal de sa vie.

— Mais justement, rétorqua Ram, nous étions tous réunis au Congrès mondial de la dernière chance pour régler les problèmes et repartir d'un bon pied. Au moment où vous nous avez enlevés, tout se passait bien, les pays, unanimes, étaient sur le point de signer le protocole international le plus ambitieux jamais ratifié.

Loin de partager l'émerveillement de Kalima, Ram, qui n'était pas un naturaliste, ne pouvait se débarrasser d'une étrange sensation de malaise. Cet infatigable travailleur, à la conscience professionnelle sans faille, était parti de rien, d'un simple village du Rajasthan, pour se hisser au sommet de l'échelle sociale en devenant un brillant informaticien de renommée internationale. Pour la première fois de sa vie, il avait l'impression d'avoir abandonné son poste, qui plus est au moment le moins opportun, dans une mission de la plus haute importance, qui devait être l'accomplissement de sa jeune carrière.

— Je vous sens inquiet, lui dit la Mère. Vous voulez savoir comment se déroule le congrès. Asseyez-vous, prenez les commandes de votre poste. Vous pouvez recevoir tous les médias du monde en direct.

Ram s'installa et pressa chacun des boutons de la rampe d'allumage des ordinateurs. La salle s'illumina comme un arbre de Noël. Un vrai régal pour ce passionné de technologie qui, en quelques minutes, maîtrisa l'essentiel des rouages de la machine.

« Chacun sa passion », pensa Kalima, en observant les yeux brillants de plaisir et la dextérité de son compagnon d'aventure.

— Si vous pouviez m'expliquer ce que vous faites, demanda la Mère, j'en serais enchantée, car je ne comprends strictement rien à vos manipulations.

— Je serais heureuse d'en profiter aussi, ajouta Kalima, qui se glissa derrière le siège de Ram et frôla son épaule en récupérant la perruche verte.

— Regardez bien, dit Ram, je suis en train de me connecter directement sur le système de vidéotransmission de la salle de conférences de l'ONU. Sur l'écran de gauche, vous voyez l'image officielle qui est retransmise sur les télévisions de tous les pays, sur celui de droite apparaissent les scènes captées par les caméras de contrôle de l'ensemble du bâtiment de l'ONU. Il suffit que j'appuie sur ce bouton pour changer de caméra et de lieu. Ici, par exemple, je suis dans le hall d'entrée puis dans le couloir et maintenant dans la grande salle. Attendez, chut... Écoutez, il se passe quelque chose de bizarre.

IV

TED PATERSON avait invité son ami Chris à le rejoindre dans la tribune de presse qui dominait la salle des congrès de l'ONU. Alors qu'ils parlaient de la mystérieuse disparition de Kalima et de Ram, Ted remarqua lui aussi que quelque chose d'anormal se produisait.

— Regarde, Chris, nos chers dirigeants semblent bien agités, ils n'écoutent plus les intervenants, ils chuchotent entre eux tout en ayant les yeux rivés sur leur tablette numérique.

— Tu sais, répondit Barberousse, s'ils ne consultent pas leur « jouet » toutes les deux minutes, ils croient que la Terre va s'arrêter de tourner. Un jour, j'ai participé à une réunion avec la ministre de l'Environnement de la France, c'est tout juste si j'ai vu la couleur de ses yeux, elle n'a pas arrêté de lire et de taper ses messages sur son iPhone. C'en était indécent.

Ted avait pourtant raison, quelque chose de plus grave que la simple addiction aux appareils numériques perturbait le déroulement des débats. Il consulta son propre engin et comprit immédiatement.

— C'est la panique, ce que nous redoutions par-dessus tout est en train d'arriver.

— Mais de quoi parles-tu ? s'inquiéta Chris.

— Les Bourses du monde entier sont en train de s'effondrer. Elles clôturent avec des baisses encore jamais vues. Regarde, le Dow Jones est à moins 19 points, le CAC 40 à moins 25, le yen japonais qui ferme dans une heure est déjà à moins 12. C'était trop beau pour être vrai. Ce matin, en conférence de rédaction du *New York Times*, nous nous étonnions que les marchés financiers n'aient pas encore réagi aux conséquences du colloque. Maintenant qu'ils connaissent précisément le catalogue des mesures qui doivent être votées, c'est parti, ils rappellent aux chefs d'État qui sont les vrais patrons.

— Peut-être s'agit-il simplement d'un coup de semonce, dit le marin, dont l'optimisme viscéral était bien connu.

— Tu rigoles, répondit Ted, nous sommes dans un véritable krach boursier. Comment veux-tu que les multinationales et leurs actionnaires qui se gavent sur le dos des ressources naturelles en détruisant l'environnement acceptent de perdre leur poule aux œufs d'or ?

— Mais c'est du suicide !

— Bien sûr, mais ce n'est pas nouveau, il y a longtemps qu'on leur dit qu'ils scient la branche sur laquelle ils sont assis, mais leur âpreté au gain n'a d'égal que leur cynisme, tu le sais aussi bien que moi.

Chris le savait en effet, comme Kalima et Ram qui, depuis la salle de transmission de l'Arche, faisaient le même constat.

— J'ai l'impression que le Congrès mondial de la dernière chance a du plomb dans l'aile, dit Ram, qui venait de zoomer avec une caméra de contrôle sur le président de son pays, l'Inde, assis à côté du dirigeant chinois. Le chef du gouvernement indien tapait un texto sur sa tablette dont la grande dimension permettait à Ram de lire le contenu sans difficulté.

— Il informe son ministre des Finances qu'il va immédiatement rentrer en Inde et il lui demande de freiner autant que possible la chute de la roupie. Maintenant, il consulte les cours de la Bourse en se frappant la tête en signe de catastrophe.

Quant au président chinois, il se leva, serra la main de son collègue indien et quitta la salle avec précipitation sans plus de cérémonie. Fort de cet exemple venu d'en haut, tous ceux de la rangée asiatique suivirent et, en moins de trente minutes, la salle des congrès se vida, laissant le président américain, chargé de présenter la résolution finale, seul à la tribune.

— Les rats quittent le navire, ironisa Ram, sans faire attention à l'expression consternée de Kalima qui se tenait toujours derrière lui.

Une larme perlait au coin de son œil.

— Alors c'est fini, des années de travail anéanties en quelques instants... Ils sont fous !

— Que croyais-tu ? demanda doucement la Mère en prenant Kalima par l'épaule. Si nous sommes réunis dans l'Arche, c'est précisément parce que j'étais persuadée qu'une fois de plus aucune solution durable, comme vous aimez à le dire, ne viendrait des humains. Ram m'a fait un léger reproche tout à l'heure en regrettant que je vous aie « enlevés » avant la fin de votre travail, mais nous savions tous ici qu'il était inutile d'attendre quoi que ce soit d'un tel congrès.

— Mais nous ne sommes pas tous comme eux ! s'écria Kalima. Il y a des millions, des milliards d'humains, comme vous dites, qui sont sincères et surtout qui souffrent, voire qui meurent des conséquences de la dégradation de la nature et de ses ressources.

— Je sais tout cela, poursuivit la Mère. La minorité d'entre vous qui a intérêt à me dépouiller et à me polluer est la même que celle qui provoque vos guerres et affame vos populations. Il y a des milliers d'années que cela dure, mais, dernièrement, tout s'est considérablement accéléré au point que je suis gravement atteinte. Ne pouvant rien faire pour vous arrêter, il a bien fallu que je m'organise avec mes seules armes, celles de la nature, et en particulier mes enfants les animaux.

— Mais les hommes aussi font partie de la nature, protesta Ram. Pourquoi ne pas agir sur nous comme vous le faites avec les plantes ou les animaux ?

— Je vous l'ai déjà dit, je n'ai aucun pouvoir sur les humains, vous êtes les seuls à vous être affranchis des contraintes de votre environnement et à vivre artificiellement, du moins le croyez-vous, car vos actions ont atteint un tel degré de dévastation que vous devriez comprendre que vous mettez votre propre avenir en péril. Aucun être vivant ne peut exister sans air, sans eau, sans terre, sans nourriture, sans la fine couche de vie qui entoure le globe avec ses gènes, ses plantes, ses animaux et ses milieux naturels. Autrement dit, sans moi.

V

Une extraordinaire effervescence régnait sur l'Arche : la Terre Mère avait convoqué tous les animaux de la planète pour leur présenter Kalima et Ram et décider d'un plan d'action commun. Elle leva les deux bras vers le ciel, paumes des mains tournées vers l'avant. Un silence total régna en quelques instants.

— Je vous ai tous invités à venir sur l'Arche pour vivre la plus grande aventure que vous ayez jamais connue. L'affaire est grave car il y va de notre survie. De la vôtre comme de la mienne et, quand je dis de la vôtre, je parle également de celle des humains, représentés ici par Kalima et Ram. Ce sont des amis, vous devez leur accorder une totale confiance. Ils vont œuvrer avec nous pour faire comprendre aux hommes qu'ils sont allés trop loin et que nous sommes décidés à ne plus nous laisser faire. La tâche va être difficile car nous avons tous des griefs très sévères vis-à-vis de leur comportement qui tend à nous considérer comme des objets.

Ram hocha la tête, dans un geste ambigu qui semblait à la fois approuver et contester les propos de la Mère.

— Je sais, Ram, et tu as raison, il ne faut pas mettre tous les humains dans le même panier, beaucoup sont respectueux des autres êtres vivants. Kalima en est la plus belle expression, raison pour laquelle je l'ai choisie, mais malheureusement ce ne sont pas les « gentils » qui sont aux commandes du monde.

Un profond murmure d'approbation monta de la foule des animaux, quelques cris jaillirent ici et là :

— À mort les hommes !

— Nous pouvons très bien vivre sans eux !

— On va leur rabattre le caquet à ces prétentieux ! Un frelon asiatique osa même prendre la parole :

— Donnez-nous un ordre, la Mère. Si nous nous y mettons tous, les frelons, les guêpes et tous nos frères capables de piquer, je vous promets qu'en moins d'une journée il n'y aura plus un homme vivant sur terre.

— Doucement, doucement, répliqua celle-ci dans un geste d'apaisement. Je comprends parfaitement votre ressentiment, il est légitime, mais que les choses soient claires, il n'est pas question de déclencher une guerre. Notre but n'est pas de les éliminer mais de leur faire prendre conscience qu'ils sont sur la mauvaise voie. Nous aurons réussi, à condition qu'aucun homme ne perde la vie dans cette opération.

— Facile à dire, insista le frelon. On dirait que vous ne les connaissez pas, ça m'étonnerait beaucoup qu'ils se laissent faire sans réagir.

Un grand nombre d'animaux manifestèrent leur solidarité avec le frelon en opinant de la tête, en battant des ailes ou en fouettant la surface de la mer avec leurs nageoires. L'éléphant, dont la masse en imposait, prit la parole :

— Nous ne contestons pas aux hommes le droit de se nourrir, y compris à nos dépens, comme le font tous les prédateurs. Les petits hommes de la brousse africaine nous ont toujours chassés, mais depuis peu de temps d'autres humains venus d'ailleurs nous tuent pour le plaisir, en laissant nos carcasses pourrir, sans rien prélever pour manger. Seul l'ivoire de nos défenses les intéresse. Ils nous poursuivent en avion ou en voiture avec des moyens de communication et des armes de plus en plus perfectionnés.

— C'est la même chose pour nous, renchérit un rhinocéros, ils nous abattent pour ne garder que notre corne dont on se demande bien ce qu'ils peuvent en faire.

— Je t'expliquerai, dit un singe d'un air moqueur, avant d'être interrompu par la Mère.

— Je sais tout cela, il y a certainement autant d'exemples que d'espèces animales réunies sur notre Arche et nous n'allons pas faire la liste de vos justes récriminations. Je vous propose le plan suivant : nous allons tout d'abord recenser les grands domaines les plus impactés par les activités humaines les plus néfastes, par exemple la chasse à la baleine, la déforestation, le braconnage, la chasse, etc. Ensuite, grâce aux informations collectées par Ram et aux conseils de Kalima, nous déciderons ensemble des actions à entreprendre. J'ai déjà réfléchi à la question et il y a des milliers de choses à faire.

Une intense discussion s'instaura par la suite entre les animaux et le couple, les idées fusaient de toutes parts et chacun put constater qu'il existait en effet bien des manières pacifiques de mener le combat contre les hommes.

VI

PENDANT QUE L'ARCHE fignolait son plan d'attaque, les amis de Kalima étaient de plus en plus inquiets. Ils avaient beau tenter de se rassurer en imaginant un coup de foudre et une fugue amoureuse entre leur amie et le jeune Indien, leur angoisse s'amplifiait en l'absence de nouvelles. Ted avait été très occupé au journal pour lequel il avait écrit une série d'articles des plus saignants après l'échec du sommet mondial. Cependant, il se rendait chaque jour sur le bateau de Chris où chacun attendait un signe de Kalima.

— Un tel silence, durant près d'une semaine, ne lui ressemble pas du tout, dit le marin. Elle est toujours d'une ponctualité quasi maladive et très attentionnée vis-à-vis de tout l'équipage. Même si elle vit le grand amour, je suis certain qu'elle se serait manifestée d'une manière ou d'une autre.

— J'ai mené mon enquête au sujet de Ram, poursuivit Ted. J'ai contacté son patron en Inde ainsi que sa famille, eux aussi sont anxieux. Il n'est toujours pas rentré et son portable est coupé.

— J'espère qu'ils n'ont pas été enlevés !

— Arrête, Chris, tu deviens parano.

— Les services secrets français ont bien tué un photographe en coulant notre bateau à Auckland, alors que les enjeux étaient beaucoup moins importants qu'aujourd'hui. Ce n'est pas à toi, Ted, que je vais apprendre jusqu'où ces salopards sont capables d'aller pour préserver leurs intérêts.

Alors que Ted s'apprêtait à répondre, Anna, la jeune brune au polo orné d'une baleine, entra précipitamment dans la cabine.

— Venez vite, nous avons des nouvelles de Kalima, un mail vient d'arriver.

Chris imprima le message, s'empara du papier et lut :

— « Mon cher Chris, mes chers compagnons. Avant toute chose, je vous prie de m'excuser de ne pas avoir donné signe de vie depuis plusieurs jours mais je vous rassure, je vais bien, ainsi que Ram Gandhi avec lequel je suis. Si nous avons brusquement disparu du jardin de l'ONU, c'est pour une raison majeure qui dépasse notre propre volonté et dont je ne peux vous donner une explication raisonnable pour l'instant. Vous allez me revoir dans peu de temps, car nous aurons à accomplir une mission de la plus haute importance, en relation avec notre engagement pour sauver la planète. L'emphase de mes propos va certainement vous surprendre, mais vous comprendrez rapidement dès que nous entrerons en action. Attendez-vous à une énorme surprise que je ne peux encore vous dévoiler, faute de nuire à son efficacité. Vous avez certainement remarqué qu'un attroupement d'animaux sauvages s'était formé autour de nous lorsque nous étions dans le kiosque du parc. Ce phénomène, bien que fantastique, est de nature à vous éclairer sur les événements que je suis en train de vivre. Pour vous convaincre que tout va bien et que je suis bien l'émettrice de ce message, je vous invite à sortir sur le pont. Vous verrez une mouette perchée sur le mât central. Elle tient dans son bec le petit médaillon offert par Chris, dans lequel j'ai glissé un message que lui seul doit lire. Encore une fois, soyez tranquille, je n'ai pas perdu la raison, je ne suis pas menacée, ni séquestrée.

Inutile d'essayer de me joindre, ce mail est sans retour, mais je suis en contact permanent avec vous. Nous allons vivre une belle aventure dont nous n'aurions même pas rêvé. »

Toute l'équipe du navire grimpa sur le pont où se trouvait effectivement une mouette. Chris tendit le bras sur lequel vint se poser l'oiseau sans la moindre hésitation. Il prit le médaillon, l'ouvrit et sortit un petit rouleau de papier.

— Alors ? dit Ted, au comble de l'impatience.

— Ce message est bien de Kalima, répondit le capitaine avec un large sourire. Nous avons un code secret connu de nous seuls. C'est un stratagème que nous avons mis au point en cas de pépin.

VII

Après trois jours d'intenses cogitations, durant lesquels la Mère et Kalima eurent les plus grandes difficultés à canaliser la fougue des animaux, aucune décision ne put être prise concernant un plan coordonné de lutte contre les exactions humaines. Chacun y allait de ses récriminations et défendait ses idées, dans une cacophonie à l'échelle de la diversité faunistique réunie sur l'Arche. Aucun des êtres vivants présents n'en fut pour autant affecté et c'est tout naturellement qu'ils se rallièrent à l'idée de la Mère quand elle leur proposa de faire confiance à Kalima et de la laisser prendre les opérations en main.

La jeune femme, dont l'émerveillement ne cessait de s'amplifier, fut tout d'abord désarçonnée par l'ampleur de la tâche et par la modestie affectueuse de la Mère, dont elle attendait qu'elle impulse et organise elle-même la révolte de ses enfants sauvages.

Quant à Ram, qui passait le plus clair de son temps à perfectionner la maîtrise de son tableau de bord informatisé, il s'avéra d'autant plus utile que sa méconnaissance des questions environnementales lui donnait une distance pleine de bon sens, propre à garder les pieds sur terre et à recadrer l'enthousiasme des uns et des autres. Ce fut lui qui proposa et fit accepter de ne rien engager avant que Kalima ait retrouvé ses amis du bateau pour leur exposer la situation et leur demander conseil.

Celle-ci envoya un message à Chris en lui donnant une heure de rendez-vous et en lui demandant d'inviter Ted Paterson à l'exclusion de toute autre personne n'appartenant pas à l'équipe du navire.

Au jour et à l'heure dits, tous étaient rassemblés sur le pont, attendant avec fébrilité l'arrivée de leur amie, quand soudain elle fut parmi eux, comme par miracle, sans que personne ne l'ait vue approcher, ni par la terre ni par la mer.

— Comment est-ce possible ? s'exclama Ted, dont le rationalisme et le peu d'engouement pour le surnaturel étaient de notoriété publique.

Quant à Chris, qui avait déjà reçu le code secret par l'intermédiaire de la mouette, il était prêt à tout entendre. Après l'avoir embrassé et avoir salué l'assistance ébahie, Kalima les invita à entrer dans la cabine et elle leur raconta l'incroyable aventure en prenant soin de ne pas tout révéler sur ce qu'elle était en train de vivre.

— Je sais que tout cela est totalement incroyable et je comprends votre scepticisme, mais je vous en supplie, faites-moi confiance, je n'ai pas perdu la raison et, si vous voulez, je peux sur-le-champ vous prouver ce que j'avance.

— Je serais curieux de voir ça, dit Ted, repris en écho par tous les autres.

— Rien de plus facile, répondit la jeune femme, avec son sourire et son enthousiasme habituels, venez sur le pont et préparez-vous à la plus grande surprise de toute votre vie. Mais, avant toute chose, je voudrais, Chris, que tu nous emmènes au large, ce que je veux vous montrer doit pour l'instant rester entre nous.

Ce fut donc à quelques milles de la côte que chacun put voir de ses propres yeux l'ampleur des nouveaux pouvoirs de Kalima.

Elle s'approcha du bastingage, leva les bras et s'écria :

— Venez, mes frères les animaux, vous tous qui vivez dans cette portion de mer, j'ai besoin de vous pour montrer à mes amis et plus tard au monde entier que l'heure de la révolte a sonné.

Il y eut alors un immense remous autour du bateau, des milliers de poissons de toutes tailles sautaient à la surface de l'eau, rejoints en quelques instants par les mammifères marins présents dans le secteur : dauphins et baleines se pressaient contre la coque.

Une traînée noire apparut dans le ciel et se transforma en une multitude d'oiseaux marins qui tournoyaient autour du navire. La mouette messagère se posa sur le bras de Kalima et fut rejointe par des goélands, qui se juchèrent sur les haubans du navire.

Kalima rayonnait et semblait parler aux animaux, mais personne parmi les humains ne comprenait ses paroles. Elle fit un signe et brusquement, aussi vite qu'ils étaient apparus, tous les animaux repartirent à l'exception de la mouette posée sur son épaule.

Après cette scène qui laissa l'assistance émerveillée et subjuguée, Kalima proposa d'approfondir la discussion autour d'une table bien garnie, car elle venait de s'apercevoir que l'appétit était revenu en même temps que son retour chez les humains.

— Avant de répondre aux mille questions que vous devez encore vous poser, je tiens à vous dire que je compte sur vous pour m'aider, ainsi que Ram, resté dans un lieu qui doit encore demeurer secret. Vous êtes les premiers à constater le changement radical que nous allons devoir opérer. Vous l'avez deviné, je peux communiquer avec les animaux. Vous n'avez rien compris quand je les ai appelés à nous rejoindre car seuls Ram et moi avons cette faculté. Dites-vous que nous sommes dans un conte de fées et ne cherchez pas d'explications, mais en revanche, si nous décidons ensemble de ce choix, vous serez autorisés à dire autour de vous que les animaux vont se révolter. Plus nous ferons de publicité autour de ce phénomène, plus l'impact sera fort. Il n'est pas question d'agir dans la clandestinité. Nous devons profiter au maximum du surnaturel de la situation pour frapper les imaginations et tenter d'infléchir le comportement des hommes. Mais avant de passer à l'attaque comme le souhaitent de nombreux animaux, je voudrais donner une dernière chance, sans frais, à l'humanité.

Ted, qui bouillait d'impatience, prit alors la parole :

— Je crois que tu as raison, Kalima. Compte tenu de ce que nous venons de voir, je pense qu'il serait bon et très fort de répéter une expérience de ce genre, mais à l'échelle planétaire, en utilisant les médias, afin que tous les humains puissent voir le spectacle que tu viens de nous offrir. Après quoi, pas un seul ne pourra ignorer que les choses vont changer.

— C'est effectivement une bonne idée, dit le capitaine, mais je crains que beaucoup de gens croient à un trucage, *a fortiori* à notre époque où le virtuel l'emporte souvent sur la réalité. Il faudrait trouver une idée qui rende l'expérience irréfutable.

Ted, qui était un grand professionnel de l'information et de la communication, trouva instantanément la solution.

— Il faudrait inviter toutes les plus grandes chaînes de télévision et de radio à venir sur le terrain, dans un paysage bien choisi pour leur faire découvrir ce qu'on appelle la biodiversité. Kalima, tu pourrais refaire la même chose qu'aujourd'hui, mais devant les caméras et les micros. Il suffirait que tu demandes aux animaux de toutes sortes de venir t'entourer afin de montrer à quel point la nature est riche et diversifiée.

— Plus fort encore, ajouta Kalima, pour que la démonstration soit sans appel, nous laisserons les journalistes choisir eux-mêmes le site.

— Ça va être compliqué, ils ne seront jamais d'accord sur le pays et le paysage à retenir, s'inquiéta Chris.

— Tu as raison, répondit Kalima. Demandons à Ram s'il a un coin préféré, j'ai vu avant de partir qu'il travaillait sur une carte du monde pour repérer les principaux foyers de biodiversité.

À peine Kalima avait-elle prononcé le nom de son compagnon d'aventure que celui-ci se retrouva assis à côté d'elle, dans le bateau, à la stupéfaction de tous.

— J'ai suivi votre conversation et je pense qu'il serait préférable que le site retenu pour notre démonstration le soit par hasard. Nous pouvons réunir quelques chroniqueurs dans les locaux du *New York Times*, chez Ted. Je mettrai à leur disposition une mappemonde, ensuite nous tirerons au sort un des journalistes et nous lui demanderons de lancer une fléchette sur la carte, à l'aveugle, les yeux bandés, et c'est là où sera tombée la fléchette que nous irons.

— Bravo, s'écria Kalima, le regard admiratif, super idée ! Comme ça, il n'y aura aucune ambiguïté sur notre sincérité.

— Il ne faudrait pas tomber dans un endroit insignifiant, s'inquiéta Chris, nous risquerions d'affaiblir notre prestation.

Kalima le rassura en expliquant que la nature dite ordinaire recelait bien des secrets et des richesses ignorés de la plupart des humains.

Tel approuva d'autant plus l'idée qu'il voyait là une occasion en or de mettre son journal en avant, et il se proposa pour organiser la cérémonie du jeu de fléchettes.

Ram reprit la parole :

— Je crois qu'il serait nécessaire de qualifier notre groupe afin que nous soyons clairement identifiés et, si vous êtes d'accord, je propose que nous nous appelions « la Nouvelle Alliance ».

VIII

L'EFFERVESCENCE RÉGNAIT au siège du *New York Times* où Ted avait parfaitement organisé les choses : il avait invité une douzaine de journalistes du pays parmi les plus prestigieux auxquels s'étaient joints quelques-uns des grands correspondants de presse des pays étrangers. Après avoir succinctement déroulé le programme de la journée, il confia la suite des opérations à Kalima. Celle-ci n'eut pas à se présenter car tous les professionnels présents reconnurent immédiatement la magnifique jeune femme qui avait défrayé la chronique lors du Congrès mondial de la dernière chance à l'ONU.

— Vous devriez dire lors du « défunt » congrès, insista Kalima, et c'est précisément la raison pour laquelle nous vous avons invités. Je vous informe solennellement, au nom de toute la faune sauvage de la planète, que le règne de l'homme ne pourra plus s'exercer sans limites et sans partage. J'ai parfaitement conscience de la grandiloquence et de l'énormité de mes affirmations, mais je puis vous garantir que rien ne sera plus comme avant. Le temps de l'innocence et de l'impuissance est terminé. À compter de ce jour, les animaux sont en mesure de se défendre en montrant leur utilité et, si nécessaire, en réagissant contre les exactions et les destructions dont la terre est victime depuis trop longtemps.

La correspondante de *Paris Match*, un journal français populaire, fut la première à réagir :

— Vous en avez dit trop ou pas assez, mademoiselle. Nous avons enquêté sur vous, Kalima Green, depuis votre entrée remarquée dans la sphère publique, nous savons qui vous êtes et nous connaissons votre relation privilégiée avec le monde sauvage, mais comment pouvez-vous prétendre connaître et peut-être organiser la résistance de vos amis les bêtes ? Au-delà de votre show médiatique, fort réussi, je l'admets, quelles preuves appuient vos assertions ? De quel droit parlez-vous au nom de « toute la faune sauvage », comme vous venez de l'affirmer avec emphase ?

— J'attendais et, pour tout dire, j'espérais ce type de réaction, répondit Kalima, sans se départir de son calme. Ram Gandhi, ici présent, et moi-même sommes investis de pouvoirs qu'on peut qualifier de surnaturels, dont pour l'instant je ne vous livrerai pas le secret. Si nous nous sommes permis de vous inviter aujourd'hui, par l'intermédiaire de notre ami Ted Paterson, c'est pour vous démontrer la véracité de nos dires. Nous avons décidé de vous laisser découvrir l'extraordinaire richesse de la vie sauvage afin que plus aucun doute ne subsiste sur nos capacités dans ce domaine. Nous allons vous demander de choisir un lieu sur terre, n'importe où, dans lequel nous vous garantissons un émerveillement total.

Après quoi Ram prit les affaires en main. Il installa une carte géante du monde et fit tirer au sort un des journalistes présents, sous le contrôle des caméras qui retransmettaient l'événement sur toute la planète. Le hasard désigna Orlando Garcia, un jeune Colombien fraîchement nommé à New York. Ram lui banda les yeux et lui fit lancer une fléchette qui se planta en Europe, au cœur de la France, un pays largement ignoré de la plupart des Américains, mais bien connu des journalistes rassemblés autour de Ted.

— Incroyable, s'exclama la journaliste de *Paris Match*, en plein chez moi !

Ram fit ensuite un zoom sur la carte qu'il reporta sur un écran d'ordinateur géant. Il se connecta sur Google Earth et annonça fièrement :

— La flèche a désigné un chemin qui serpente au milieu des bois et des collines, tout près d'une petite rivière, dans le département de la Creuse, dans une région qui s'appelle le Limousin.

— Le trou du cul du monde, ironisa l'incorrigible journaliste française. Nous avions fait un grand article humoristique sur ce pauvre département, synonyme d'abandon et d'arriération. Si vous êtes en mesure de nous prouver qu'on peut s'émerveiller dans ce coin perdu, alors je m'engage à soutenir fidèlement et sans relâche votre campagne de promotion des petites bêtes.

Malgré l'aversion que lui inspirait sa consœur, Ted lui promit de la prendre au mot et lui donna rendez-vous dans la campagne creusoise profonde où devait avoir lieu la première grande démonstration des talents de Kalima, une semaine plus tard, laissant le temps aux télévisions du monde entier de s'installer pour retransmettre l'événement en direct.

IX

LE SORT AVAIT DÉSIGNÉ la petite commune de Lair, située dans le sud de la Creuse. Celle-ci comptait 189 habitants permanents, dont plus de la moitié de familles d'agriculteurs. Le bourg proprement dit n'avait plus que deux commerces : une boulangerie qui faisait également office d'épicerie et de droguerie et un bar-tabac. Toute la vie du village se concentrait autour de l'église et de la place centrale, ombragée par trois vénérables tilleuls. Une dizaine de hameaux et de fermes étaient dispersés sur un territoire de 8 000 hectares. Le paysage traditionnel, pratiquement intact, était caractéristique des régions bocagères avec sa mosaïque de prairies bordées de haies, de petites cultures, de bosquets, de coteaux plus secs couverts de broussailles et de zones humides sur les plateaux et dans les fonds de vallées. Une grande et vieille forêt de hêtres couvrait le tiers de la surface communale. Elle était traversée par une rivière aux eaux vives qui serpentait en sous-bois entre des blocs de granit abandonnés dix mille ans plus tôt par un glacier. La rivière prenait sa source dans une magnifique tourbière et elle était grossie par une multitude de petits ruisseaux. Dans sa traversée du village, elle atteignait une dizaine de mètres de large avant de se jeter dans la Creuse dix kilomètres plus loin. Bien que la Mère ait conféré à Kalima et Ram le pouvoir de connaître toutes les espèces animales, ceux-ci avaient préféré s'adjoindre les services de Georges, un instituteur à la retraite qui avait passé presque toute sa carrière tout près de là, à l'école du chef-lieu de canton. Celui-ci avait formé des générations d'écoliers en leur apprenant le respect de la vie et en les conduisant régulièrement sur le terrain pour faire des exercices de sciences naturelles plus proches de l'école buissonnière que des programmes officiels. Il consacrait désormais son temps à l'animation d'une petite association de protection de la nature creusoise et à la rédaction d'un atlas de répartition de la faune sauvage du département. Cet humaniste généreux, unanimement apprécié, était un des derniers représentants de la génération des naturalistes généralistes, fins connaisseurs de toutes les classes animales de leur région. Le hasard, qui fait quelquefois bien les choses (mais qui peut être vraiment certain qu'il s'agisse du hasard ?), avait permis le rapprochement entre le vieil amoureux de la nature locale et Kalima, la fille des steppes africaines.

Afin de ne pas compromettre l'intégrité du site et pour que la qualité de l'image soit vierge de toute perturbation technique, Ram avait exigé des télévisions de dépêcher seulement quatre cadreurs et un seul réalisateur. Un gros car-régie devait se tenir à proximité pour centraliser la retransmission et la diffuser à toutes les chaînes qui le demanderaient, *via* des satellites de télécommunication. Le grand jour avait été fixé au 30 mai, date à laquelle la flore et la faune sont à leur apogée dans tous les milieux naturels de la campagne creusoise. Pour respecter l'engagement d'authenticité pris par Kalima, le point de départ du cheminement devait se situer très exactement à l'endroit désigné par la fléchette, c'est-à-dire sur un petit chemin de terre à seulement trois kilomètres du village. Il fut convenu que Kalima marcherait la première en compagnie de Georges, suivis par les quatre cadreurs. Les deux naturalistes seraient équipés de micros sans fil, reliés aux caméras et au car-régie. Viendraient ensuite les reporters qui devraient se tenir en arrière, suffisamment loin pour ne pas perturber la scène, mais assez près pour profiter du spectacle. Un écran géant avait été installé sur la place du village pour que les habitants des environs ne soient pas exclus.

Quelques jours avant, Kalima, Ram, Ted et le réalisateur avaient préparé l'événement en compagnie de Georges. Ce dernier proposa de faire cinq kilomètres en choisissant un cheminement propre à traverser les milieux les plus variés possibles : le bocage, les coteaux, la forêt, la rivière et le plateau tourbeux. Kalima décida que la marche commencerait à 17 heures, en fin d'après-midi, après les grosses chaleurs, sans fixer de limite dans le temps, car personne ne pouvait imaginer ce qui allait vraiment se passer. Il était seulement convenu qu'au fur et à mesure de son avancée elle ferait sortir et s'approcher du chemin ou de la berge tous les animaux sauvages vivant dans un rayon de cinq kilomètres aux alentours. Ram devait rester avec les reporters pour éviter les débordements et les bousculades dont cette catégorie professionnelle est coutumière. Il aurait sur lui un petit écran de contrôle pour visionner en direct les images que devaient découvrir des centaines de millions de téléspectateurs. Quelques journalistes, amateurs de scoops, avaient bien tenté de localiser l'endroit précis, mais Ram les avait gentiment envoyés sur des fausses pistes, de telle sorte que rien ne vienne prématurément perturber « La Merveilleuse Découverte », comme fut baptisée la future émission par le réalisateur.

X

CE JOUR DE MAI TENAIT ses promesses. La campagne creusoise regorgeait d'une vie grouillante mais discrète, une vie qui demande de l'attention et un minimum de connaissance pour être perçue à sa juste valeur.

Tandis que leurs compagnons et l'équipe de télévision préparaient l'émission, Kalima et Georges étaient partis sur les chemins dès l'aube, afin de repérer l'itinéraire et en découvrir les différentes richesses. Habituée qu'elle était des espaces infinis de la savane africaine et des grands troupeaux de mammifères sauvages, Kalima appréciait d'autant plus la présence et la science du vieux naturaliste.

— Sans vous, j'aurais pu passer à côté de bien des merveilles, dit-elle en observant une salamandre que Georges venait de dénicher sous un petit tronc d'arbre mort.

— Si j'ai bien compris, répondit celui-ci, vous bénéficiez de pouvoirs surnaturels qui vous permettent de communiquer avec les animaux. Pourquoi ne les utilisez-vous pas ici ? Vous pourriez tout voir, bien mieux que je ne l'ai jamais rêvé.

— Nous allons le faire, ce soir, mais quand bien même le ferais-je tout de suite, je serais incapable d'identifier la plupart des espèces qui vivent chez vous. De plus, je préfère vous suivre, vous observer et vous écouter, c'est passionnant. Je n'aurais jamais cru qu'il puisse y avoir autant de petits êtres vivants, de toutes sortes, dans une simple haie ou une mare. Je suis très admirative de votre manière de faire et de votre passion qui demandent tant de patience et d'humilité. Sur mon terrain d'étude, au Kenya, en Tanzanie et en général dans le sud de l'Afrique, tout me paraît plus facile, surdimensionné, évident, du moins pour l'observation de la faune, car les problèmes sont d'une grande complexité. Chez vous, il me semble qu'il faut être plus attentif, je n'imagine pas des 4 x 4 bourrés de touristes tournant autour d'une salamandre, d'un renard ou même d'un cerf en hurlant et en les mitraillant de photos comme, hélas, cela se pratique de plus en plus chez moi. Au fait, vous connaissez l'Afrique ? demanda Kalima à brûle-pourpoint.

Georges répondit par la négative, précisant qu'il n'avait jamais franchi les frontières européennes et que cet espace géographique limité suffisait amplement à son bonheur.

— Je suis un sédentaire, très attaché à mon coin où je ne cesse de découvrir des choses, et je tiens absolument à terminer mon inventaire de la faune creusoise, ce qui nécessitera encore de nombreuses années.

— Vous avez une bonne mémoire ? interrogea Kalima.

— Pourquoi cette question ?

— Parce que ce soir vous allez voir des centaines, peut-être des milliers d'animaux, quand je vais les appeler. J'ai déjà fait l'expérience sur le bateau de mon ami Chris et je vous garantis que vous n'aurez pas le temps de prendre des notes comme vous le faites depuis ce matin. Je crois que votre atlas va considérablement s'enrichir en quelques heures.

Georges n'osa pas l'avouer à Kalima, mais il allait grâce à elle réaliser un de ses fantasmes les plus récurrents. Quand il suivait un chemin, il lui arrivait souvent de rêver que tous les animaux s'approchaient sans peur, ayant compris qu'ils avaient affaire à un ami. En revanche, il enrageait quand les chasseurs du pays semaient la terreur dans la campagne et rendaient toute observation et tout contact impossibles avec la grande faune appelée « gibier » par ceux-ci. Il songeait souvent au « paradis perdu », celui dans lequel la peur n'existe pas et où l'homme n'est pas le bourreau de la nature.

— Puis-je vous demander une faveur ? s'enquit-il auprès de Kalima en rougissant.

— Bien entendu, si je puis vous être agréable, ce sera avec plaisir.

Georges voulait vérifier la réalité des pouvoirs de Kalima sans oser lui réclamer directement une démonstration, de peur de paraître indélicat et de la vexer. Il avait, par ailleurs, une véritable requête concernant un animal encore mystérieux pour lui.

— Je soupçonne la genette, un carnivore sauvage, arboricole et rupestre, d'être arrivée dans ce secteur de la Creuse, car nous ne sommes pas loin de la limite de son aire de répartition qui couvre le sud-ouest de la France. J'ai repéré des traces, inconnues de moi jusqu'à présent et qui pourraient bien être les siennes. J'ai également trouvé une crotte très longue, pleine d'herbes, comme en font les genettes, mais je n'ai aucune certitude. Je ne peux donc pas l'intégrer dans mon atlas, ce qui est regrettable car ce serait une nouvelle espèce et une information rare et très enthousiasmante pour un naturaliste comme moi.

— Si j'ai bien compris, vous voulez que je la fasse sortir ?

— C'est bien ça, mais si vous n'êtes pas d'accord, je peux le comprendre.

— Vous êtes tellement gentil que je vais essayer, on verra bien.

Kalima appela l'animal dans une langue incompréhensible pour Georges :

— Genette, si tu es présente à quelque distance de nous, je te prie de bien vouloir t'approcher à la rencontre de mon ami Georges.

En réalité, Kalima ne parlait pas forcément en direct à la genette qui pouvait se trouver éloignée de quelques kilomètres et risquait de ne pas l'entendre. C'est par l'intermédiaire de la Mère que la genette serait prévenue et ce n'est qu'une fois en présence de Kalima qu'un véritable dialogue pourrait intervenir entre elles.

Deux ou trois minutes s'étaient écoulées depuis l'appel de Kalima mais rien ne bougeait. Un héron cendré passa en poussant un cri rauque et Georges reconnut le chant d'une linotte mélodieuse, mais point de genette !

— Soyons patients, dit Kalima, si cette bête vit effectivement dans les parages, il peut lui falloir un certain temps pour parvenir jusqu'à nous.

— Vous savez, répondit Georges avec un sourire malicieux, cela fait trente ans que j'attends, alors quelques minutes de plus ou de moins !

À ce stade de leur balade, les deux naturalistes se trouvaient en bordure d'une belle forêt de feuillus, sous un gros chêne centenaire. Tous deux tendaient l'oreille quand Georges perçut un bruissement dans les feuilles à environ deux cents mètres. Il prit ses jumelles et scruta les frondaisons.

— Elle est là, elle approche ! s'exclama-t-il. Je distingue sa fourrure grise et sa grande queue annelée. C'est bien une genette ! Incroyable ! Fabuleux !

— Je crois qu'il y en a une deuxième, renchérit Kalima. Je reconnais bien cette espèce, elle vit aussi en Afrique.

— C'est de là qu'elle vient, précisa Georges. Elle serait arrivée en Europe au moment de la conquête de ce continent par les Arabes pour lesquels elle était un animal de compagnie, un peu comme nous les chats aujourd'hui.

La première genette arriva d'un bond, sur une grosse branche de chêne juste au-dessus d'eux.

— Viens, l'invita Kalima, n'aie pas peur, dis à ta compagne de nous rejoindre.

— C'est mon mâle, répondit la genette, nous avons notre gîte dans un vieil arbre creux pas très loin d'ici.

— Que dit-elle ? s'inquiéta Georges. Je n'entends rien.

— C'est normal, le rassura Kalima, je suis la seule avec Ram à comprendre le langage des animaux et à pouvoir communiquer avec eux.

— Vous pouvez leur poser une question de ma part ?

— Je vous en prie.

— Depuis combien de temps ce couple vit-il dans cet endroit ?

Kalima posa la question, mais les genettes ne comprirent pas la notion de temps.

— Demandez-leur combien d'hivers se sont passés, combien de fois il y a eu des saisons avec de la neige.

La notion de chiffre était tout aussi incompréhensible pour les genettes mais elles précisèrent à Kalima qu'il y avait eu plusieurs fois de la neige depuis leur arrivée dans le secteur et qu'elles avaient eu deux portées de plusieurs petits.

— Elles sont donc là depuis deux ou trois ans, conclut Georges. Faut-il que ces animaux soient discrets pour que je ne les aie jamais vus !

Tandis que Georges était béat d'admiration devant la grâce des genettes, Kalima les interpella :

— Tenez-vous prêtes, ce soir je vais vous appeler à nouveau, ainsi que tous les animaux qui vivent dans les parages.

— Nous pouvons rester un peu, dit la femelle, nous connaissons l'homme qui vous accompagne, il est vraiment bizarre. Il se promène très lentement et regarde partout autour de lui, avec insistance. Un jour, j'étais bien cachée dans une touffe de lierre à l'enfourchure d'une grosse branche, je l'ai vu ramasser une crotte que j'avais faite sur une souche pour marquer mon territoire. Il l'a longuement examinée et sentie, puis il l'a placée dans un récipient et dans son sac. Nous observons souvent le comportement des hommes, mais celui-là ne fait rien comme les autres. À quoi ça sert de renifler et de voler nos crottes ? On ne va pas lui prendre son territoire !

Kalima traduisit et raconta l'anecdote qui fit pleurer de rire Georges. Il lui était souvent venu à l'esprit que des animaux étaient en train de l'observer pendant qu'il les pistait, mais il était loin d'imaginer être passé aussi près des genettes sans soupçonner leur présence.

En quelques heures de cheminement, Kalima s'était prise d'affection pour le vieux Georges. À le voir pister la martre sur un chemin forestier ou la loutre au bord de l'étang dans des milieux inconnus pour elle et radicalement différents de son pays d'origine, elle ressentait une totale communauté de pensées et une même approche de la nature. Georges lui rappelait un vieux guide massaï que son père avait embauché pour l'assister dans son repérage des guépards et des lions. Elle le suivait partout dès l'âge de sept ans et à l'adolescence elle en savait plus sur les traces des mammifères sauvages et sur les chants d'oiseaux que tous les étudiants en zoologie formés à l'université paternelle.

Cette immersion dans la nature « ordinaire » du centre de la France et la qualité des échanges avec Georges venaient conforter un peu plus, s'il était besoin, la conviction profonde que ressentait Kalima sur l'aspect universel de la relation homme-nature. Alors que la veille, les deux naturalistes ne se connaissaient pas, ils constataient une étonnante convergence de vue et de sentiments, au point qu'en milieu d'après-midi un geste, un regard suffisaient à leur communication.

C'est presque à regret qu'ils se décidèrent à revenir dans « le monde » afin de lancer la merveilleuse aventure.

Quand ils arrivèrent au point de départ, tout était prêt. Les connexions mondiales avec les médias destinataires de l'émission depuis le car-régie avaient été testées avec succès, les équipes étaient en place et les invités piaffaient d'impatience.

Ram réunit l'ensemble des participants et leur donna les dernières consignes :

— Dans quelques minutes, il sera 17 heures. N'oubliez pas que nous serons en direct, ce qui demandera de la ponctualité de la part de tous et, si vous me le permettez, un minimum de discipline. Non pas pour vous brider, mais pour assurer la réussite de l'opération, pour la satisfaction des innombrables téléspectateurs qui vont nous regarder. Kalima et Georges vont donc partir les premiers, suivis ou entourés des quatre caméramans. Quelques mètres en arrière viendront les journalistes munis chacun d'une oreillette pour suivre les interventions de Kalima et des animaux. Ne vous souciez pas de la langue utilisée, je vous le répète, Kalima et moi-même avons la faculté de parler une langue universelle, compréhensible par tous, hommes et animaux, mais vous devrez vous contenter d'écouter car nous ne pourrons pas dialoguer avec vous. Vous ne comprendrez pas ce que disent les animaux à Kalima, mais elle vous donnera toutes les informations nécessaires. Derrière le groupe de reporters, Chris fermera la marche, tandis que Ted sera dans le car-régie avec Nicolas Mulot, le réalisateur. Ayez l'obligeance d'être le plus silencieux possible afin de ne pas effrayer les animaux et de profiter au maximum de ce moment exceptionnel. Une fois la retransmission de la découverte terminée, vous aurez tout loisir de questionner Kalima et Georges. Enfin, dernière recommandation : n'ayez aucune crainte vis-à-vis de la faune sauvage, même si certains d'entre vous ont la phobie des serpents, des araignées, des guêpes, des chauves-souris, des crapauds ou autres. Voilà, il est 16 h 58, nous allons commencer. Oui, Nicolas, je vous reçois, j'attends votre décompte… Cinq, quatre, trois, deux, un, zéro ! Kalima, Georges, c'est à vous, on vous suit.

XI

Avant de commencer la marche, Kalima se tourna face aux caméras.

— Mesdames et messieurs, avant de vous entraîner avec mon ami Georges dans la plus étonnante des promenades champêtres que vous ayez jamais faite, j'ai quelques mots à vous dire. Vous êtes très probablement des centaines de millions à nous regarder. Je ne suis pas une animatrice de télévision, pas plus qu'un quelconque gourou porteur d'un message apocalyptique. Je dois malgré tout vous annoncer, de la manière la plus solennelle, que nous allons vivre un moment totalement inédit, à proprement parler exceptionnel. Les animaux sauvages du monde entier, dont ceux d'ici que nous allons découvrir, sont entrés en révolte pour mettre fin au comportement irresponsable, criminel et suicidaire des hommes. Je n'ai pas choisi ces mots au hasard, vous avez tous constaté l'échec du sommet de New York et le cynisme des puissants qui nous avaient promis monts et merveilles. Aujourd'hui, je ne suis que la porte-parole de nos frères sauvages avec lesquels nous avons décidé de vous surprendre. Nous voulons encore croire que l'immense majorité des humains a la capacité de s'émerveiller et nous espérons que la beauté et la vie sauront vous convaincre qu'il est temps de nous ressaisir. Je ne vous cache pas que les « sales bêtes », si elles s'unissaient, auraient très facilement les moyens de nous maîtriser, voire, dans le pire des cas, de nous éliminer. Ce n'est pas le choix qu'elles ont fait, bien au contraire. Elles veulent simplement, avec ma complicité et celle de mon compagnon Ram, vous apporter la démonstration de leur infinie richesse, celle que nous sommes en train de détruire. L'aventure que nous allons vivre va vous paraître folle, irréelle, d'autant plus que pour l'instant je suis dans l'incapacité de vous dire d'où me vient le pouvoir de communiquer avec les animaux et tous les hommes. Ne cherchez pas à comprendre, laissez-vous porter, retrouvez la part d'innocence et d'enchantement qui sommeille en chacun d'entre vous.

À ce stade de l'émission, Nicolas Mulot, le réalisateur, constata un problème dû aux différentes langues employées, problème qui risquait de perturber la compréhension des téléspectateurs. Il demanda à un caméraman de s'approcher de Ram, afin que celui-ci puisse intervenir en direct à l'antenne pour clarifier la situation.

Le jeune Indien apporta les précisions suivantes :

— Mesdames et messieurs qui nous regardez, il faut que vous sachiez que plusieurs langues seront utilisées durant ce reportage. La première est le français, parlé par Georges et traduit dans chacune de vos langues par les interprètes de vos chaînes respectives. La deuxième est comprise uniquement de Kalima, de moi et des animaux. Quand cela sera nécessaire, Kalima vous traduira ce qu'elle dit aux animaux comme elle le fait avec Georges durant cette émission, car notre ami creusois ne comprend pas plus que vous. Pour plus de commodité, nous allons appeler cette langue AUL (*animal universal language*). Par ailleurs, Kalima et moi pouvons communiquer, comprendre et être compris de tous les humains quel que soit leur pays, y compris les régions où l'on parle des dialectes locaux. Nous nommerons cette langue HUL (*human universal language*) et, vous l'avez certainement compris, c'est celle que j'emploie en ce moment. Cette capacité est un don surnaturel, indispensable pour mener à bien notre mission.

Kalima prit alors le bras de Georges.

— Nous vous suivons, cher monsieur, vous êtes notre hôte, faites-nous découvrir votre beau pays.

Rien dans sa vie n'avait préparé le vieil instituteur à un rôle d'une telle intensité. Il savait que chacune de ses paroles serait entendue par une classe comptant plus d'un milliard d'élèves.

— Pouvez-vous nous dire combien d'espèces différentes aurons-nous potentiellement la chance de voir ? demanda Kalima.

— Dans l'état actuel, mon inventaire régional fait état de 350 vertébrés, dont 186 oiseaux nicheurs, 77 mammifères, 18 batraciens, 14 reptiles et 55 poissons. Quant aux invertébrés aquatiques ou terrestres, tels que les insectes ou les vers que je connais moins bien, ils sont innombrables.

— Nous allons voir cela, acquiesça Kalima en levant les bras. Je vais appeler les animaux à venir nous rejoindre au fur et à mesure de notre marche.

La première partie du circuit traversait un paysage bocager avec des parcelles de prairies fleuries, entourées de haies. Les foins n'étaient pas encore faits, les prés multicolores scintillaient de mille fleurs : pâquerettes, anémones, narcisses, jonquilles, bleuets, coquelicots, myosotis.

— Le paradis des insectes, s'extasia Georges. Dans une seule de ces prairies, j'ai compté plus de trente espèces de papillons.

— La preuve, dit Kalima, venez les papillons, montrez-nous vos splendides écailles colorées.

— Et nous ? demandèrent les sauterelles, les hannetons, les punaises, les coccinelles, les abeilles et les bourdons.

L'un des cadreurs, choisi par Nicolas pour sa promptitude et son sens de l'esthétique, eut la bonne idée de mettre sa caméra au niveau du sol, en bordure de la prairie. On vit alors une nuée d'insectes bourdonnants décoller du tapis fleuri et envahir l'espace autour des promeneurs.

Les abeilles, qui étaient des centaines, devinrent des milliers, puis des dizaines de milliers en moins de cinq minutes. Elles entamèrent un balai tournoyant autour du groupe, prenant un malin plaisir à frôler les têtes à toute vitesse. Quelques reporters commençaient à paniquer en agitant les bras pour éloigner les insectes.

— Il y a un gros rucher pas très loin, expliqua Georges, je crois qu'il faudrait être prudent, tout le monde n'est pas habitué à voir de si près des nuées d'insectes susceptibles de piquer.

Craignant que la démonstration ne devienne contre-productive, Ram demanda à Kalima d'intervenir.

— Soyez gentilles, petites amies, vous allez faire peur à nos invités. N'oubliez pas que nous sommes observés par la terre entière, écartez-vous un peu.

La reine des abeilles s'adressa à ses ouvrières en les exhortant à plus de modération.

— Calmez-vous, les filles, toutes ces personnes au comportement étrange ne sont manifestement pas les apiculteurs. Kalima et la Mère comptent sur nous pour les émerveiller, pas pour les effrayer. Offrons-leur ce que nous avons de meilleur.

En quelques secondes, toutes les abeilles disparurent, laissant la place à des centaines de papillons qui tournoyaient délicatement autour des hommes, montrant ostensiblement leurs couleurs chatoyantes.

Ram s'adressa aux papillons :

— Approchez-vous doucement des caméras en écartant bien vos ailes pour qu'ils puissent vous filmer et montrer à tout le monde à quel point vous êtes beaux.

— Fantastique ! s'écria Nicolas Mulot, en se tournant vers Ted Paterson. Regardez, l'écran est rempli de ces petites merveilles virevoltantes.

Ted avait déjà eu l'occasion de travailler avec Nicolas. Il appréciait beaucoup ce garçon capable de s'émerveiller devant un simple insecte, alors qu'il avait parcouru le globe pour en filmer les plus beaux paysages et les espèces animales les plus prestigieuses. Les journalistes étaient aux anges, quand soudain les abeilles revinrent encore plus nombreuses, mais au lieu de se précipiter vers les hommes, elles firent un bloc compact à quelques mètres au-dessus d'eux.

— Elles vont attaquer ! s'exclama l'envoyée spéciale de *Paris Match*.

— Ne craignez rien, répondit Ram, légèrement agacé. Ayez confiance en nous, Kalima vous a expliqué que nous maîtrisons la situation.

La reine s'approcha de l'oreille de Kalima.

— Tu vas être contente, lui dit-elle, non seulement nous n'allons plus effrayer tes invités, mais nous vous offrons ce que nous avons de plus précieux. Demande à tout le monde de tendre la bouche et les mains.

Quelques ouvrières s'approchèrent doucement des humains et leur déposèrent une pincée de gelée royale au coin des lèvres, tandis que le reste de la bande emplissait les mains des journalistes d'un splendide pollen doré, tout juste collecté dans les prés environnants.

Georges, qui était hilare, tendit sa grande barbe blanche, afin que les pourvoyeuses de grains de soleil l'illuminent d'un jaune éclatant.

— Savez-vous, Kalima, que les abeilles sont les meilleurs insectes pollinisateurs de nos jardins et de nos vergers et que, sans elles, il n'y aurait pratiquement plus de plantes, de légumes et de fruits sauvages ou domestiques ? Einstein a dit que « si les abeilles disparaissaient, les hommes n'auraient plus que quatre années à vivre ».

— Vous avez raison, Georges. Il paraît qu'en Chine les abeilles ont été détruites par des insecticides et que les hommes sont obligés de polliniser les arbres fruitiers à la main. Certes, les Chinois sont nombreux, mais c'est quand même aberrant d'en arriver là, de troquer un service bien fait et gratuit contre une corvée épuisante et onéreuse.

Contrairement aux craintes de Ram, Olga, la journaliste de *Paris Match*, réagit parfaitement au cadeau des abeilles. Elle n'avait pas la moindre idée de la fonction originelle de la gelée royale, mais elle en achetait régulièrement à prix d'or dans une boutique de bio-santé parisienne, pour tenter d'enrayer les premiers signes d'un vieillissement inéluctable. Quant au pollen, comme la plupart de ses collègues, elle s'en débarrassa en secouant les mains.

En jetant un œil dans la prairie, un caméraman s'aperçut que les herbes ondulaient tout doucement, comme le vent sur les champs de blé avant la moisson, mais au ralenti. Sentant une opportunité de cadrage original, il demanda l'antenne à Nicolas. Les écrans du monde découvrirent alors une image stupéfiante. Un flot ininterrompu de vers de terre se glissait entre les herbes en direction du chemin. Ils furent rapidement si nombreux que les prés se couvrirent d'une épaisse vague gluante, aux couleurs rouge rosé. En marge de cette armée de lombrics entremêlés, limaces et escargots composèrent une frange de solidarité baveuse du plus bel effet, sauf pour Olga qui ne put contrôler sa réaction !

— Mais c'est répugnant ! Dites-leur de s'arrêter ou alors je retourne au village.

Personne n'osa répondre par l'affirmative, mais Georges s'approcha de la dame avec l'air avenant qu'il avait si souvent pris pour convaincre les cancres de faire quelques progrès.

— Il est vrai, madame, que le spectacle est quelque peu surprenant et je dois à la vérité de dire que moi-même, amoureux de tous les animaux sans distinction, je n'aurais guère envie de traverser une telle cohorte visqueuse. Sachez quand même que les vers, malgré leur aspect peu ragoûtant, jouent un rôle essentiel pour la terre, les plantes, l'eau, l'agriculture, et en définitive pour vous et moi. Il peut y en avoir plusieurs centaines au mètre carré dans une belle prairie comme celle-ci, soit plusieurs millions dans un hectare comme celui qui s'étale devant nous. Sans eux, la terre serait du béton dans lequel rien ne pourrait pousser. Avec leurs innombrables galeries, 900 mètres par mètre carré, ils aèrent le sol, permettant aux racines des plantes de se développer et à l'eau de s'infiltrer dans les couches jusqu'à six mètres de profondeur. Ce faisant, ils préviennent le ruissellement et les inondations. En mélangeant la terre aux débris végétaux dont ils se nourrissent et à leurs déjections, ils fertilisent le terrain en créant un humus naturel de très grande valeur. Plus il y a de vers, plus le sol est fertile. L'invisible n'est pas toujours le moins important.

— Bravo ! s'exclama Kalima. Je vous félicite pour votre sens de la pédagogie, je vais traduire vos propos aux vers, je suis sûr qu'ils vont être ravis d'un tel compliment.

Grande fut pourtant la déception de la jeune femme ! Les vers de terre ne comprirent rien à ses explications et restèrent totalement insensibles à ses félicitations. Malgré toute sa bonne volonté, elle fut incapable de leur faire comprendre le sens du mot « utile », pas plus que leur rôle dans l'écosystème de la prairie. Elle réalisa alors que sa mission n'était pas d'expliquer aux animaux à quel point leur présence est indispensable au bon équilibre de la vie sur terre, mais qu'elle devait transmettre ce message aux hommes, les seuls à pouvoir le comprendre et, en conséquence, à pouvoir en tenir compte dans leur comportement.

Un cri étrange la tira de ses réflexions. Il provenait du milieu du pré où une grande taupe se dressait sur un monticule de terre.

— Venez vite, les filles ! dit celle-ci en s'adressant à ses congénères. Notre garde-manger fout le camp !

Des centaines de taupes accouraient de tous les horizons et tentaient de freiner l'avancée des vers, craignant que leur nourriture préférée ne quitte leur domaine souterrain.

Apparemment, ces dames à la fourrure noire et soyeuse et aux énormes pattes avant n'avaient pas entendu le message de Kalima, car il est vrai que les taupes n'ont pas une ouïe très développée, étant plus sensibles, sous terre, aux vibrations et à leur sens olfactif.

— N'ayez crainte, les rassura Kalima, venez-nous rejoindre, nous sommes en train de montrer les richesses faunistiques de la prairie à nos amis les journalistes.

— Et nous alors ! s'exclamèrent les petits campagnols des champs. Certes, nous mangeons de l'herbe et des racines, mais nous creusons aussi des galeries et nous vivons au même endroit que les taupes.

Voyant arriver tous ces petits mammifères, Georges expliqua que ces derniers, taupes et campagnols, jouent aussi un rôle dans l'aération de la terre et qu'ils réussissent à cohabiter dans un même pré, car les unes sont carnivores et mangent des vers, tandis que les autres sont herbivores.

Apercevant une hermine qui pointait son museau, il compléta son cours de sciences naturelles planétaire en évoquant le rôle des prédateurs qui limitent les pullulations de rongeurs.

— Vous voyez, Kalima, ici dans la Creuse, dans ce bocage qui semble banal, c'est un peu comme chez vous en Afrique. Le campagnol est une gazelle et l'hermine est un lion. Pas de prédateurs sans proies et l'hermine est loin d'être la seule.

— Que les autres apparaissent ! s'exclama Kalima.

La première à sortir d'un petit muret de pierre fut la belette, puis la haie et l'orée du bois toutes proches s'animèrent d'une multitude de carnivores et de rapaces.

À cette période où la plupart élèvent les jeunes, ils arrivaient par familles entières : martres, blaireaux, renards, chats sauvages, genettes accompagnés dans les airs par les faucons crécerelles, les buses variables, les milans royaux et les bondrées apivores.

— Tu veux nous faire mourir d'une crise cardiaque ! s'écria un campagnol, terrorisé à la vue d'une telle cohorte d'ennemis potentiels.

Kalima dut expliquer, une fois de plus, aux animaux et aux spectateurs, qu'exceptionnellement et pendant toute la durée de leur démonstration les bêtes sauvages n'avaient rien à redouter les unes des autres et que l'ensemble de la communauté animale pourrait vivre en paix.

Du côté du car-régie, on exultait ! Le spectacle fabuleux dépassait toutes les espérances. La courbe du niveau d'audience ne cessait de grimper, les caméramans ne savaient plus où donner de l'optique et Nicolas Mulot avait le plus grand mal à sélectionner les séquences, toutes plus fascinantes les unes que les autres.

Au milieu des reporters, Ram savait que l'affaire était d'ores et déjà gagnée. Les exclamations de joie et d'émerveillement fusaient de toutes parts. Georges, qui vivait le plus beau jour de sa vie de naturaliste, avait renoncé à présenter toutes les espèces face à un tel déferlement de vie et de beauté.

Kalima avançait, la chevelure ceinte d'une couronne de coccinelles, tandis que ses épaules et ses bras se couvraient de petits passereaux : mésanges, fauvettes, alouettes, tariers, sittelles, pinsons, etc. Tous les pics de la forêt s'étaient postés sur de grands arbres en bord de chemin et ils tambourinaient en frappant les troncs de leur bec puissant. Un rossignol se percha sur le micro d'une caméra et régala le monde de ses inimitables trilles.

Soudain, toute la troupe s'immobilisa. Le chemin forestier qui montait légèrement était barré par une masse compacte de grands mammifères : chevreuils, cerfs, sangliers. Ils étaient des dizaines dont un gigantesque cerf à la ramure impressionnante.

— Sois la bienvenue, Kalima. Je te présente les ongulés des bois, je suis le plus ancien et le plus grand de tous. Sais-tu que jadis vivaient ici des loups, des lynx et même des ours. Ils ont tous disparu et nous-mêmes avons bien du mal à survivre dans une forêt de plus en plus réduite. Certes, il y a des plantations mais ce sont des épicéas et des douglas, des résineux qui sont beaucoup moins accueillants pour nous que les forêts de feuillus, chênes et hêtres, où nous trouvons facilement refuge et nourriture.

— Soyez gentils de nous écouter un peu et laissez passer nos invités sans les effrayer, exhorta Kalima.

La troupe des humains se glissa doucement, sans un mot, au milieu d'une impressionnante allée de corps massifs et odoriférants. Ils étaient si proches que Ram sentit le souffle d'une biche dans son cou et il faillit s'entraver en évitant de justesse une troupe de marcassins qui traversaient le chemin pour rejoindre leur mère.

Au sortir de la forêt, le chemin bordé de murets en pierre remontait légèrement pour traverser un paysage de coteaux secs dont le sommet était constitué de grandes dalles de granit à peine parsemées ici ou là de pins sylvestres et de buissons épineux.

— Notez bien, signala Georges, qu'en quelques dizaines de mètres nous changeons complètement de décor. Nous sommes ici dans un milieu sec et dénudé qui capte au mieux la chaleur du soleil, c'est le royaume des insectes, des reptiles et des oiseaux spécialisés qui s'en nourrissent.

Un couple de circaètes Jean-le-Blanc fit son apparition et survola le groupe, déployant ses larges ailes blanches ponctuées de petites taches noires, puis il se posa au sommet d'un bloc rocheux, dépassant d'un muret.

— C'est un aigle, précisa Georges, il mesure un mètre quatre-vingts d'envergure et il a la particularité de se nourrir presque exclusivement de serpents et de quelques lézards. Pour ne pas être mordu, il les coince dans ses serres puis les avale par la tête. Ensuite, il les régurgite dans son nid pour nourrir ses petits. Mais l'oiseau le plus caractéristique de ce type de milieu est la pie-grièche écorcheur. Elle se nourrit de gros insectes qu'elle pique sur les épines des buissons ou sur des fils de fer barbelés. C'est en quelque sorte son garde-manger.

Une vingtaine de pies-grièches arrivèrent immédiatement dont une tenait une grosse sauterelle verte dans son bec légèrement crochu.

Des centaines de lézards sortaient des murets et dévalaient les pentes. On pouvait dénombrer trois espèces différentes : le lézard des murailles, de loin le plus abondant, le lézard des souches et le lézard vert, le plus grand avec ses belles couleurs vertes et bleues. La première apparition d'une famille de vipères aspic provoqua un certain émoi dans le groupe des reporters.

— Il y a beaucoup de serpents, ici ? s'inquiéta Kalima qui connaissait l'aversion des humains pour tout ce qui rampe.

— Oh oui, répondit Georges avec un large sourire, c'est de tout le canton le meilleur endroit. En plus des vipères comme celles-ci, il y a des couleuvres totalement inoffensives comme la coronelle lisse ou la couleuvre d'esculape.

Plus les serpents étaient nombreux, plus le groupe des accompagnateurs se resserrait. Deux des quatre cadreurs, atteints de la phobie des reptiles, étaient dans l'incapacité de filmer, paniqués à l'idée de mettre le pied sur une vipère.

Pensant bien faire et pour rassurer son auditoire, Kalima saisit quelques serpents dans ses mains et les montra à l'assistance médusée.

— Vous voyez, il n'y a rien à craindre, pas plus avec eux qu'avec les autres animaux.

Nicolas Mulot, qui n'avait jamais eu peur d'aucun animal, demanda un gros plan sur le nœud de vipères qui se tortillait autour des poignets de Kalima. Cette initiative provoqua un immense cri d'effroi parmi les millions de téléspectateurs. Nicolas ne s'aperçut de rien, mais la Mère comprit immédiatement le danger d'une telle image. Quant à Ted qui suivait la courbe d'audience en direct, il vit celle-ci chuter brutalement. Kalima fut rapidement et doublement informée de la situation, par Ted dans son oreillette et par la Mère. Elle reposa les reptiles derrière le mur et demanda une pause. Que fallait-il faire ? Ram, lui-même, dont le grand-père était pourtant dresseur de serpents en Inde, ne savait que dire.

C'est alors que la sauterelle qui se trouvait dans le bec de la pie-grièche fit preuve d'une remarquable ingéniosité aiguisée par l'instinct de survie.

— Si l'oiseau qui s'apprêtait à me dévorer me lâche, je crois avoir une bonne idée pour faire diversion.

Sur injonction de Kalima, la pie-grièche lâcha l'insecte qui exhorta ses compagnes, ainsi que les criquets et les grillons, à se lancer dans un assourdissant concert de stridulations.

Le responsable du son, dans le car-régie, eut les plus grandes peines à rendre la symphonie audible aux téléspectateurs mais l'opération réussit parfaitement : les serpents disparurent des écrans au profit des insectes chanteurs.

Georges en profita pour expliquer que, pour striduler, les criquets frottent leurs pattes contre leurs ailes, tandis que les sauterelles et grillons produisent le même effet avec leurs élytres. Durant la prestation des « stridulants bands », comme elle les nommait, Kalima demanda aux serpents de s'écarter discrètement, puis elle descendit en direction du fond de la vallée. L'arrivée près de la rivière calma les esprits et toute l'équipe retrouva sa bonne humeur.

— Ici, expliqua Georges, nous sommes en amont du cours d'eau et nous avons la chance extraordinaire d'avoir une belle petite rivière, entièrement vierge de pollution, car les sources ne sont pas très loin et elle traverse seulement des tourbières et des forêts. Le chemin bifurque sur la droite et mène à un petit pont de pierre qui, paraît-il, date de l'époque romaine.

Kalima et Georges s'appuyèrent contre le parapet et se penchèrent au-dessus de l'eau en invitant cadreurs et journalistes à les rejoindre.

— Regardez comme l'eau est vive et transparente ! s'enthousiasma le naturaliste creusois. N'est-ce pas merveilleux ! Et je ne vous parle pas des espèces qui vivent ici. Appelez-les, Kalima, vous allez avoir de belles surprises.

Les premières à pointer leurs nageoires furent bien entendu les truites fario, par centaines, accompagnées des vairons, goujons, loches et chabots. Autant de poissons qui aiment les eaux rapides, fraîches et propres. Il y en avait tellement que la surface grouillait et scintillait de mille reflets.

— Si ça ne vous gêne pas, les poissons, vous permettez qu'on s'approche pour saluer Kalima et Ram !

— Qui a parlé ? demanda Kalima.

— C'est moi, l'écrevisse à pattes blanches. Avec cet amas de poissons, il n'y a pas moyen de montrer le bout d'une pince.

Les truites s'écartèrent, laissant place à un groupe d'une cinquantaine d'écrevisses de toutes tailles.

— C'est l'espèce autochtone, précisa Georges, elle est devenue rare à cause de la pollution et de la concurrence des écrevisses américaines, introduites un peu partout, sauf sur quelques rivières comme celle-ci.

— C'est l'animal le plus rare de la rivière ? demanda Kalima.

— Pas du tout, répondit Georges, il existe une autre espèce beaucoup plus menacée, totalement méconnue et qui ne survit que sur trois ou quatre ruisseaux dans toute la région.

— Comment se fait-il que nous ne la voyions pas ? questionna Ram.

— Attendez, elle va arriver, mais elle est très sédentaire et très lente.

Quelques minutes plus tard, les poissons et les écrevisses se regroupèrent sur les bords, laissant un chemin central au fond de l'eau. Kalima se pencha un peu plus et elle vit apparaître une moule, noirâtre, d'une dizaine de centimètres de long, dont seule une moitié dépassait hors du sable.

— C'est une blague, dit Kalima en riant, nous ne sommes pas au bord de la mer.

— Eh bien, pas du tout, objecta Georges avec fierté. J'ai l'honneur de vous présenter la moule perlière. Un bivalve d'eau douce qui a la particularité de vivre plus de cent ans et de fabriquer des perles. Dans le temps, les perles de culture n'existaient pas, les colliers des reines et des princesses étaient faits de perles provenant de moules de rivière comme celle-ci.

Petit à petit, d'autres bivalves arrivaient en se mouvant péniblement grâce à leur pied charnu enfoncé dans le lit de la rivière.

— Regardez bien, dit Georges à un cadreur, il y a des jeunes, c'est fabuleux, car cela prouve que cette petite population de moules est encore viable. À la moindre apparition de pollution, notamment de nitrates, ces animaux ne se reproduisent plus.

— C'est magnifique ! s'extasia Kalima. Merci Georges, grâce à vous j'apprends des quantités de choses passionnantes et je suis persuadée qu'il en est de même de nos spectateurs.

En descendant un peu plus bas, le groupe vit des bergeronnettes des ruisseaux et des cincles plongeurs. Ce dernier oiseau a la particularité de plonger dans l'eau et de marcher au fond à contre-courant pour dénicher sous les pierres les larves dont il se nourrit. Les cincles firent une splendide démonstration de leur talent que les caméramans n'eurent aucune difficulté à filmer grâce à la transparence de l'eau. Dans un trou d'eau un peu plus profond, un martin-pêcheur au plumage coloré offrit le clou du spectacle en capturant des vairons qu'il s'empressa de relâcher, contrairement à ses habitudes.

Tandis que le groupe déambulait sur les rives, Kalima crut déceler une certaine tension, presque une inquiétude chez Georges.

— Il y a un problème ?

— Pas vraiment, mais je m'étonne de ne pas voir de loutres, elles vivent en permanence dans cette portion de rivière et leur absence m'inquiète un peu. Auriez-vous la gentillesse de les appeler ?

Kalima insista, mais aucune loutre ne vint au rendez-vous.

— Peut-être sont-elles sur l'étang, dit Georges, nous y arrivons.

En effet, un petit bras de la rivière détournait une partie de l'eau pour alimenter un étang d'une centaine d'hectares, bordé d'une belle ceinture de roseaux.

Nicolas Mulot, qui avait prévu l'événement, demanda à un cadreur spécialiste de la plongée de se mettre à l'eau. À peine celui-ci eut-il déclenché sa caméra que l'image s'emplit de milliers de poissons, de la plus minuscule ablette au plus gros des brochets en passant par les gardons, les tanches, les perches et les carpes. Les poissons tournaient autour de la caméra puis montaient à la surface pour se montrer au reste des observateurs. Le bord de la digue où se cantonnait le groupe était littéralement tapissé de tritons, de crapauds et de grenouilles.

Le plan d'eau était survolé par des hérons cendrés et bihoreaux. Plusieurs milans noirs se posèrent sur un grand chêne. En bordure d'étang, sortant des roseaux, apparurent des canards colverts, des foulques, des grèbes ainsi que plusieurs espèces de mammifères : rats musqués, ragondins, putois, campagnols amphibies, musaraignes aquatiques, mais toujours pas de loutres.

— Ce n'est pas normal, s'inquiéta Georges. Regardez sur cette touffe de joncs écrasée au bord de l'eau, il y a une épreinte toute fraîche, c'est le nom de la crotte de loutre. Il s'agit d'un marquage territorial et cela prouve qu'au moins une loutre vit dans le secteur où elle est passée cette nuit.

Tandis qu'il prenait ses jumelles pour scruter le fond de l'étang, il aperçut enfin l'animal qui arrivait à toute allure.

— Au secours, au secours ! Viens vite, Kalima ! Mon petit est pris au piège pas très loin d'ici, il va mourir !

Après avoir traduit la requête de la loutre et demandé à Nicolas Mulot si les cadreurs et le groupe pouvaient la suivre, Kalima découvrit un loutron à l'agonie, la patte avant droite prise dans un piège à mâchoires. L'animal souffrait terriblement car la fourrure et la chair étaient profondément entaillées.

— N'aie pas peur, petit ami, je vais te sortir de là, le rassura Kalima.

Les pièges à mâchoires de forme circulaire sont munis d'une palette centrale qui se déclenche quand l'animal pose la patte dessus. Les deux mâchoires hérissées de pointes se referment alors brutalement entre le pied et le coude de la victime. En temps normal, les piégeurs posent le système dans la journée et le relèvent seulement le lendemain ou tous les deux jours. La plupart des captures ont lieu pendant la nuit, période durant laquelle se déplacent les carnivores. Kalima se pencha doucement et saisit fermement les deux côtés du piège, solidement maintenus fermés par un puissant ressort. Elle les écarta lentement en demandant à la mère loutre de retirer délicatement mais rapidement la patte de son petit. Elle prit le jeune carnivore dans ses bras et commença un examen rapide. Kalima connaissait bien les problèmes des animaux blessés car elle aidait souvent les vétérinaires du centre de soins dédié à la faune sauvage que son père avait créé en Afrique. Elle constata que les os n'étaient pas brisés, seule la peau avait été déchirée, plus par les mouvements désespérés de la loutre pour se libérer que par le piège lui-même.

En fait, l'animal était épuisé par des heures de stress et de souffrance et il avait probablement perdu beaucoup de sang. Il arrive fréquemment que certains se rongent la patte au niveau du coude pour se libérer. Georges le savait parfaitement et il n'avait guère de doute quand il voyait un renard sur trois pattes. Il lui était également arrivé de trouver les pieds sectionnés, encore prisonniers de l'étau d'acier.

— Comment peut-on être si cruel ? dit-il à Kalima, oubliant qu'il était enregistré. Ces animaux sont innocents et ne font de mal à personne. Vous vous rendez compte qu'il y a plusieurs centaines de piégeurs dans mon département, comme dans tous les autres en France. Comble de l'ironie, ces messieurs bénéficient d'un agrément officiel et leur pratique, si sanguinaire et injuste soit-elle, est parfaitement autorisée, du moins pour les espèces qui sont réglementairement classées « nuisibles » par un arrêté préfectoral. Dans le cas présent, c'est encore pire, car la loutre est intégralement protégée par la loi. Il ne s'agit pas seulement de piégeage, mais de braconnage.

Pendant ce temps-là, la loutre léchait affectueusement la patte de son jeune qui commençait doucement à se remettre.

— Il va s'en sortir, affirma Kalima, il n'y a pas de meilleurs remèdes que la salive et la tendresse d'une mère pour guérir une plaie.

— Je vais m'en occuper, dit celle-ci, mais avant de retourner à ma catiche et puisque tu as le pouvoir de nous parler, chère Kalima, je voudrais te poser une question : pourquoi les hommes font-ils cela, que leur avons-nous fait ?

— Elle a raison ! s'écria une martre. Pourquoi s'acharnent-ils à nous faire souffrir et à nous exterminer ? Nous ne leur faisons aucun mal.

Presque toutes les espèces avaient de solides griefs envers les hommes et la balade enchantée sur un chemin de Creuse se transforma en une interminable litanie de plaintes, de récriminations et d'incompréhensions.

La situation était en train de dégénérer, au grand dam de Nicolas et de Ted qui, depuis le car-régie, avaient bien perçu le trouble de Kalima et l'excitation des animaux, sans comprendre pour autant ce qui se passait, faute de pouvoir saisir le dialogue entre leur héroïne et les représentants de la faune sauvage.

— Il faut demander à Ram de nous traduire les échanges, suggéra Ted, sinon nous allons planter notre émission.

Après accord de Kalima, le jeune Indien retrouva sa fonction d'interprète, à la différence notable que, pour la première fois de sa vie, il traduisait le langage animal. La Terre Mère, qui suivait les événements depuis l'Arche, considéra qu'il fallait faire confiance à la sagacité des deux héros et elle laissa des centaines de millions d'humains comprendre la parole animale, *via* la traduction de Ram.

Un vieux renard, réputé dans toute la région pour sa sagesse, fut choisi comme porte-parole de la communauté sauvage. Le goupil avait réussi à échapper à toutes les tentatives pour le détruire et nul mieux que lui connaissait les techniques utilisées par les hommes pour capturer et tuer les animaux.

Ram le prévint qu'il allait traduire tout ce qu'il dirait.

— Tant mieux, répliqua le rusé compère, je n'ai pas de précautions à prendre avec les tueurs qui nous pourchassent depuis toujours. Mais, avant toute chose, je dois préciser que les accusations que je vais porter ne concernent qu'une petite minorité. J'observe les humains depuis très longtemps, et j'ai constaté que la majorité vit paisiblement. J'ai cru comprendre par leur comportement que certains sont très pacifiques, voire curieux, et ne se lassent pas de nous observer.

Il s'approcha de Georges et poursuivit :

— Le vieux monsieur ici présent fait partie de cette dernière catégorie. Tous les animaux des bois et des rivières le connaissent, en guise de fusil il porte des jumelles. Il nous fait bien rire quand il se cache derrière un arbre ou dans les buissons, croyant que personne ne le voit. Sachant qu'il est totalement inoffensif, nous nous laissons observer de temps en temps.

— C'est vrai, renchérit le blaireau, quand j'ai des petits, il se poste près du terrier à la tombée de la nuit et fait des dessins ou des photos.

— Quelquefois, il est quand même bizarre, ajouta un chevreuil, il passe des heures à regarder et à dessiner nos traces de pas, il va même jusqu'à renifler et ramasser nos crottes qu'il met dans des petites boîtes.

En entendant la traduction de Ram, Georges riait aux larmes. Le naturaliste creusois tenta d'expliquer que, grâce aux empreintes et aux crottes, il étudiait les populations et le régime alimentaire de la faune du coin, mais ses explications ne firent que renforcer la perplexité de ses amis sauvages. Une buse variable raconta qu'un jour Georges avait trouvé un de ses poussins tombé du nid avant de pouvoir voler et qu'il était monté en haut de l'arbre pour le remettre dans son aire.

— S'ils étaient tous comme lui, dit le goupil, nous pourrions vivre dans un véritable paradis. Hélas, il est bien seul parmi ceux qui fréquentent la nature assidûment. Les autres, et l'un d'eux en particulier, nous mènent la vie dure. Durant une période de l'année, ils nous chassent pratiquement tous les jours et, quand la chasse est terminée, ils nous piègent et nous déterrent.

Le blaireau confirma que la chasse sous terre est une des plus cruelles et des plus aberrantes.

— Ils envoient une race de chien particulièrement hargneuse dans nos galeries pour nous repérer et nous coincer, puis ils creusent et nous sortent avec un engin en fer et ils nous donnent aux chiens qui nous déchirent encore vivants. Après quoi, ils jettent notre cadavre au sol et nous laissent pourrir.

Un sanglier compléta le tableau en précisant que, concernant ses semblables, et il en va de même pour les chevreuils et les cerfs, une fois tués, ils ne les laissent pas sur place, mais les emportent dans des véhicules, probablement pour les manger.

— Plus encore qu'aux hommes, dit le renard, c'est aux chiens de chasse que j'en veux. Sans ces auxiliaires serviles, les chasseurs n'auraient pratiquement aucune chance de nous rattraper et de nous débusquer. Les chiens sont un peu des cousins, ils ont un excellent flair et ils nous suivent à l'odeur comme je le fais quand je chasse, sauf que moi, je le fais pour survivre et nourrir ma portée.

Georges expliqua à destination des journalistes et des téléspectateurs non avertis que la prédation est un phénomène naturel qui participe à la vie et à l'équilibre de la nature, tandis que la chasse n'est plus qu'un loisir qu'il jugeait dépassé et immoral.

Le grand cerf prit alors la parole :

— Le plus exaspérant dans la chasse, c'est l'inquiétude permanente dans laquelle cette activité nous oblige à vivre. Au lieu d'avoir une existence tranquille, nous sommes sans arrêt contraints de rester sur le qui-vive. Chaque instant peut apporter la mort, où que nous soyons. J'ai réussi à de nombreuses reprises à échapper à la meute grâce à ma puissance et à ma connaissance intime du territoire, mais j'ai perdu beaucoup de biches et de jeunes.

— Tout à fait d'accord, reprirent en chœur le lapin, le lièvre, la perdrix, le faisan et toutes les autres espèces dites « gibier ».

— Si vous pouviez parler aux chiens, ajouta naïvement un canard colvert, peut-être pourriez-vous leur expliquer qu'ils sont des animaux comme nous et qu'ils n'ont aucun intérêt à s'allier à nos destructeurs !

La question dérouta Ram et Kalima car il n'y avait aucun animal domestique sur l'Arche. Ils se promirent en toute confidence d'en parler à la Mère pour voir comment résoudre le problème épineux des espèces proches de l'homme : les chiens, mais aussi tous les animaux d'élevage, de trait ou d'agrément.

Le magnifique faisan aux couleurs éclatantes, dont les plumes de la queue mesuraient au moins cinquante centimètres, prit à son tour la parole :

— Monsieur Ram, madame Kalima, je profite de l'occasion unique qui m'est offerte pour vous poser une question, car il y a quelque chose qui m'intrigue depuis longtemps. Je viens d'un élevage de faisans et j'ai été relâché pas loin d'ici, il y a environ trois ans. L'homme qui nous a élevés était très gentil avec nous, il nous a très bien nourris et soignés, puis, un beau jour d'automne, il nous a mis dans des cages et transportés dans la campagne où il nous a libérés. Au début, j'étais complètement perdu et, petit à petit, j'ai compris qu'il y avait plein d'insectes délicieux et j'ai appris à m'alimenter tout seul. J'avais aussi trouvé une belle femelle, mais elle savait à peine voler. Quelques jours après notre lâcher, les chasseurs sont arrivés et se sont mis à nous tirer dessus. Ma faisane a été parmi les premières éliminées et, à ma grande surprise, celui qui l'a tuée était notre éleveur. Quand elle l'a vu, elle ne s'est pas méfiée, croyant qu'il venait nous apporter des granulés. C'est quand même incompréhensible ! Il nous donne la vie, il nous élève et, à peine sommes-nous libres, il nous extermine.

Les exemples d'incompréhension vis-à-vis du comportement des hommes fusaient de toutes parts, au point que Kalima commençait à perdre pied et Ram cessa de traduire les propos de plus en plus agressifs et confus des animaux. Plusieurs centaines d'espèces, si l'on comptait les insectes, étaient présentes, dont certaines représentées par des milliers d'individus, et chacun tenait à faire part de ses observations. Nicolas et Ted entrevoyaient le risque de l'entreprise ; après une rapide concertation, ils conseillèrent à Kalima de calmer le jeu et de reprendre la balade. De son côté, la Terre Mère, qui assistait à la scène depuis l'Arche, comprit le danger d'un retournement de situation, risquant de transformer une opération d'émerveillement en un gigantesque tribunal.

Elle en informa Kalima et intervint auprès des représentants de la faune creusoise. En quelques secondes, comme par miracle, la communauté animale se calma et la jeune femme reprit la parole :

— Mes amis, mes chers frères, la nuit s'apprête à tomber, je vous propose de revenir sur nos pas et de retourner tranquillement vers notre point de départ. Ne partez pas, il faut que vous soyez tous présents pour le bouquet final.

— Nous devons rentrer, répondit la reine des abeilles, nous ne savons pas nous diriger de nuit, mais je te rassure, Kalima, d'autres qui sont nocturnes vont prendre notre place et ils seront nombreux.

Le retour fut somptueux, féerique : aux animaux déjà présents – des dizaines de milliers pour les petites espèces et des centaines pour les plus grosses – s'ajoutèrent les nocturnes venus enrichir la cohorte sauvage de ce petit coin de Creuse. Des milliers de papillons de nuit avaient rejoint leurs cousins diurnes. L'arrivée des chauves-souris provoqua un nouvel émoi parmi les journalistes et Kalima dut à nouveau intervenir, comme pour les serpents, afin de calmer les craintes suscitées par des siècles de légendes et de contre-vérités. Comme à leur habitude, hérissons, loirs et lérots sortirent de leurs cachettes, tandis que chouettes et hiboux survolaient la caravane.

Georges eut l'heureuse surprise de découvrir un couple de hiboux grands-ducs, le plus grand des rapaces nocturnes, dont il ne connaissait pas l'existence si près de chez lui. Un énorme nuage de moustiques vint se positionner à cinq mètres au-dessus du chemin, obscurcissant partiellement les dernières lueurs du soleil couchant.

— Si vous n'accélérez pas, dit Nicolas Mulot à Ram et Kalima, nous n'allons plus rien voir. J'ai prévu quelques éclairages d'appoint sur les caméras, mais ils ne portent pas très loin.

C'est alors que se produisit le plus étonnant des spectacles de cette journée pourtant riche en événements merveilleux.

Des centaines de vers luisants arrivaient de tous les horizons. Les femelles, qui ne savent pas voler, étaient transportées par des petits oiseaux qui les déposaient délicatement sur le bord du chemin, de sorte qu'elles tracent une ligne lumineuse en direction du village. Les mâles formèrent un incroyable tunnel de lumière vert fluorescent en tournant leur petite plaque luminescente vers les marcheurs. Les rossignols, merveilleux chanteurs qui embellissent les nuits d'été de leurs trilles, donnèrent un concert comme jamais la nature n'en avait entendu.

Soudain, au moment où le groupe d'humains sortait du tunnel lumineux et que l'émerveillement était à son comble sur le chemin et sur les écrans du monde, Kalima perçut un brouhaha derrière elle. Un splendide mâle de loutre, suivi de près par sa femelle, fendait la foule des bêtes sauvages. Il portait quelque chose dans sa gueule que Kalima ne pouvait distinguer à cause de la pénombre. Arrivé à ses pieds, il déposa son petit fardeau et se redressa sur ses pattes arrière. Un silence total régnait.

— Mon petit, celui pris au piège, est mort. Nous pensions le sauver mais il s'est éteint dans la catiche sous le ventre de sa mère.

Kalima était tétanisée, totalement désemparée. Elle prit le loutron dans ses mains et comprit en voyant le sang à la commissure de sa petite gueule qu'il avait probablement succombé à une hémorragie interne.

— Ne pleure pas, Kalima, déclara la femelle. L'heure n'est plus aux regrets et aux lamentations. Tu as dit que tu étais venue pour nous aider, eh bien c'est le moment ou jamais. Que devons-nous faire ?

Une sourde protestation montait de la foule, hommes et bêtes confondus, quand un geai se posa sur l'épaule de Kalima.

— Moi, je connais celui qui a posé le piège, cela fait des années que je l'observe dans son entreprise de souffrance et de mort. J'ai poussé des dizaines de fois mon cri d'effroi pour tenter de déjouer ses manœuvres et pour prévenir ses futures victimes, mais seuls les geais et quelques oiseaux me comprennent. Avant de vous connaître, Ram et toi, nous ne pouvions qu'enrager et désespérer face à notre impuissance. Dis-nous ce qu'il faut faire, nous sommes tous à ta disposition. Je sais où il habite, c'est tout près d'ici.

Kalima ne contrôlait plus rien, elle se tourna vers la caméra la plus proche et traduisit pour le car-régie les propos des loutres et du geai, en demandant conseil à Nicolas et à Ted. Son émotion était telle que dans un premier temps elle ne réalisa pas que l'émission était toujours diffusée en direct. Tous les téléspectateurs avaient entendu ses propos.

Ram quitta le groupe de reporters et s'approcha de sa compagne en parlant la langue des animaux.

— Il faut demander à la Mère ce qu'elle en pense. Je crois qu'il vaut mieux arrêter l'émission.

Nicolas fit savoir aux deux jeunes gens, dans leurs oreillettes, qu'il gardait l'antenne et qu'il les laissait juges de la suite à donner.

La colère et l'excitation montaient parmi les animaux, Kalima savait que tout pouvait dégénérer en quelques secondes.

Sur l'Arche, la faune terrestre, qui avait suivi les événements, était encore plus véhémente. La Mère comprit qu'elle ne pouvait plus indéfiniment demander aux animaux de modérer leurs ardeurs. Elle avait parfaitement le pouvoir de le faire, mais le fallait-il ? En organisant la révolte, elle avait ouvert une gigantesque boîte de Pandore. Cette dernière, une héroïne de la mythologie grecque, avait ouvert le vase où Zeus avait enfermé les misères humaines, libérant le mal sur terre. La revanche des animaux allait-elle devenir la deuxième vague de misères et de malheurs pour les hommes ?

Kalima la tira de ses pensées en lui rappelant l'urgence de prendre une décision.

— Que fait-on, la Mère ? On arrête tout ou on va chercher le braconnier ? Et si on y va, le fait-on en direct, avec tous les risques que cela suppose ?

— Allez-y, décida brusquement la Mère, ne craignez rien. Si la situation dégénère, il sera toujours temps de reprendre les choses en main.

XII

— Qu'en pensez-vous, Georges ? dit Kalima. Le geai peut nous conduire à la maison du braconnier qui a tué le loutron. Il dit qu'elle se trouve à trois cents mètres à peine au bout du chemin qui bifurque juste devant nous.

— C'est la ferme de Riton, je le connais bien, il chasse et piège beaucoup, principalement les renards, les blaireaux et les martres, mais je n'imaginais pas qu'il soit capable de prendre une espèce protégée et aussi menacée que la loutre. Je pense qu'il nous faut saisir l'occasion de dénoncer un tel abus, mais je suis doublement inquiet.

— Pourquoi donc ? demanda Ram, en précisant au naturaliste que tous leurs propos étaient retransmis car l'émission se poursuivait.

— Je crains une violente réaction de la part de Riton, qui va se sentir agressé, et de la part de tous ces animaux qui, on peut le comprendre, sont indignés. Ne craignez-vous pas, chère Kalima, que notre belle aventure se termine en drame et aboutisse à l'effet inverse de celui recherché ?

Chris, qui avait une grande habitude des situations tendues et conflictuelles, avait quitté le cortège pour rejoindre ses amis.

— Je partage vos appréhensions, Georges, aussi faut-il prendre quelques précautions. Compte tenu de l'émotion provoquée par la mort du loutron, il est exclu de ne rien faire, mais il va falloir être très prudents. Je propose, si Kalima et Ram sont d'accord, de nous rendre chez le piégeur avec un groupe plus restreint : vous deux avec Georges et moi, plus un seul caméraman et peut-être un ou deux journalistes. Il nous faudra aussi un preneur de son pour enregistrer d'éventuelles réactions du fameux Riton.

— Et nous ? dit le grand cerf. On ne veut pas manquer une telle occasion de voir la tête du type qui nous massacre et au minimum lui donner une bonne leçon propre à le décourager définitivement, lui et ses semblables.

Il fut donc convenu que Kalima, protégée et conseillée par Chris, mènerait l'opération, tandis que Ram, en contact permanent avec la Mère, se mêlerait aux animaux pour canaliser leur impétuosité.

L'émission durait depuis plus de deux heures et l'audience ne cessait de grimper. Malgré le décalage horaire, les téléspectateurs, de plus en plus nombreux, prenaient l'antenne. Ce fut un miracle que les centrales de production d'électricité et les réseaux Internet ne saturent et ne se bloquent sous la demande accrue. Jamais, depuis les débuts de la communication audiovisuelle et du développement de la Toile, on avait enregistré une telle fréquentation. Le monde entier suivait l'émission et, parmi les centaines de millions de personnes rivées devant leur écran, on comptait Riton. Comme tous les habitants du village, ce dernier avait suivi les préparatifs de l'émission, mais il croyait à une mystification. Pour rappeler tous ces « guignols » à la réalité, il avait pris l'initiative, subtile selon lui, de poser un piège dans une coulée de loutre, histoire de montrer que personne n'empiétait impunément sur son domaine.

Ce vieux garçon asocial vivait en marge du village en élevant quelques moutons et de la volaille. La traque des animaux sauvages était dans sa famille une pratique très ancienne. Jeune, il suivait son père, quand il posait ses lignes de pièges, et il n'avait jamais admis les lois de protection des rapaces et de certains carnivores. Il ne cessait de regretter le « bon vieux temps » où tous les coups étaient permis contre ces « saloperies de prédateurs » qui menaçaient son poulailler et prélevaient son « gibier ». Une de ses activités préférées était le déterrage et le gazage des renards et des blaireaux. Il lui arrivait encore régulièrement de poser des pièges au sommet de poteaux, plantés tout exprès dans son jardin, pour capturer des chouettes, bien que cette méthode soit totalement illégale depuis fort longtemps. Sa propriété était entourée de ce qu'il nommait « un véritable champ de mines » censé le protéger de l'intrusion des mangeurs de poules. La première chose que l'on découvrait en prenant le chemin de son domicile était un panneau sur lequel était inscrit : *Danger, propriété piégée.* Riton n'aimait pas plus les hommes que les bêtes, il inspirait la crainte à tous, y compris à ses collègues de la société de chasse locale, effrayés par son regard et son comportement quand il avait tué un sanglier, quelquefois à la dague, après que les chiens l'avaient acculé.

Au moment où la troupe allait prendre le chemin arriva une voiture de la gendarmerie, gyrophare allumé. Un officier descendit et s'approcha de Kalima.

— Je suis responsable de la société, des biens et des personnes dans ce secteur et je vous en conjure, mademoiselle, n'approchez pas de cette propriété privée. L'homme qui l'habite est très dangereux, je viens de lui téléphoner, il a vu l'émission, il est ulcéré et vous attend de pied ferme. Georges, vous qui le connaissez, dites-lui que ce n'est pas raisonnable.

— Ne craignez rien, le rassura Chris, le géant qui dépassait tout le monde d'une tête, nous prenons la responsabilité de l'opération. Nous allons faire une approche très progressive, nous voulons avant tout dialoguer avec cet individu et profiter d'une situation aussi exceptionnelle pour le dissuader de poursuivre ses exactions.

— Vous rêvez... répondit le gendarme. Si vous insistez, je dois rester avec vous. Quant à vous, Kalima, pouvez-vous contrôler les réactions des animaux ? Je ne voudrais pas avoir un meurtre sur les bras.

Personne, bien entendu, ne souhaitait arriver à une telle extrémité, hormis peut-être le couple de loutres. Kalima demanda aux animaux de ne rien entreprendre sans son accord, puis elle commença à marcher sur le chemin, encadrée de Ram et de Chris.

L'accès à la maison de Riton était éclairé par une pleine lune bienvenue et l'on distinguait au loin les lumières qui illuminaient la cour, le jardin et l'auvent de la ferme. La dizaine de chiens de meute que gardait le braconnier dans un enclos éloigné de la maison commencèrent à aboyer furieusement. Nicolas Mulot informa Kalima que le son devenait inaudible, lui demandant d'intervenir si possible. Une fois de plus revenait la question des animaux domestiques. Après concertation avec Kalima et Ram, la Mère décida une bonne fois pour toutes d'attribuer à ses protégés les mêmes pouvoirs de communication, tant avec la faune sauvage qu'avec les commensaux de l'homme. Kalima s'adressa d'abord à ceux qui avaient émis les plus grandes réserves quant au comportement des chiens de chasse, jugés complices des crimes perpétrés contre eux, tels que les cerfs.

— Ne prenez pas ombrage que je m'adresse à la meute qui vous pourchasse et n'y voyez pas une trahison de ma part. Je dois simplement les calmer afin de pouvoir aborder leur maître.

Tandis qu'elle s'approchait, une lampe s'alluma au-dessus du chenil constitué d'un vaste enclos grillagé et d'un cabanon. Riton surveillait le groupe avec ses jumelles, ne voulant rien perdre de la scène par ailleurs retransmise sur sa télévision.

— Écoutez-moi les chiens, dit Kalima, nous ne vous voulons aucun mal. Je souhaite simplement que vous cessiez d'aboyer. Je dois parler à votre propriétaire et j'ai besoin de silence.

Les chiens, qui sont des animaux familiers, ont une grande habitude d'entendre le langage humain, dont ils comprennent une certaine partie, notamment des messages les concernant, tels que leur nom ou les ordres pour la chasse. Ils n'en furent pas moins ébahis de pouvoir dialoguer avec cette étrange jeune femme venue d'on ne sait où.

— Mais qui es-tu et que fais-tu ici, chez nous ? demanda un splendide chien de race porcelaine qui semblait être le chef de clan.

— Ce serait trop long à vous expliquer. Sachez seulement que tous les animaux sauvages de la terre ont décidé de se révolter et que mon ami Ram et moi sommes les porte-parole des humains. Votre situation dans cette affaire, en tant qu'animaux domestiques dépendant directement de l'homme, est particulière. Nous aurons l'occasion d'en reparler. En attendant, je vous conseille d'observer, de faire profil bas et de ne pas prendre position. Nous verrons par la suite comment vous associer.

Après quoi, Kalima résuma ses propos à l'attention des téléspectateurs, dont Riton, bien obligé de croire à l'authenticité des événements, en voyant sa meute se calmer instantanément et venir lécher les mains de Kalima et de Ram à travers les grilles.

Malgré le calme revenu, les chiens, qui pour la première fois pouvaient parler avec les animaux sauvages, passaient un mauvais quart d'heure. L'enclos était entièrement cerné de chevreuils, cerfs, sangliers et renards, tandis que les espèces plus agiles grimpaient aux grillages et sur le toit du cabanon.

— Pourquoi cet acharnement après nous ? demanda le grand cerf. Vous êtes des animaux et vous n'avez pas besoin de nous tuer pour manger.

— Si je peux me permettre, dit l'écureuil, vous n'avez pas choisi le meilleur des maîtres.

— Détrompez-vous, répondit le chef de meute, c'est le meilleur de tous, personne ne connaît mieux que lui vos pistes pour nous mettre dessus. Grâce à lui, nous pouvons chasser très souvent, c'est notre passion, nous sommes faits pour ça. C'est lui qui nous nourrit en échange des services que nous lui rendons.

L'heure de la réconciliation n'était manifestement pas venue. Kalima interrompit la conversation et proposa de poursuivre le chemin. La maison n'était plus qu'à une centaine de mètres quand arriva une chauve-souris, une jolie petite pipistrelle.

— Je loge dans le grenier de cette ferme. Quand j'ai entendu que vous vouliez venir, je suis partie en éclaireur. Je dois vous dire que le propriétaire vous guette, il est planqué dans sa cuisine avec un fusil à la main et il a disposé un gros tas de cartouches sur la table.

Kalima informa Ram et Chris, provoquant involontairement une montée d'adrénaline dans le car-régie et chez les téléspectateurs.

Ted se tourna vers Nicolas.

— Cette affaire devient malsaine, elle commence à ressembler aux pires émissions de téléréalité. Ne crains-tu pas que notre public ait oublié le fond de cette initiative pour n'attendre que le coup de feu du tireur embusqué ? Si abject que soit cet homme, ne sommes-nous pas en train de le prendre en otage pour faire du sensationnel ?

Nicolas partageait totalement les appréhensions du journaliste. Ils s'en ouvrirent à Ram et Kalima, avant qu'il ne soit trop tard.

— Je suppose que nos nouveaux pouvoirs ne nous rendent pas immortels, dit Ram en faisant reculer sa compagne. Inutile de chercher les ennuis en provoquant un homme armé. Je crois plus judicieux de profiter des talents de quelques-uns de nos amis. Je pense plus spécialement aux petites bêtes, si nombreuses et parfois si agaçantes, que sont les moustiques. Avec la nuit, ils sont sortis en masse. Si on leur demandait de rendre une petite visite de courtoisie à Riton.

— Il est malin, ce jeune homme, reconnut Chris en donnant une tape dans le dos de Ram. Je ne crois pas en effet qu'un fusil soit bien efficace contre de minuscules insectes.

Kalima convint d'un plan d'attaque : les mouches, moucherons et moustiques devaient envahir l'habitation de Riton et le neutraliser, en le piquant un peu si nécessaire.

— Il croit que les différents accès de sa maison sont bien fermés, mais je connais plein de fentes par lesquelles nous entrons, affirma la pipistrelle. Suivez-moi, adorables petits moustiques, je promets, exceptionnellement, de ne dévorer aucun d'entre vous ce soir.

Riton se tenait caché, observant l'extérieur depuis un angle de la fenêtre, un fusil à la main, prêt à en découdre, mais plus rien ne bougeait. Tout était silencieux, les chiens n'émettaient plus le moindre son et le groupe semblait avoir stoppé sa progression au niveau du chenil. Ce fut d'abord un sifflement à peine audible, accompagné d'un léger battement d'ailes. La pipistrelle fut la première à envahir la pièce en sortant de la grande cheminée, suivie par une traînée compacte et mouvante de centaines de moustiques. En quelques instants, la cuisine s'emplit d'un vrombissement intense, aigu et grave à la fois, insupportable à l'oreille humaine. Les insectes formèrent une colonne qui tournoyait autour de Riton, des pieds à la tête, puis de la tête aux pieds, tel le cœur d'une tornade vivante. En incapacité de se débattre, prisonnier de cette camisole vibrionnante, l'homme était paralysé par la peur, un sentiment inhabituel et déroutant pour une brute insensible. La pression était telle que Riton lâcha son fusil. En heurtant le sol, un coup partit, brisant les vitres de la fenêtre.

— Attention ! s'exclama Chris. On recule, ce type est dangereux.

— Je ne crois pas, répondit Kalima qui venait de parler avec la chauve-souris. Il s'agit d'un coup de feu involontaire, le braconnier est neutralisé, allons lui dire deux mots.

— Vous êtes certaine de vos dires ? demanda le gendarme. Nous connaissons l'individu, il est plutôt du genre coriace.

— Absolument certaine ! D'ailleurs, regardez, la porte est en train de s'ouvrir.

Riton apparut dans l'encadrement, encore entouré d'une nuée de moustiques, titubant, se tenant les oreilles à deux mains.

— Écartez-vous, recommanda Kalima, laissez-le respirer, j'ai à lui parler. Le cadreur est-il prêt ?

Elle s'approcha doucement du perron, accompagnée du couple de loutres. Riton commençait à reprendre ses esprits, appuyé au chambranle de la porte. Il était livide, les yeux injectés de sang, les genoux tremblants.

Kalima savait que l'instant était crucial. La scène qui allait se dérouler en public était la première d'une longue série de confrontations. Elle allait donner le ton de la révolte, pour tous les humains spectateurs mais également pour les animaux présents sur le site ou sur l'Arche. Elle devait faire preuve de fermeté sans humilier outre mesure le coupable, déjà bien affaibli. Elle était confrontée à une situation totalement inédite et improvisée. La Mère ne disait rien, curieuse de voir comment allait se comporter sa protégée.

— Est-ce vous, monsieur, qui avez posé un piège dans une coulée de loutre au bord de l'étang ?

Silence...

— On dirait qu'il ne peut pas parler, compatit Ram.

— C'est du pipeau, intervint Chris, il est secoué, probablement terrorisé, au mieux décontenancé. Entrons et faisons-le asseoir. Donnez-lui un verre d'eau.

— Je vous ai posé une question, insista Kalima, si vous ne répondez pas, je ne suis pas persuadée de pouvoir retenir la horde qui vous attend dehors, parmi laquelle vous n'avez guère d'amis.

Nicolas fit faire un plan sur la foule animale qui emplissait la cour et l'entrée de la cuisine.

— Regardez sur votre écran de télé, pour l'instant ils sont calmes. Je repose ma question pour la dernière fois.

Riton releva la tête et déclara d'une voix pâteuse :

— Oui, c'est moi qui ai posé ce piège, hier matin, avant votre arrivée.

— Pourquoi ?

— J'espérais prendre un ragondin, c'est une espèce nuisible, qui creuse des galeries dans les digues des étangs et provoque des effondrements.

— Il ment ! s'insurgea Georges. Les ragondins sont capturés dans des nasses appâtées avec des pommes et des carottes. Je suis certain qu'il l'a fait exprès.

— Moi aussi, dit la loutre, c'est la première fois qu'il y a un piège à cet endroit.

— Je m'impatiente, insista Kalima, inquiète de perdre la face ou de voir la scène dégénérer en un lynchage médiatique.

— Et puis merde ! s'écria l'homme, soudainement remonté. Oui, j'ai placé le piège volontairement dans le passage des loutres. Vous n'avez rien à foutre ici, avec tout votre cinéma, je suis chez moi, dans une propriété privée, foutez le camp.

Ram se pencha sur l'épaule de Kalima et lui glissa quelques mots à l'oreille. La Mère venait de lui parler. Il n'était pas question de faire preuve de faiblesse, de donner l'impression de baisser les bras ou d'apparaître trop indécis dans cette première épreuve. Si Kalima était d'accord, elle proposait de laisser faire les animaux tout en leur demandant de modérer leurs ardeurs et de ne pas attenter à l'intégrité physique de l'irascible Riton.

— Vous l'aurez voulu, dit Kalima, je vous livre à vos victimes. Étant donné qu'ils sont trop nombreux pour tenir dans cette pièce, nous allons sortir dans la cour.

— Je refuse de bouger. Toi, le « cogne », fais ton boulot, je porte plainte pour violation de domicile.

Un énorme éclat de rire fusa du fond de la cuisine.

— Tu veux porter plainte contre des moustiques ? Viens là, la comédie a assez duré.

La voix tonitruante était celle de Chris. Le géant s'approcha de Riton, le prit par le col de sa veste et, d'une seule main, le souleva et l'entraîna à l'extérieur.

— Maintenant, tu restes là bien sagement, je crois que la faune de « chez toi » a quelques mots à te dire.

La loutre, qui avait de bonnes raisons pour cela, prit la parole la première :

— Je propose de faire marcher ce monsieur sur l'un de ses pièges.

— Excellente idée, dit le vieux renard, il verra ce qu'il nous fait subir, ça devrait le calmer.

Kalima dut intervenir pour retenir ses amis. Elle comprenait leur légitime colère, mais il n'était pas question de se comporter avec la même cruauté que celle que l'on dénonçait.

— Que va-t-on lui faire ? ironisa le renard. Un gros câlin !

— Mais oui, c'est une super idée, répliqua l'écureuil, nous allons tous lui faire un très gros câlin.

Commença alors le pire des cauchemars que puisse imaginer un homme qui avait toujours cru dominer la nature sauvage et disposer de la vie des bêtes à sa guise. Le grand cerf fut le premier à témoigner son affection à son vieil ennemi. Il s'approcha de Riton, lui coinça le tronc et la tête entre ses grands bois et l'accula contre le grillage du chenil où il le pressa fortement. Puis ce fut le tour des chevreuils et des sangliers qui vinrent se frotter avec vigueur contre ses jambes. Les espèces plus petites et plus agiles le recouvrirent littéralement et se mirent à lacérer ses vêtements et à le lécher de toutes parts. Une multitude de petits oiseaux lui picoraient la tête, tandis que les serpents enlaçaient ses chevilles et pénétraient dans son pantalon. Les insectes s'amusaient à pénétrer et à ressortir de ses narines et de ses oreilles. Pour une fois et contrairement à toute réalité, on vit des chauves-souris s'agripper à ses cheveux. Une chouette effraie vint déposer une belle pelote de réjection sur le sommet de son crâne. Chaque animal venait et poussait son cri favori le plus près possible des oreilles de l'homme terrorisé. À un certain moment, ils étaient si nombreux que le corps de Riton disparaissait sous la masse animale. Kalima dut intervenir à plusieurs reprises afin qu'il puisse respirer.

— Tu es contente, Kalima ? questionna l'écureuil. Sommes-nous assez affectueux avec lui ?

La jeune femme fut décontenancée par la réflexion mi-ironique, mi-réprobatrice de l'animal. Elle se tourna vers Ram pour lui faire part de son sentiment et lui demander conseil.

— Je crois que la leçon a assez duré, je propose que nous repartions en laissant cet homme à son triste sort. Je serais étonné qu'il poursuive ses exactions après un tel châtiment.

Nicolas Mulot et Ted appuyèrent les recommandations de Ram. Chris prit le braconnier dans ses bras et le reconduisit dans sa maison, accompagné de Kalima et d'un cadreur. L'homme tremblait de tous ses membres et avait les yeux exorbités. En entrant dans la cuisine, ils aperçurent un chat perché sur le buffet, le poil hérissé, tandis qu'un groupe de souris effectuait une danse endiablée autour du meuble en se gavant de fromage. En reconduisant le propriétaire des lieux dans sa chambre, ils croisèrent des dizaines de rongeurs, loirs, lérots, mulots, écureuils qui descendaient l'escalier, la gueule pleine de noix, noisettes et pommes.

— Que faites-vous ? demanda Kalima.

— On pille les réserves du grenier. Tu as dit : pas d'agression physique, mais tu n'as pas dit : interdit de se servir.

À l'extérieur, les cerfs et sangliers avaient défoncé les parois du chenil et les chiens avaient filé à toute allure en direction du village.

— On laisse les poules tranquilles ! s'écria Kalima en voyant fouines, martres et renards saliver autour du poulailler.

— Merci, Kalima, nous ne sommes que des gallinacés domestiques, mais on aimerait bien faire partie de l'aventure. As-tu une place pour nous ?

La jeune femme fut incapable de répondre, elle promit d'étudier la question et laissa les poules en sécurité.

L'émission touchait à sa fin. Nicolas indiqua à Kalima et Ram que tous les records avaient été pulvérisés, au-delà de l'imaginable. L'opération émerveillement avait atteint son but, bien qu'elle se soit terminée de manière inattendue et plus brutale que nos deux héros et la Mère l'eussent souhaité. Kalima reprit la parole une dernière fois pour rappeler les objectifs d'une entreprise aussi fantastique et démesurée. Elle était persuadée qu'après une telle démonstration plus personne sur terre ne douterait de l'infinie richesse de la nature. Elle espérait que l'épisode imprévu du braconnier découragerait ses semblables du monde entier de poursuivre leurs pratiques barbares. La suite allait lui montrer qu'elle était encore bien naïve.

XIII

QUAND ILS FURENT de retour sur l'Arche, la Terre Mère invita Kalima et Ram pour tirer les leçons de la balade creusoise.

— Vous avez vu que la situation a failli dégénérer, cela doit nous inciter à une plus grande prudence et à mieux préparer la suite. L'idée de montrer la vie et la beauté était excellente mais les attentes des animaux sont telles que je ne souhaite pas les contenir indéfiniment. Je peux le faire, comme vous l'avez vu, mais je crains en les incitant systématiquement au calme de brider la révolte que j'ai moi-même initiée. D'un autre côté, il faut persister dans une démarche pacifique comme nous en étions convenus. Qu'en pensez-vous ?

— C'était prévisible, dit Ram, en permettant aux animaux de s'exprimer et d'échanger entre eux et avec nous, vous avez libéré leur parole et, plus encore, vous leur avez permis de comprendre et de formuler des choses qu'ils ne faisaient que subir jusqu'à présent. J'imagine qu'une fois cette aventure terminée ils oublieront tout et redeviendront comme avant, mais en attendant peut-être faudrait-il leur proposer des actions pour lesquelles ils puissent réagir sans pour autant agresser les humains.

— Je pense, ajouta Kalima, qu'il faudrait associer les animaux domestiques, leur complicité nous sera d'autant plus utile qu'ils sont très proches des humains et que ces derniers ont impérativement besoin d'eux.

— Excellente idée, renchérit Ram, vous imaginez la situation si tous les animaux d'élevage ou de trait se mettaient en grève !

La mère prit un air songeur, elle semblait déstabilisée par cette perspective.

— Je ne suis pas certaine d'avoir un quelconque pouvoir sur des animaux dont la plupart sont domestiqués depuis des millénaires. Certes, à l'origine, ils descendent tous d'espèces sauvages, comme les vaches de l'aurochs ou les chiens du loup. Mais peut-être ont-ils gardé au tréfonds d'eux-mêmes une once de sauvagerie. On va voir. Je vais essayer.

La Mère prit alors une profonde respiration, elle leva les bras et ferma les yeux. Un silence absolu régnait sur l'Arche, quand soudain une traînée multicolore et grouillante zébra le ciel.

— Ça marche, s'exclama Kalima, ils arrivent : vaches, moutons, chevaux, ânes, cochons, poules, rats et souris de laboratoire, dromadaires et chameaux, buffles, zébus, chiens, chats !

Des milliers d'espèces, ils étaient tous là. Ironie du sort ou facétie de la Mère, une poule et un chien de Riton étaient de la fête. Ils se précipitèrent vers Kalima en demandant protection.

— Tu nous reconnais ? Dis-leur de ne pas nous faire de mal.

— Tout le monde se calme, cria la mère, les règles pour nos nouveaux amis sont les mêmes que pour tous les autres animaux, ni concurrence, ni envie, ni animosité.

Elle leur expliqua ensuite l'origine de l'Arche, les raisons et les enjeux de cet immense rassemblement, ce qu'elle attendait d'eux et le rôle de Ram et de Kalima.

La première à prendre la parole fut la poule de Riton :

— *A priori*, il n'y a pas grand-chose que vous puissiez faire pour nous, nos conditions de vie ne sont pas mauvaises, même si j'ai compris pour la première fois que notre maître était craint et détesté par tous les animaux sauvages. En revanche, je dois vous dire qu'il y a parmi nous une poule qui a été amenée par une dame qui travaille dans un élevage situé près de chez nous. D'après ce qu'elle nous a raconté, elle vient d'un endroit inimaginable où les poules sont innombrables et où elles sont très malheureuses, tassées les unes contre les autres, sans jamais sortir et ne mangeant que des produits bizarres. Quand elle est arrivée, il a fallu tout lui apprendre. Elle n'avait jamais mangé de vers de terre, ni d'épluchures, ni de blé. Elle savait à peine marcher et elle avait peur de sortir du poulailler. Peut-être pourriez-vous faire quelque chose pour aider ces pauvres bêtes ?

Le fond de la vallée était entièrement occupé par un immense bâtiment tout en longueur, très bas, sans aucune ouverture dans les murs gris. Il était bordé tous les cinquante mètres par une série de silos munis d'un déversoir qui pénétrait dans le toit. Un gigantesque tapis roulant reliait les silos à un hangar dans lequel des camions déversaient des tonnes d'aliments. À l'autre bout se trouvait une usine de méthanisation qui transformait en électricité les déchets : fientes, plumes et cadavres. Un panneau fixé au mur stipulait : *Ici, nous fabriquons une énergie propre et renouvelable, 100 % écologique, qui nous assure une totale autonomie énergétique.* Slogan qui ne trompait personne, en tout cas pas les riverains et les habitants de la commune qui avaient baptisé l'entreprise « le Dachau des poules ». Allusion directe à l'univers concentrationnaire dans lequel vivaient vingt à trente mille poules pondeuses, mais aussi à l'aspect extérieur des bâtiments, entourés d'une clôture électrique et de nombreuses caméras de surveillance.

Plusieurs associations de défense des animaux domestiques s'étaient radicalisées et menaient un peu partout des actions de commando face à l'inefficacité de leurs demandes légales et à l'impuissance des services publics. La crise généralisée amenait également de plus en plus de démunis à piller les élevages mal protégés. Les poules, mieux gardées qu'une banque, étaient ainsi devenues un bien précieux pour l'économie de l'entreprise mais certainement pas pour la santé des consommateurs. Kalima et Ram avaient confié l'opération à Chris, grand spécialiste des attaques de baleiniers, mais peu familier des élevages en batterie. Raison pour laquelle il s'était adjoint l'aide de Fabien, un jeune paysan du coin, chaleureux partisan du bien-être animal et éleveur de volailles bio.

Il restait à peine une heure avant le lever du jour et l'usine était quasiment déserte. Kalima sonna à la porte du gardien avec un magnifique coq dans les bras. L'homme s'approcha de la vitre grillagée et appuya le front contre la fenêtre pour voir qui pouvait bien arriver à une heure pareille. Il vit d'abord le coq, le plus bel animal qui eût jamais mis les pattes dans son univers de volailles uniformisées, puis il aperçut Kalima dont le sourire irradiait sous la lampe jaunâtre du vestibule. La plus belle femme qu'il ait jamais vue, avec un coq de concours dans les bras ! Ce n'était ni le 1er avril ni Noël, un simple petit matin gris de juin. Sans réfléchir un seul instant et en dépit des consignes de sécurité les plus élémentaires, il ouvrit la porte.

— Bonjour ! s'exclama Kalima. Je vous apporte ce cadeau car j'ai pensé que personne ne vous réveille jamais de façon naturelle et j'imagine que toutes ces dames seront ravies de voir au moins une fois dans leur vie un beau mâle, de quoi nourrir leurs fantasmes durant les quelques semaines de leur supplice.

Le mot supplice mit la puce à l'oreille du gardien, mais il était déjà trop tard : Chris et Fabien s'étaient engouffrés et tenaient fermement le vigile.

— Maintenant, lui dit Fabien, vous avez deux solutions : soit vous résistez et on vous ligote, après que mon ami le géant ici présent se sera occupé de vous, soit vous coopérez et nous nous arrangerons pour vous ligoter gentiment en partant afin de vous dédouaner de toute cette affaire.

L'homme n'avait d'yeux que pour Kalima et, malgré sa peur, il choisit de rester le plus possible près d'elle. Tous les acteurs présents avaient déjà vu des reportages sur les élevages industriels de poulets mais, quand, le gardien ouvrit les immenses portes du local, ce fut un choc violent : le bruit, l'odeur, la saturation étouffante de l'air, et plus encore la perspective de centaines de rampes remplies de poulets qui semblaient s'étendre à l'infini.

Fabien prit son portable et envoya un SMS à son réseau d'amis : *Vous pouvez approcher, la voie est libre.* Des dizaines de phares illuminèrent alors la cour de l'usine. Les fourgonnettes, les tracteurs et leurs remorques, les bétaillères, tout le monde était là.

— Pas de précipitation, dit Chris, il faut procéder par ordre en évacuant les postes de l'aval vers l'amont du bâtiment en les chargeant au fur et à mesure.

— Je peux vous aider ? demanda le coq à Kalima.

— Bien sûr, à toi de jouer.

— Mesdames mes poulettes, veuillez faire silence, s'il vous plaît.

Les milliers de bêtes présentes se turent immédiatement. Le coq, qui ignorait l'intervention de la Mère, s'en attribua le mérite, avec le sourire complice de Kalima. Un premier groupe de paysans ouvrait les grilles tandis que les suivants évacuaient les poules en les guidant vers la sortie, mais force fut de constater que pratiquement aucune ne savait marcher. Les pauvres bêtes titubaient et s'entravaient les unes dans les autres.

— Je m'en doutais un peu, dit Fabien, mais à ce point-là c'est inimaginable. Qu'allons-nous faire ?

— Nous allons les poser sur le tapis roulant, proposa Chris, le rebord est suffisamment haut pour qu'elles ne tombent pas.

L'évacuation fut cauchemardesque ; les éleveurs vidèrent des grands sacs d'aliments et y entassèrent les poules qui restaient à terre, puis les déposèrent sans ménagement dans leurs véhicules. Bien que l'opération fût minutieusement préparée, personne n'avait anticipé à ce point l'incapacité des poules à se mouvoir et l'impact d'un tel nombre. Le coq se démenait dans tous les sens, encourageant celle-ci, relevant celle-là, calmant les plus inquiètes, quand il aperçut au fond d'une cage un peu à part une petite poule très différente des autres : son plumage arborait plusieurs couleurs au lieu du blanc gris habituel. Ses pattes portaient des griffes et son bec n'était pas coupé.

— Viens vite, dit le coq. Que fais-tu ici ? Il faut te sauver.

— J'ai peur, répondit la petite poule. Si tu me mets avec les autres, elles vont me tuer.

— Ne dis pas de bêtises, on a jamais vu des poules s'entre-tuer et de plus tu es sous ma protection, allez viens.

La poulette ne voulait rien savoir, le coq appela Kalima pour lui demander d'intervenir. Celle-ci la prit dans ses bras, se mit un peu à l'écart et lui parla doucement. La poule lui raconta qu'il arrivait quelquefois qu'un œuf et un poussin soient différents. En principe, ils étaient immédiatement retirés de la chaîne par les employés responsables du tri. Si le poussin restait un tant soit peu au milieu des autres, ceux-ci commençaient par le bousculer et ils l'achevaient rapidement en le piétinant ou en le lacérant avant qu'on lui coupe le bec.

— Mais comment es-tu encore vivante ? demanda le coq.

— Au tri, il y a une dame très gentille, très douce. Elle nous soigne bien et, quand elle aperçoit une poule différente, elle l'écarte. Dans mon cas, elle m'a caressée et elle m'a mise toute seule dans cette petite cage. Je n'ai pas compris pourquoi.

Kalima se pencha au-dessus de la cage et aperçut une étiquette sur laquelle était écrit : *Réservée à Lucette.* C'est alors que Fabien passa, à la recherche de Kalima, car le jour pointait et il restait peu de temps avant l'arrivée des ouvriers.

— Tu connais une Lucette qui travaillerait ici ?

— Oui, c'est ma cousine.

— Elle élève des poules ?

— Tu veux dire, en dehors de l'usine ? Oui, elle en a quelques-unes chez elle. Elle s'amuse toujours à dire : « Au moins, je sais que je ne mangerai pas de cette merde. »

— Tu vois, la rassura le coq, tu n'as rien à craindre, désormais tu seras ma préférée.

Malgré toute leur énergie, les sauveurs de poules ne réussirent à évacuer qu'un quart des volatiles. Chris voulait absolument éviter tout affrontement avec les employés et les patrons de l'élevage et il ordonna la retraite.

Une fois rendus chez Fabien, ils firent le point pour constater, amers, que leur expédition était un semi-échec.

Malgré les plaintes déposées par le propriétaire de l'élevage, personne ne fut inquiété. La gendarmerie n'avait aucun doute sur l'identité des membres du commando, mais, désormais, plus personne n'avait la velléité de s'attaquer à des amis de Kalima, tant son alliance avec les animaux était devenue dissuasive et mondialement populaire. Quant aux poules, leur avenir fut des plus incertains. Un grand nombre d'entre elles moururent de stress dans les heures qui suivirent leur libération. Les amis de Fabien eurent les pires difficultés à les nourrir, impropres à toute forme de vie normale qu'elles étaient devenues. Une fois de plus se posait le douloureux problème des animaux domestiques : frères de combat ou alliés encombrants ?

XIV

Après l'affaire du poulailler industriel, Chris avait la nostalgie de son univers maritime et il demanda une faveur à Kalima.

— Ma puce, la mer me manque, j'ai très envie de retourner sur mon bateau et j'ai peur que mon équipage s'impatiente pendant que je vous accompagne dans vos opérations terrestres, si passionnantes soient-elles. Compte tenu de tes nouveaux pouvoirs, il m'est venu une idée. Tu sais que depuis plusieurs décennies nous combattons les baleiniers japonais avec plus ou moins de succès. Je viens d'apprendre que cinq baleiniers viennent de partir d'Hokkaido pour une campagne de chasse. Ils sont accompagnés d'un navire de guerre pour les défendre contre les protecteurs. Si tu es d'accord, peut-être pourriez-vous profiter de ces circonstances exceptionnelles pour leur régler leur compte.

— C'est une excellente idée, répondit Kalima qui avait très envie de passer à la vitesse supérieure.

— Nous arrivons à la saison de l'été austral durant laquelle les baleiniers partent en chasse au large des côtes de l'Antarctique. Si j'ai bien compris et même si vous refusez toujours de nous dire d'où vous vient cet extraordinaire don de communiquer avec les animaux, tu pourrais mobiliser les cétacés des mers australes, baleines et dauphins.

— Sans aucun problème, et je crois deviner où tu veux en venir.

Il fut convenu que Kalima embarquerait sur le navire avec Chris, Nicolas Mulot et son équipe, afin de rejoindre au plus vite les lieux du crime. Elle aurait préféré que Ram reste avec eux car son attirance pour lui était de plus en plus affirmée, mais, pour des raisons stratégiques, il fut décidé que pendant ce temps Ram retournerait sur l'Arche pour effectuer la recherche des baleiniers et guider *Whales-Peace*, le bateau de Chris. Le plus gros baleinier japonais encore en activité, une véritable usine flottante capable de tuer et de stocker des centaines de baleines, menait la flotte japonaise. L'organisation à bord était celle d'une industrie, incluant la chaîne complète depuis la capture des animaux jusqu'à la congélation en passant par le découpage et la transformation.

Pendant que son navire approchait la flotte nippone, Chris expliqua la situation à Kalima, peu familière des problèmes maritimes :

— Cela fait des siècles que les hommes pourchassent les baleines dont presque toutes les espèces ont vu leur population décliner pour arriver à un niveau critique, proche de l'extinction pour certaines. À l'origine, cette chasse était pratiquée de façon traditionnelle et localisée, mais elle s'est considérablement développée après l'invention du canon lance-harpon en 1867. On estime à près de 1 million et demi le nombre de baleines tuées durant le XIXe siècle. Aujourd'hui, grâce à l'action des protecteurs qui ont mobilisé l'opinion publique et les États membres de la Commission baleinière internationale, la chasse à la baleine est très réglementée, mais les Japonais persistent en prétextant qu'ils capturent des baleines à des fins scientifiques, pour mieux connaître les populations et leurs mœurs, alors qu'en réalité ils commercialisent leur viande très appréciée dans leur pays. La Cour internationale de justice de La Haye a pourtant estimé que ce pseudo-programme de recherche servait en réalité à contourner le moratoire sur la chasse à la baleine voté par la Commission baleinière internationale, mais rien n'a abouti.

— Que veux-tu que nous fassions ? demanda Kalima à Chris.

— Je crois que voilà l'occasion unique de frapper un grand coup. Jusqu'à présent, nous n'avons réussi qu'à perturber, quelquefois empêcher la capture des baleines au risque de perdre notre vie. Il faudrait trouver un moyen définitif de neutraliser cette armada de mort.

C'est alors que, depuis l'Arche, Ram intervint pour faire part de son analyse de la situation :

— Je pense avoir une idée : hypocrisie pour hypocrisie, puisque les baleiniers prétendent faire des études scientifiques, nous pourrions à notre tour mener une action pour contribuer à l'amélioration des secours en mer. Je propose qu'on coule les baleiniers afin de tester l'efficacité des canots de sauvetage. Nous pourrons ainsi étudier scientifiquement les conditions d'utilisation des canots et les systèmes d'évacuation des marins. Nous publierons ensuite une belle étude, au moins aussi performante que les leurs, dont toute la communauté scientifique s'accorde à dire qu'elles sont indigentes.

— C'est une excellente idée, dit Chris. Après avoir fait intervenir chez Riton les minuscules animaux que sont les moustiques, nous allons faire entrer en action les plus gros animaux du monde : les rorquals bleus.

Chris expliqua que tout chez cet animal est hors norme. Ce cétacé est le plus grand organisme vivant de la planète. Les plus gigantesques peuvent mesurer plus de 33 mètres de long pour un poids de 180 tonnes. La bouche mesure 6 mètres de large et l'envergure de la queue est de 4,5 mètres. Le cœur pompe

10 tonnes de sang et il a la taille d'une petite automobile. À la naissance, le jeune mesure 7,5 mètres et pèse près de 7 tonnes. Comme tous les jeunes mammifères, il tète sa mère mais il a besoin de 380 litres de lait par jour pour grossir journellement de 90 kilos. Un seul individu peut fournir 30 tonnes d'huile, en conséquence de quoi les rorquals bleus furent chassés en priorité. Durant la seule année 1930, 30 000 rorquals périrent sous les harpons des chasseurs. La population a décliné à tel point que les baleines bleues sont protégées mais de nos jours leur nombre est estimé à moins de 2 000 individus dans les mers australes. Par la suite, les baleiniers se rabattirent sur des espèces plus petites, telles que la baleine australe, la baleine à bosse ou le petit rorqual.

Grâce aux informations de Ram et à celles des oiseaux marins, Chris n'eut aucun mal à localiser la flottille japonaise. Celle-ci était en effet composée de cinq navires : quatre baleiniers, dont un gigantesque accompagné d'un petit destroyer de la force maritime d'autodéfense japonaise. Ce dernier n'était pas le plus moderne de la flotte, mais il était encore équipé de canons et de mitrailleuses opérationnels, ainsi que d'une plateforme recevant un hélicoptère.

Chacun des baleiniers possédait par ailleurs de puissants canons à eau, régulièrement utilisés contre les navires et les zodiacs de Chris.

— Habituellement, raconta celui-ci, nous nous approchons le plus près possible des baleiniers pour les harceler et les empêcher de harponner les baleines. Cette tactique est très dangereuse car ils essayent de nous coincer entre deux de leurs navires et ils nous aspergent avec des canons à eau si puissants qu'ils peuvent éjecter un homme d'une embarcation.

— Cette fois-ci, dit Kalima, vous n'allez prendre aucun risque, ce sont les animaux qui vont faire le travail. À ton avis, Chris, comment puis-je faire pour parler aux baleines ?

— Tu vas passer une combinaison, puis nous allons, à l'aide d'un zodiac, t'emmener au milieu des cétacés. J'imagine que tu sais nager ?

— Oui, bien sûr, et j'adore ça.

— Je vais aussi embarquer sur le zodiac, proposa Nicolas, et pendant ce temps un deuxième opérateur filmera depuis le bateau.

Le navire de Chris ainsi que ceux des Japonais étaient entourés de milliers de dauphins et baleines de toutes tailles. La majorité était constituée de rorquals bleus, accompagnés de grands cachalots, de baleines australes, de baleines à bosse et de baleines pygmées ; le vocable « pygmée » étant tout relatif car ces petits cétacés mesurent 6 mètres de long et pèsent 4,5 tonnes. Le ciel était constellé d'oiseaux marins : albatros, goélands, labbes et pétrels. Des centaines s'étaient posés sur les navires des braconniers. Suivant les consignes de Kalima, ils s'étaient postés sur tous les points névralgiques, à commencer par la cabine de commandement, les lance-harpons et les canons à eau. Ils avaient pour mission d'attaquer toute personne susceptible d'intervenir contre les mammifères marins ou les hommes du *Whales-Peace*.

Seul le destroyer avait été épargné à la demande de Chris, afin de démontrer au gouvernement japonais que l'action du *Whales-Peace* n'était pas un acte de guerre.

Avant de rejoindre les animaux marins, Chris s'approcha du navire militaire muni d'un puissant porte-voix :

— Messieurs les officiers, nos intentions sont pacifiques, nous sommes mandatés pour faire une étude sur l'amélioration du secours en mer et sur l'utilisation des canots de sauvetage. Si vous et tous les chasseurs de baleines restez calmes, les animaux ne vous feront aucun mal. Je suis accompagné de Kalima Green, que vous devez connaître, et notre opération est retransmise sur les télévisions du monde entier.

Je vous demande de donner l'ordre à tous les navires de votre flotte de regagner sans délai le port d'Hokkaido.

Le commandant répondit qu'il avait bien reçu le message et qu'il n'avait nullement l'intention d'intervenir, si ce n'était pour protéger ses compatriotes.

— En revanche, dit-il, je ne vois pas en quoi votre présence pourrait contribuer à améliorer l'utilisation des canots de sauvetage.

— Eh bien, ouvrez grand vos yeux, rétorqua Chris en riant aux éclats.

Cinq personnes étaient à bord du zodiac qui se dirigeait vers les baleines : Kalima, Nicolas, Chris, le plus chevronné des pilotes de canot pneumatique, et Bob, le zoologiste de l'association, quand soudain Ram apparut aux côtés de sa compagne, à la stupéfaction de l'équipage du *Whales-Peace* qui suivait l'embarcation à la jumelle.

— Vous ne croyiez quand même pas que j'allais rater une telle occasion, dit le jeune homme en prenant Kalima par la taille et en lui déposant un baiser dans le cou.

Chris et Nicolas ne furent pas surpris, depuis le temps qu'ils avaient renoncé à comprendre comment les deux amoureux se déplaçaient, mais les marins du *Whales-Peace* et ceux des baleiniers n'en croyaient pas leurs yeux, d'autant plus que le spectacle auquel ils assistaient était littéralement fabuleux. Le zodiac glissait doucement au milieu d'une marée animale si dense que la surface de la mer était à peine visible.

Jamais baleinier n'avait vu ni même imaginé une scène aussi fantastique, mais, ce jour-là, le fantasme du chasseur allait se transformer en cauchemar pour le tueur devenu proie. Les oiseaux agglutinés sur les harpons et les canons à eau interdisaient toute tentative de la part des marins chasseurs. Un dauphin noir et blanc se glissa près du zodiac afin d'interpeller Kalima :

— Si tu veux monter sur mon dos et te cramponner à mon aileron, je peux te guider à la rencontre du roi des océans qui veut te parler.

Kalima n'hésita pas un seul instant.

— Je crois, dit Nicolas, que je suis en train de faire les plus belles images de ma vie. Pouvons-nous suivre Kalima, tout doucement ?

Conscientes de leur force, les baleines se contentaient de rester en surface en limitant au maximum leurs mouvements afin que le dauphin et sa précieuse cavalière puissent sinuer entre les gigantesques dos, suivis de près par le zodiac. Au fur et à mesure de leur avancée s'ouvrait devant eux un large sillon bordé du plus grand rassemblement de mammifères marins ayant jamais existé.

— Tu vois, Ram, décrivit Bob, le zoologiste, les larmes aux yeux, ici c'est une baleine à bosse, là un cachalot et à côté de lui un petit rorqual. Dis-moi que je ne rêve pas !

— Regarde comme Kalima est belle, et dis-moi aussi que je ne rêve pas, répondit le jeune Indien.

— Cela fait des mois que nous croyons rêver, reprirent en chœur Chris et Nicolas, mais aujourd'hui, le merveilleux surpasse tout ce que nous avons vécu.

Kalima irradiait, figure de proue d'une fabuleuse et invincible armada vivante. Après quelques centaines de mètres, elle s'aperçut que le chemin qui s'ouvrait devant s'élargissait jusqu'à devenir un immense cercle d'eau libre bordé de milliers de cétacés.

— Le roi arrive ! annonça le dauphin. Tiens-toi bien, ça risque de tanguer.

La surface de la mer était d'un calme absolu quand soudain le seigneur des océans jaillit hors de l'eau et retomba dans un immense plongeon provoquant une série d'ondes circulaires qui soulevèrent les animaux présents sur plusieurs centaines de mètres. L'onde de choc était telle que les navires situés à plus de 600 mètres tanguèrent légèrement, comme les prémices de ce qui les attendait.

Kalima fut éjectée à plusieurs mètres, mais rapidement récupérée par le zodiac, dont le pilote en avait vu bien d'autres quand il s'attaquait aux navires baleiniers.

— C'est un rorqual bleu, précisa Bob, probablement le plus grand jamais observé. *A priori*, il doit peser près de 200 tonnes et mesurer au minimum 40 mètres de long.

Quand le cétacé se fut calmé, Kalima s'approcha et lui caressa doucement le bout du rostre.

— Le spectacle était fascinant, lui dit-elle, mais tu m'as fait peur.

— J'espère bien que tu ne seras pas la seule. Pardonne-moi cette entrée fracassante mais je tenais à impressionner ceux qui nous pourchassent sans répit. Tu nous as demandé de venir nombreux. Que souhaites-tu faire ? Nous sommes tous à ton service.

Kalima demanda à Ram de dévoiler le plan dont il était l'instigateur.

— Notre idée, dit le jeune homme, est de terroriser les baleiniers et si possible de couler un ou plusieurs de leurs navires, mais sans attenter à la vie des marins. Pour cela, nous avons prétexté une étude sur le sauvetage en mer. Si tout le monde est d'accord, je propose que les plus grosses baleines passent sous les navires et les secouent, plus ou moins fort, jusqu'à ce que les marins, craignant de couler avec leur bateau, montent dans les canots de sauvetage.

Après s'être assuré que tous les chasseurs de baleines étaient neutralisés par les oiseaux, Chris s'approcha d'un des petits baleiniers et leur présenta la suite des opérations :

— Messieurs, je réclame toute votre attention car votre survie dépend entièrement de la prise en compte des consignes que je vais vous donner. Quelques-unes des baleines ici présentes vont se glisser sous la coque de votre bateau et commencer à le secouer, tout d'abord doucement jusqu'à ce que vous ayez tous le temps de gagner les canots de sauvetage. Après quoi, vous irez vous réfugier sur le destroyer.

— Vous croyez au Père Noël ! s'exclama le commandant du baleinier. Pas un seul homme ne quittera ce navire.

— Vous ne m'avez pas bien écouté, poursuivit Chris, j'ai dit d'abord doucement, cela signifie que, si vous n'obtempérez pas, nous ne serons plus en mesure de contrôler les cétacés et vous êtes bien placés pour savoir combien est grande la rancœur à votre égard.

Face au refus obstiné du baleinier, Kalima donna le feu vert au roi des océans. Ce rorqual bleu était le plus gros animal ayant jamais vécu sur terre. À titre de comparaison, les plus grands dinosaures mesuraient environ 35 mètres et ne pesaient « que » 80 tonnes. Pour parer à toute éventualité, elle demanda aux dauphins de se tenir prêts à recueillir tout homme qui tomberait ou se jetterait à l'eau.

— Écartez-vous tous du baleinier, cria Chris, et voyons si ces messieurs vont être raisonnables !

Le géant des mers fut le premier à se positionner contre le flanc du navire, accompagné par une vingtaine de ses congénères dont le poids total était équivalent si ce n'est supérieur à celui du baleinier.

Dès les premières secousses, une partie des marins, terrorisés, se précipitèrent pour descendre dans les canots de sauvetage, ignorant les vociférations et les ordres de leur capitaine.

— Stop ! dit Kalima. Laissons-les monter dans les canots.

Quand ceux-ci furent tous à l'eau, la majorité des marins les avait rejoints mais une vingtaine d'individus, serrés autour de leur chef, refusaient toujours de quitter le navire.

— Vous l'aurez voulu, avertit Kalima en réitérant ses recommandations aux dauphins. Tout le monde s'éloigne !

Les trois autres baleiniers n'avaient pas attendu les conseils de Kalima pour s'écarter, la panique régnait à bord et tous les hommes se précipitaient vers les canots dans un sauve-qui-peut général.

— Que fait-on ? demanda un officier en second au commandant du destroyer.

— Rien, répondit celui-ci, on se contente de recueillir les marins qui fuient.

— Mais ils vont détruire le baleinier.

— Et alors ? Vous voulez qu'on tire sur le zodiac du *Whales-Peace*, devant les télévisions du monde entier ? Vous voulez qu'on s'attaque à l'héroïne la plus célèbre et la plus appréciée de la planète ? Le temps des kamikazes est révolu.

Puis il appela le capitaine du baleinier pour l'exhorter à obéir, mais rien n'y fit.

Sur les conseils de Chris, Kalima suggéra au grand rorqual d'ordonner aux baleines de pousser toutes ensemble du même côté afin de coucher le baleinier sur le côté.

L'opération était très risquée car il fallait à tout prix éviter qu'il y ait mort d'homme. Fort heureusement, les secousses étaient si violentes que tous les marins récalcitrants, capitaine compris, se jetèrent à l'eau.

— Stop ! s'écria à nouveau Kalima.

— Pas question, répondit le grand rorqual, on finit le travail, je veux voir ce bateau assassin couler par 10 000 mètres de fond.

— Laisse-nous d'abord recueillir les hommes tombés à la mer, s'interposa le dauphin, après quoi on viendra volontiers t'aider.

Si quelqu'un avait su à quoi ressemble un sourire de rorqual, il aurait pu apprécier celui du géant face à l'ironie de cette proposition digne d'une souris offrant ses services à un éléphant. En quelques minutes, tous les marins furent récupérés par les dauphins et accompagnés au pied du destroyer ou dans les canots de sauvetage. Pendant ce temps, les cétacés s'étaient regroupés à tribord contre la coque du baleinier et poussaient par à-coups successifs. Couché sur un flanc, avec une gîte impressionnante, le navire commençait à prendre l'eau.

— Encore un effort, dit le rorqual, qui, bien qu'ignorant les lois de la gravité et la poussée d'Archimède, sentait que l'inclinaison du bateau était telle qu'il n'allait pas tarder à chavirer.

Le baleinier commença à s'enfoncer par l'arrière et, ironie du sort, la dernière partie à disparaître fut le harpon situé à la proue.

— Hourra ! Hourra ! s'écrièrent les marins du *Whales-Peace*.

Chris exultait, les bras écartés en signe de victoire. Des milliers de baleines et de dauphins sautaient hors de l'eau dans de gigantesques éclaboussures. Les oiseaux tournaient en rond en poussant des cris perçants.

— Je crois que c'est le plus beau jour de ma vie, jubila Chris en serrant Kalima et Ram dans ses bras. Mes enfants, quelle aventure !

Le grand rorqual se glissa près du zodiac.

— Alors, Kalima ?

— Bravo, c'était magnifique.

— Et maintenant, que fait-on ?

— Faites ce que vous voulez, je n'ai plus la force de dicter la loi aux animaux.

Chris appela Ted sur son talkie-walkie pour lui demander son avis.

— Tu sais, Chris, que nous coulions un ou plusieurs baleiniers c'est la même chose, personne n'osera jamais nous attaquer. Les chasseurs japonais sont déjà discrédités dans le monde entier et tu as remarqué que le destroyer s'est bien gardé d'intervenir. Je suis d'accord avec Kalima, laissons les animaux décider.

— C'est bon, dit-elle, et elle laissa libre cours aux envies des cétacés.

En moins d'une heure, les deux autres petits baleiniers furent coulés, seul le plus imposant résista aux assauts des mammifères marins. L'équipe de Chris monta alors sur le grand baleinier et, symboliquement, jeta le harpon à la mer. Après quoi, l'équipage japonais put regagner son navire et rentrer dans son pays en compagnie du destroyer sous les quolibets de tous les médias de la planète.

XV

La réunion se tenait à Juárez, une ville du nord du Mexique réputée la plus dangereuse du monde. El Benito en avait assuré l'organisation et la protection dans sa villa-bunker, base organisationnelle de tous ses trafics de drogue et de son réseau international de prostitution. En temps normal, les dirigeants des multinationales et les responsables politiques de haut rang assis autour de la table ne fréquentaient jamais un individu aussi sulfureux qu'El Benito. Mais la crise financière déclenchée par la révolte des animaux mettait en péril l'avenir et les affaires de tous ces puissants personnages et les avait poussés à coorganiser l'opération Anaconda.

Une enquête approfondie aurait montré qu'outre El Benito, connu comme extrêmement dangereux, les hommes réunis à Juárez ne comptaient pas parmi les plus vertueux de la planète, leur vernis de respectabilité masquant à peine leur cynisme et leur âpreté au gain. Il avait fallu les circonstances exceptionnelles du moment pour que s'effectue ce rapprochement au sommet.

En tant qu'hôte et bras armé de l'opération, El Benito prit la parole en premier. Aucun des participants ne l'avait jamais rencontré et plusieurs d'entre eux eurent un haut-le-cœur devant la vulgarité du décorum et la brutalité des propos, mais le péril était tel que les sourires compassés accompagnèrent les explications du « prince des tueurs ».

— Comme nous en étions convenus, chers amis, j'ai rassemblé un commando, qui, j'ai la faiblesse de le dire, est le plus performant qu'on puisse imaginer. Il est composé de mes meilleurs hommes, épaulés par des spécialistes de diverses disciplines que mon organisation ne maîtrise pas : transmissions, repérage numérique, etc. Le commando sera dirigé par un binôme : Luis Ferreira, mon homme de confiance, et Pat Hauser, un ancien des marines et des services secrets, infatigable baroudeur et meneur d'hommes, qui a œuvré dans les conflits les plus délicats.

Les membres de l'assistance étaient d'autant plus attentifs et tendus que chacun d'entre eux avait investi des sommes considérables dans l'opération.

El Benito reprit la parole :

— J'ai invité ces deux messieurs à venir vous exposer le plan que nous avons imaginé afin que vous puissiez nous donner votre sentiment et, je l'espère, votre feu vert.

Luis Ferreira était un bel homme, métis d'Indiens et d'ascendants espagnols. Il se dégageait de sa personne un charme indéniable et une forte impression d'assurance et de détermination. Ses capacités d'organisation et son aura lui avaient permis de gravir tous les échelons de l'organisation d'El Benito. Les invités du jour l'ignoraient, mais la séduction de Luis cachait une férocité absolue, redoutée de tous les hommes du cartel, dont certains disaient à voix basse qu'il était encore plus dangereux qu'El Benito. On ne comptait plus les exactions et les meurtres dont il était directement ou indirectement coupable.

Pat Hauser n'avait rien d'un héros de film d'action, il était petit, moins de 1 mètre 70. Son corps très mince, son teint basané, son crâne rasé et son regard acéré, presque insoutenable, trahissaient l'homme de commandement et d'expérience. Ce fut lui qui exposa le projet de l'opération Anaconda :

— Señor El Benito, camarade Luis, chers messieurs, comme vous en avez émis le souhait, nous allons neutraliser Kalima, non pas l'éliminer mais l'enlever et la garder prisonnière dans un lieu secret où personne ne viendra la chercher. Avec mon équipe, j'ai participé à plusieurs coups d'État en Afrique et en Amérique du Sud et je sais parfaitement comment procéder pour faire disparaître une personne. Quand nous l'aurons capturée, nous pourrons négocier et tenter de mettre fin à ses agissements.

— Mais où allez-vous la séquestrer ? demanda le P-DG d'une entreprise agroalimentaire que la révolte avait mis au bord de la faillite.

— Sauf votre respect, précisa Luis, nous ne pouvons pas vous l'indiquer. Vous êtes déjà une dizaine dans cette pièce. Il est quasiment certain que vous ne saurez pas tous garder votre langue. La moindre fuite réduirait à néant notre projet. Seuls El Benito et moi connaissons la destination finale. Nos propres hommes seront informés de l'opération étape par étape et seuls quelques-uns connaîtront l'endroit où nous comptons retenir la captive. La seule chose que nous pouvons vous dire est que l'affaire se déroulera en deux temps. C'est moi et mon commando qui procéderons à l'enlèvement, puis nous confierons Kalima à Pat qui sera chargé de l'incarcération et de la surveillance.

Les questions fusaient de toutes parts quand un homme discret, qui était resté légèrement en retrait, fit un signe à El Benito.

— Oui, Jorge, vous voulez intervenir ? Je vous présente Jorge Almira, mon avocat, responsable du pôle juridique et financier du cartel, le génie grâce auquel je ne suis pas en prison.

Almira était en effet l'éminence grise d'El Benito, celui qui contournait les lois et organisait la corruption afin de mettre son patron à l'abri des investigations de la justice.

Il fit une rapide synthèse de la situation et émit quelques remarques, demandant plus de précisions.

— Enlever cette fille ne va pas être une mince affaire, elle est constamment entourée et elle bénéficie de pouvoirs quasi surnaturels dont nous maîtrisons mal la portée. Elle parle à tous les animaux de la terre, ce qui signifie que, quel que soit le lieu où nous la garderons, il se trouvera toujours une bête, même un minuscule insecte, pour renseigner ses amis.

— Ne vous inquiétez pas, répondit Luis, là où je vais la séquestrer, personne, ni bête ni homme, ne pourra la trouver et, quand bien même parviendraient-ils à la localiser, je leur prépare un petit comité d'accueil des plus musclés.

La conversation se poursuivit sur le lieu où pourrait s'opérer la capture de Kalima. Pat Hauser proposa de tendre un piège à celle-ci dans un bâtiment bien choisi afin de préparer le rapt dans les meilleures conditions. L'accord se fit sur le siège d'une importante firme de fabrication de pesticides, basée aux États-Unis. Le local bénéficiait d'une structure ultrasécurisée et de plusieurs possibilités d'évacuation souterraine, prévues pour des questions de sécurité.

Pour attirer Kalima, il fut convenu que le P-DG de la Chemical Company l'inviterait à une rencontre avec les grands capitaines d'industrie de la chimie afin de conclure un accord visant à réduire, puis supprimer l'emploi des produits les plus polluants. Objectif qu'aucune convention internationale ni aucune loi n'avaient jamais pu atteindre.

XVI

L'ARRIVÉE DE LA LETTRE de la Chemical Company provoqua un vif débat dans les rangs des amis de Ram et de Kalima. Il était de notoriété publique que le P-DG du groupe était un affameur dont la fortune s'était bâtie sur la misère des petits paysans contraints d'utiliser les graines et les insecticides produits par sa société. Ted Paterson était le plus virulent car il avait mené plusieurs enquêtes et publié des articles à l'acide contre les méfaits du géant de l'agrochimie. Le courrier proposait à Kalima une rencontre dans les locaux de la Chemical Company à Miami, siège de la firme, en présence de quelques-uns des plus puissants pollueurs de la planète. À les croire, ces derniers avaient compris le danger que courait la terre, ils faisaient amende honorable et ils proposaient un point d'équilibre entre le développement économique et la préservation de l'environnement. Ils admettaient n'avoir pas joué franc-jeu lors des régularisations précédentes mais se disaient convaincus par l'efficacité de la révolte des animaux et voulaient se racheter.

— Tu ne vas quand même pas croire ce salopard ! s'écria Ted, appuyé par Chris, échaudé qu'il était par bien des promesses non tenues.

— Ça sent le piège à plein nez, renchérit ce dernier. Pourquoi te rendre chez eux, en position de faiblesse ? S'ils veulent nous parler, ils n'ont qu'à venir sur mon bateau où tu seras en sécurité.

Ted était partisan d'une fin de non-recevoir, mais Kalima hésitait. Quant à Ram, encore relativement étranger au monde militant et naturellement enclin au compromis, il intervint en faveur d'une rencontre :

— Que risque-t-on ? Un échec ! Après tout, c'est avec l'ennemi qu'il faut négocier. S'ils se sentent obligés de demander un accord, c'est qu'ils ont compris que le rapport de force n'était plus en leur faveur. Ils savent que nous pouvons paralyser toutes leurs usines, ils n'ont pas le choix.

Après deux heures de discussion, il fut convenu que Kalima se présenterait au rendez-vous, mais elle imposa la présence de Ted, de Chris, d'une équipe de télévision et d'une délégation d'ONG spécialisées dans le domaine de compétence de leur hôte agrochimiste. Quant à Ram, il retournerait sur l'Arche pour suivre les débats et réagir en cas de nécessité.

* *
*

Pat Hauser exultait.

— Notre piège est tendu, à nous de jouer maintenant ! Mes hommes seront totalement invisibles et il faut que l'accueil soit irréprochable et convivial afin de mettre en confiance nos invités. Les portes grandes ouvertes, des hôtesses souriantes et des plantes vertes disposées dans le hall seront du meilleur effet. Fini la décoration des tracteurs arrosant les cultures avec une rampe de désherbants. N'allons pas jusqu'à mettre des images de bestioles, mais quelques photos de grands paysages seraient les bienvenues. Il faut qu'ils se sentent à l'aise dès leur arrivée. Placez un ou deux hommes de la sécurité, mais pas plus. Quant à vous, monsieur le président de la Chemical Company, ne soyez pas trop souriant. Au contraire, prenez un air légèrement contraint, comme si l'exercice vous était imposé.

Comme à chacune de ses expéditions militaires, Pat avait tout réglé au millimètre. Chacun de ses mercenaires connaissait le rôle précis qu'il avait à jouer, un hélicoptère attendait sur le toit et un jet privé à l'aéroport de la compagnie. Trente hommes de main expérimentés, rompus à ce genre d'exercice, avaient été recrutés et tous les scénarios minutieusement étudiés.

Kalima entra la première, encadrée de Chris et d'un autre solide gaillard, président d'une ONG d'aide au développement du tiers-monde. Suivaient cinq autres personnes dont Ted et l'équipe de télévision composée d'un cadreur et d'un preneur de son. Ted ferait fonction de réalisateur et de journaliste au cas où une bonne connaissance du dossier serait nécessaire pour acculer le retors P-DG. Après un rapide café d'accueil, pris dans une ambiance glaciale, tout le monde s'installa autour de la table ovale du conseil d'administration. Chris préféra rester debout, pour bien signifier qu'il était là en protecteur attentif. Quant au patron de la Chemical, il était entouré de deux de ses proches collaborateurs.

— Mademoiselle, commença le patron sans préalable, vous êtes en train de nous ruiner, ma société et les 170 000 ouvriers qui travaillent pour moi, ainsi que leurs familles et les sous-traitants que je fais vivre. Mais j'ai compris que nous sommes allés trop loin et je suis prêt, si vous m'accordez le temps de la transition, à revoir mes objectifs et à développer une agroécologie respectueuse de l'environnement. Nous sommes d'ailleurs déjà engagés dans cette voie, comme vous le savez, avec notre département de production de grains bio. Nos ingénieurs travaillent d'ores et déjà à des alternatives mécaniques au désherbage et, si vous en êtes d'accord, je vais vous présenter en avant-première notre tracteur désherbeur.

Sans laisser le temps à ses invités de s'exprimer, il appuya sur un bouton.

— Mademoiselle, voulez-vous s'il vous plaît dire à M. l'ingénieur Montanso de nous apporter le plan et la vidéo du désherbeur ?

Cet appel était le signal convenu avec Pat pour l'intervention du commando.

Deux hommes entrèrent dans la salle, un énorme rouleau en carton à la main. Chris comprit tout de suite en voyant l'allure et les mains de ces deux-là qu'ils n'avaient rien du chercheur mais tout du barbouze, mais il était déjà trop tard. Ils se précipitèrent sur Chris et le maîtrisèrent en un quart de seconde en lui apposant une arme sur la tempe. Simultanément, les quatre portes de la salle s'ouvrirent et une véritable armée envahit l'espace.

— Messieurs, hurla le P-DG, sortez immédiatement, vous êtes ici chez moi !

— Toi, le clown, dit un des hommes, tu la fermes.

Puis il s'approcha du maître des lieux et lui assena un léger coup de crosse derrière la tête, histoire de le dédouaner et de gommer leur complicité.

— Tout le monde les mains en l'air ! cria Pat. On se calme et on obéit gentiment.

Il saisit la caméra et la brisa contre le rebord de la table. Tout le monde fut ligoté sans ménagement, en moins de temps qu'il n'en faut pour le dire. Un vrai travail de professionnels.

Deux guerriers en tenue de combat saisirent Kalima et lui appliquèrent sur la bouche et le nez un tampon qui la fit sombrer quasi immédiatement dans un profond sommeil. La suite des opérations ne dura que quelques minutes, l'hélicoptère décollait, emportant Kalima, inconsciente, vers une destination inconnue.

XVII

QUAND KALIMA RETROUVA ses esprits, elle était pieds et poings liés dans un jet qui survolait l'immense forêt amazonienne. Pat Hauser et Luis Ferreira avaient pris en main la deuxième phase de l'opération Anaconda. Une dizaine d'hommes se trouvaient dans l'habitacle. Pour assurer l'affaire, il était convenu que la suite du plan ne serait dévoilée à Pat que lorsqu'ils seraient dans l'avion. Kalima percevait parfaitement les conversations des deux hommes, mais elle fit semblant d'être toujours endormie.

— Elle va rester inconsciente combien de temps encore ? demanda Luis.

— Avec la dose que j'ai mise, au moins une heure trente ou deux.

Le contrat de Pat prévoyait qu'une fois la capture effectuée, lui et seulement cinq de ses hommes devaient poursuivre jusqu'à la livraison de Kalima sur son lieu de détention.

— Maintenant, Luis, tu peux me dire quelle est notre destination ?

— Bien sûr, d'autant plus que tu vas comprendre pourquoi je vous ai demandé de prendre un équipement pour la marche en forêt dense et humide. Nous venons de survoler la mer des

Caraïbes, puis le Venezuela et nous nous dirigeons vers la frontière du Pérou et du Brésil, dans l'Acre, une des régions les plus reculées de la forêt amazonienne. Après l'atterrissage sur la piste privée d'une hacienda appartenant à El Benito, nous prendrons un hélico pour rejoindre à 200 kilomètres de là une petite clairière quasi invisible, en pleine forêt, puis nous descendrons pendant une journée la rivière Envira en pirogue, et enfin nous emprunterons une piste pendant deux jours de marche pour atteindre un centre de traitement de cocaïne que nous possédons dans ce bout du monde.

Luis expliqua qu'El Benito avait commencé sa carrière dans l'extraction clandestine de l'or et de bois précieux au Brésil. Une fois les sites d'extraction épuisés, il avait eu l'idée d'installer une plantation de coca à proximité d'une ancienne mine dans laquelle il avait monté un laboratoire ultramoderne et entièrement sécurisé.

— Cela fait presque sept ans que le labo tourne à plein régime et personne n'a jamais soupçonné son existence.

— Même avec les satellites et les moyens modernes de surveillance ? demanda Pat.

— Le labo est souterrain et les plantations sont dispersées et dissimulées par petites surfaces invisibles du ciel. Par ailleurs, nous arrosons copieusement les responsables du secteur, policiers et hommes politiques jusqu'aux administrateurs de la réserve nationale de Basso Aroà. El Benito est le principal mécène d'une fondation destinée à préserver la nature et les peuplades primitives qui vivent à cet endroit, et comme par hasard un des secteurs protégés est celui où se trouve le labo. Une loi nationale interdit toute pénétration dans ce type de milieux naturels afin de protéger la faune et la flore et de permettre aux Indiens de préserver leur authenticité.

— Et vous n'avez jamais été dérangés ?

— Si, deux fois : par un missionnaire pentecôtiste et par un ethnologue, mais les pauvres malheureux ont disparu corps et âme. Les mauvaises langues disent que ce sont les Indiens qui les ont exterminés.

Kalima frémit à l'évocation des meurtres perpétrés par les hommes de Luis, mais elle fut quelque peu rassurée par la conversation suivante.

— À propos de la fille, dit Pat Hauser, n'oublie pas de rappeler les consignes à tes hommes qui, j'imagine, ne sont pas des enfants de chœur. Pas un seul de ses cheveux ne doit être touché, s'il lui arrivait quoi que ce soit, ce serait une catastrophe. Toute la réussite de notre plan est basée sur le chantage, et pour cela il faut que notre otage reste en bonne santé.

Luis rassura son compère :

— Rien de fâcheux n'arrivera à Kalima.

Tous les employés d'El Benito savaient que le moindre manquement aux ordres serait sévèrement puni, comme en attestaient les nombreux cadavres tombés sur le chemin d'El Benito.

Dès l'arrivée du jet, Kalima, toujours ligotée, fut transférée dans un hélico jusqu'à la clairière. Bien que solidement encadrée, elle put voir l'immensité verte de la selva et, malgré sa condition, elle éprouvait un étrange sentiment d'assurance. Dans sa mégalomanie, El Benito avait baptisé la clairière du nom de Beniclareira, mais cette dernière n'avait rien de l'image bucolique attendue. Le site avait toutes les caractéristiques d'un avant-poste fortifié. Les bâtiments entourés d'une haute palissade étaient lourdement gardés par des hommes en armes. Un escalier en rondins descendait jusqu'à la rivière Envira au bord de laquelle étaient arrimées une dizaine de pirogues. Luis rassembla tout le monde et donna les dernières consignes :

— Comme d'habitude, nous allons descendre l'Envira avec cinq pirogues ; je prendrai celle du milieu avec Pat et nous encadrerons la prisonnière. Pour un maximum de discrétion, nous n'utiliserons pas les moteurs, mais nous descendrons à la rame. Personne, absolument personne, hormis moi-même et les hommes du commando, ne doit adresser la parole à la captive. Le premier qui désobéira sera immédiatement exécuté. Vous savez que je n'ai pas l'habitude de parler à la légère. Quant à vous, Kalima, je vais vous libérer car certains passages de rapides sont dangereux et je n'ai pas envie de vous perdre noyée, mais je vous conseille de rester tranquille. Toute tentative d'évasion ou de communication avec mes hommes ou les Indiens qui dirigent les pirogues sera immédiatement sanctionnée par l'exécution d'un des Indiens.

Et ce disant, Luis saisit un des indigènes par les cheveux et lui plaça un revolver derrière la tête. Les yeux révulsés et le visage terrorisé de l'Indien prouvaient à l'évidence que Luis ne plaisantait pas. Kalima comprit que les représailles dont elle pourrait être responsable seraient un lien autrement plus efficace que toutes les chaînes. Durant la préparation de l'enlèvement, Pat et Luis avaient étudié minutieusement toutes les vidéos et les articles concernant la révolte des animaux et les actions de Kalima et de Ram. Ils avaient intégré que ces derniers pouvaient parler à tous les animaux et à tous les humains de la terre. Ils savaient également que Kalima pouvait disparaître à tout moment vers une destination inconnue, d'où l'idée du chantage qui consistait par victime interposée à rendre Kalima responsable de tout manquement aux ordres.

Toutefois, et comme tout le monde, ils ignoraient l'existence de l'Arche et la relation avec la Terre Mère. Le seul problème, dans le présent contexte, était que pour échanger avec les animaux, les humains, la Terre Mère ou Ram, Kalima devait s'exprimer à haute voix, aucune liaison n'étant possible par transmission de pensée.

Depuis l'Arche, Ram ne cessait d'envoyer des messages à Kalima et il était désespéré que ses appels soient vains.

« Il y aura forcément un moment où je pourrai m'exprimer », pensa Kalima, en montant dans la pirogue.

À ce niveau, peu éloignée des sources, l'Envira est encore une rivière modeste au regard de l'Orénoque ou de l'Amazone. Sa largeur n'excède pas 200 mètres et elle s'écoule dans une portion relativement accidentée entre deux parois à la végétation luxuriante et impénétrable. La descente du cours d'eau ne demandant pas d'effort particulier, seuls les Indiens étaient à la manœuvre, celui assis à l'avant pagayait, aidé de temps en temps par les passagers du milieu, et celui installé à l'arrière dirigeait l'embarcation en utilisant sa rame comme gouvernail. Kalima était subjuguée par leur dextérité et leur connaissance de la rivière, notamment lors des passages de rapides où il fallait éviter les remous et les rochers.

— Où m'emmenez-vous ? demanda-t-elle à Luis.

— Vous le saurez bien assez tôt, mais si j'ai un conseil à vous donner, c'est de bien profiter du spectacle, car la geôle que nous vous réservons est beaucoup moins attrayante.

Une heure avant le crépuscule, les pirogues accostèrent dans une petite prairie bordée de sable, une des rares ouvertures observées durant toute la descente. En moins de trente minutes, le campement fut monté pour la nuit. Seuls les Blancs bénéficiaient d'une moustiquaire, tandis que les hommes de Luis, mélange de plusieurs générations de métissage, avaient tendu leurs hamacs entre les arbres de la forêt. Kalima eut droit à une moustiquaire et à une tente, mais, après un frugal repas, elle fut de nouveau entravée. Plusieurs hommes se relayèrent à son chevet afin de l'empêcher de communiquer. Kalima dormit peu car, malgré l'inconfort de la situation, elle découvrit avec émerveillement la chorale des chœurs de la jungle.

Les cris des singes, le chant des oiseaux, le vrombissement des insectes, le froissement des animaux se déplaçant au sol ou dans le feuillage, tout concourait à une immense symphonie nocturne. Kalima n'ayant pu s'exprimer, aucun animal n'avait compris qui elle était, mais elle réussit à interpréter quelques bribes de leurs échanges faits de recherche de nourriture, de conflits territoriaux et de parades amoureuses.

Au petit matin, Luis vint la détacher et lui proposa de s'approcher du feu autour duquel s'affairait un couple d'Indiens. Ces derniers regardaient Kalima avec étonnement et parlaient à voix basse, mais ils ignoraient que celle-ci comprenait leur langage.

— Qui est cette étrange personne ? demanda la femme.

— Aucune idée, répondit l'homme, c'est la première fois depuis que nous travaillons pour Luis que je vois une étrangère au campement. Ce doit être quelqu'un de très important pour qu'ils la retiennent prisonnière avec autant de précautions.

Tous les hommes du cartel savaient qu'El Benito pratiquait l'enlèvement et l'extorsion de fonds, mais les victimes n'étaient jamais retenues en forêt, encore moins dans un lieu aussi stratégique que le laboratoire.

Kalima comprit que l'homme se nommait Yuma et la jeune femme Kaya. Bien que parlant portugais, ils s'exprimaient dans leur dialecte, certains de n'être compris de personne.

— J'ai entendu Luis parler à son adjoint et j'ai peur qu'ils l'enferment dans la chambre blindée, poursuivit Yuma, c'est un endroit malfaisant où on ne perçoit pas l'esprit des animaux et de la forêt.

Il faudrait essayer de lui parler, ajouta l'Indienne, mais c'est trop dangereux.

— Chut, tais-toi, Luis nous regarde.

Sans le savoir, les Indiens avaient donné un renseignement crucial à Kalima. Elle se souvint que, dans l'avion, Luis avait dit qu'après la descente en pirogue il restait deux jours de marche dans la jungle. Faute de pouvoir s'évader, ce qui était plus qu'improbable, il fallait que Kalima communique avec les animaux afin qu'ils signalent sa position. Il ne lui restait plus que deux jours pour y parvenir.

XVIII

L'ÉMOI ET L'ONDE de choc provoqués par l'enlèvement de Kalima firent la une de tous les médias mondiaux. Ses amis relatèrent leur mésaventure et lancèrent un appel à témoin planétaire mais aucune piste crédible n'aboutit.

Ram était mortifié.

— Tout ça c'est de ma faute, je n'aurais jamais dû insister pour cette rencontre. Je suis bien trop naïf et désormais j'éviterai de me mêler de stratégie.

— Inutile de te morfondre, dit Chris, personne n'est devin et nous avons tous commis des erreurs. Par ailleurs, ta crédulité est le signe d'une fraîcheur que je regrette d'avoir perdue face au cynisme absolu de ceux que je combats depuis vingt ans.

Ted abonda dans le sens de Chris et eut la délicatesse de ne pas rappeler ses mises en garde. Mais en vieux briscard, il tenta de profiter de l'occasion pour tirer les vers du nez de Ram :

— Si tu nous éclairais un peu sur l'origine de votre pouvoir, peut-être pourrions-nous t'aider. À part la faculté que vous avez de parler à tous les êtres vivants et celle de disparaître ou de revenir d'un instant à l'autre, nous ne savons rien.

— Désolé, répondit le jeune homme, mais, si je vous informe, Kalima et moi perdrons tous nos pouvoirs et notre mission s'interrompra immédiatement.

Et sur ces entrefaites Ram disparut et retourna sur l'Arche. Il mit toute sa science pour tenter de localiser sa compagne mais sans succès.

— C'est impossible que nous n'ayons aucune trace, dit-il à la Terre Mère, au comble de l'angoisse. Pourquoi ne la faites-vous pas revenir sur l'Arche comme les fois précédentes ? Comment se fait-il qu'aucun animal n'ait pu nous informer ? Pourquoi elle ne répond pas à mes appels ?

Le pire effleura soudain l'esprit de Ram.

— Et si Kalima ne pouvait définitivement plus donner de ses nouvelles ?

C'est alors que tomba l'information, laconique mais terrible :

— Kalima est notre prisonnière. Si les exactions dont elle et ses comparses sont responsables ne cessent pas d'ici quarante-huit heures, elle sera exécutée.

Le communiqué, parti d'Afghanistan, envoyé à une petite radio locale, n'était pas signé, mais aucun doute ne pouvait subsister sur son authenticité car il était accompagné d'une photo de Kalima enchaînée dans un local aux murs blancs, totalement anonymes.

Revenu au sein du groupe d'amis, Ram se montra un peu plus rassurant. Il lui était toujours impossible de parler de l'Arche et de la Terre Mère, mais il expliqua que tous les animaux sauvages ou domestiqués de la terre avaient reçu pour mission de retrouver sa bien-aimée. L'information n'était pas tout à fait exacte car la Terre Mère lui avait expliqué qu'elle était dans l'incapacité de faire une telle démarche. Elle ne pouvait s'adresser qu'aux seuls individus réunis sur l'Arche, mais elle avait demandé et donné la possibilité à ces derniers de retourner chez eux et de transmettre le message à tous leurs congénères. La nouvelle devait ainsi se propager de proche en proche, avec, hélas, le temps d'inertie inhérent à ce genre d'opération.

La forme du communiqué des ravisseurs était très habile car elle envoyait les amis de Kalima et les enquêteurs sur des pistes fort éloignées de l'Amazonie. Le choix d'une radio afghane connue pour ses diatribes religieuses visait à orienter les recherches vers les milieux de l'islamisme radical, quant aux murs impersonnels de la prison, ils évoquaient plus sûrement un local urbain que les fins fonds de la forêt vierge. Toutes les recherches furent vaines, Ram lui-même, malgré ses compétences et la technologie de pointe dont il bénéficiait sur l'Arche, fut incapable de remonter le fil des connexions du message.

Ted Paterson, qui était le plus subtil analyste du groupe, prit la parole :

— Il nous reste *a priori* un peu plus de vingt-quatre heures pour retrouver Kalima, mais je ne crois absolument pas au délai donné par ses preneurs d'otage. Ils ne cherchent pas à se venger d'elle mais à obtenir la fin de la révolte et ils savent très bien qu'il faudra un délai minimum pour y parvenir.

— Envoyons une réponse indiquant que nous sommes prêts à négocier, dit Chris. Nous gagnerons ainsi un peu de temps.

Ram, dont l'autorité s'affirmait de jour en jour, poursuivit :

— Nous savons que Kalima est toujours en vie, c'est le plus important. Je ne pense pas que nous pourrons la localiser avec des moyens classiques. Si elle ne donne aucune nouvelle, c'est que quelque chose d'impératif l'en empêche. Je suis persuadé qu'elle va trouver un moyen de nous contacter. Il suffit qu'elle s'adresse, ne serait-ce que quelques secondes, à la moindre bestiole pour que je sois immédiatement informé.

— À voir sa photo, remarqua Chris, on a l'impression qu'elle est incarcérée dans une sorte de coffre-fort totalement aseptisé, où même une araignée ne pourrait pénétrer.

— C'est vrai, dit Ram, il a bien fallu qu'elle soit conduite depuis Miami jusqu'à cet endroit où elle est retenue. Avec le recul, il va forcément se trouver un humain ou un animal qui se souviendra de l'avoir aperçue.

XIX

En réalité, la photo de Kalima n'avait pas été prise sur le lieu de sa détention mais dans le cockpit de l'avion, où Pat Hauser avait eu l'idée de faire aménager un petit recoin peint en gris clair avec une ombre portée évoquant les barreaux d'une cage. Le message de revendication avait été envoyé durant le vol, rendant ainsi sa localisation impossible.

À l'instant où ses amis recevaient le communiqué, Kalima entamait la première journée de marche dans ce que d'aucuns appellent « l'enfer vert ».

En fait d'enfer, et nonobstant sa condition de détenue, Kalima allait d'émerveillement en émerveillement. Comme tous les enfants, elle avait vibré aux aventures de Tarzan et rêvé de découvrir un jour la jungle. Elle avait déjà une petite expérience de ce type de milieu car elle avait participé à un inventaire des populations de gorilles dans la forêt tropicale africaine, mais l'Amazonie dépassait tout entendement. Outre son acuité naturelle, renforcée par des années d'observation dans la nature, les cinq sens de Kalima étaient exacerbés par ses nouveaux pouvoirs.

Personne, pas même un natif de la selva, n'avait jamais vu ou même aperçu autant de vie sauvage en un laps de temps aussi bref. Bien que la forêt soit extrêmement dense, le sentier était parfaitement tracé. La progression s'avérait relativement aisée et Kalima, libre de ses mouvements, ne cessait d'épier le moindre bruissement dans les frondaisons pour apercevoir les animaux de la jungle. À plusieurs reprises, elle signala au groupe de marcheurs la présence d'un petit singe, d'un serpent arboricole ou d'un perroquet que personne n'avait vu. Les hommes du commando et ceux de Luis, pourtant rompus aux exercices en milieu extrême, étaient surpris et admiratifs. Quant aux Indiens, beaucoup plus proches de la nature, malgré des générations d'asservissement et d'acculturation, ils perçurent immédiatement que Kalima était une fille envoyée par l'esprit de la Terre, comme le disait Yuma.

Toute la mythologie des tribus primitives amazoniennes est basée sur une symbiose entre l'homme, l'animal, la plante et les éléments naturels. Tantôt amicaux, tantôt dangereux, le vent, la pluie, le tonnerre, le bois, le feu, la rivière, les astres ne sont pas des éléments extérieurs.

À l'arrivée dans une petite clairière, Luis donna l'ordre de s'arrêter pour une pause de trente minutes. Kalima demanda la permission de s'écarter pour satisfaire un besoin naturel.

— C'est d'accord, répondit le chef des trafiquants, mais trois minutes, à moins de 50 mètres, accompagnée d'un gardien et interdiction formelle de parler.

Tandis qu'elle était accroupie, Kalima crut déceler un léger mouvement dans la végétation, à environ 15 mètres d'elle et 1 mètre de hauteur.

« Il n'y a pas de doute, ce sont bien des yeux, se dit Kalima, les deux yeux d'un homme, cernés d'un trait noir et rouge. »

L'individu se tenait parfaitement immobile. Quand son regard perçant rencontra celui de Kalima, il sut instinctivement que la jeune femme avait décelé sa présence mais qu'il n'avait rien à craindre. De retour dans la colonne, Kalima fit tout son possible pour cacher son trouble. Manifestement, l'homme aperçu était un Indien, un Indien libre. Peut-être n'était-il pas seul ? Depuis combien de temps la troupe était-elle suivie ?

Durant l'heure qui suivit, la piste se rétrécit pour franchir une vallée encaissée au fond de laquelle coulait une petite rivière. Yuma qui ouvrait la marche, suivi de Kaya, son épouse, vit immédiatement au bord de l'eau une branchette fraîchement brisée, signe indubitable que le groupe pénétrait sur le territoire des Awagas, une tribu primitive presque entièrement décimée mais dont quelques dizaines d'individus survivaient en se cachant dans la jungle.

— Tu as vu, dit-il à Kaya dans leur langue natale, ce sont les signes laissés par nos cousins awagas. Il faut prévenir les autres Indiens de la troupe. Il n'y a aucun risque qu'ils attaquent un groupe aussi lourdement armé mais c'est mieux d'être sur nos gardes.

Bien que « civilisés », les Indiens du groupe, tous au service d'El Benito depuis des années, avaient malgré tout gardé quelques contacts, très épisodiques, avec leurs frères de la forêt. Les rares rencontres étaient l'occasion de procéder à des échanges : des plantes médicinales ou des restes d'animaux sacrés contre des objets manufacturés très prisés pour la survie dans les bois : récipients en fer, haches ou hameçons. Après l'hécatombe des décennies passées, conséquence des maladies contagieuses et de l'esclavage pratiqué lors du boom du caoutchouc, les Awagas avaient vu leur population réduite de 90 %. Sur les 10 % restant, l'immense majorité vivotait dans la terreur, sous la férule des sbires d'El Benito. Ils gagnaient une misère en tant que guides, conducteurs de canoë, bêtes de somme, cuisiniers ou manœuvres et hommes à tout faire. La plantation, l'extraction et la transformation de la coca étaient réservées aux caboclos, les métis, guère mieux lotis que les Indiens. Seul un petit groupe d'Awagas, composé d'une dizaine de familles, avait fui et regagné les profondeurs de la forêt, en vivant de chasse et de cueillette et en se déplaçant en permanence pour ne pas être repéré.

L'expédition qui se dirigeait vers le laboratoire ne comptait que quatre Indiens : Yuma et Kaya, qui faisaient office de guide et de cuisinier, Tami, leur fils aîné âgé d'une vingtaine d'années, et Raoni, le plus âgé, qui avait connu la vie sauvage avant que toute sa famille soit emportée par la grippe. Malgré leur condition précaire, caboclos et Indiens ne s'estimaient guère. Les premiers méprisaient les seconds, probablement confortés de connaître plus misérables qu'eux. Les caboclos servaient régulièrement d'exécuteurs des basses œuvres pour le compte des hommes d'El Benito et ils étaient capables de toutes les brutalités vis-à-vis des autochtones, notamment des femmes dont pratiquement aucune n'avait échappé à leur appétit sexuel. Yuma, Kaya et Raoni nourrissaient une rancœur tenace à l'égard des « Blancs » et ils avaient éduqué Tami dans la plus grande méfiance.

Le campement du premier soir fut installé dans des cabanes couvertes d'un toit de feuilles de palmier qui faisaient fonction de gîtes d'étape aux trafiquants qui convoyaient la drogue jusqu'à l'embarcadère de l'Envira. Kalima fut enfermée et ligotée dans un réduit proche de la cuisine mais pour la première fois sans surveillant, si ce n'est le soldat placé devant la porte. Une légère brise rafraîchissait l'atmosphère étouffante et portait vers elle les sons de la cuisine. C'est ainsi qu'elle apprit de la bouche des Indiens que ces derniers avaient décelé la présence de leurs cousins awagas et qu'ils avaient décidé de veiller à tour de rôle, dans l'éventualité d'une intervention, peu probable, des « sauvages ».

« Pour une fois que je suis seule, pensa Kalima, il faut absolument que j'en profite pour contacter Ram et la Terre Mère. »

Mais le gardien, qu'elle apercevait à travers les lattes, était vraiment trop près pour qu'elle s'exprime à voix haute. Plus la soirée avançait, plus l'atmosphère était lourde. La chaleur, l'humidité et l'exiguïté de la cabane devenaient insupportables, quand soudain l'orage éclata. Les éclairs étaient si puissants qu'ils illuminaient jusqu'aux profondeurs de la forêt. Des trombes d'eau se déversèrent sur les toits de palmes dans un vacarme assourdissant. En collant un œil dans un interstice de la paroi, Kalima remarqua que le gardien s'était éloigné pour se mettre à l'abri sous un auvent.

« C'est le moment ou jamais, pensa-t-elle, il ne peut plus m'entendre. »

— Ram, la Mère, vous m'entendez ?

— Oui, enfin ! répondit Ram, depuis l'Arche où il n'avait pas quitté le poste de surveillance dans l'attente d'un signe de son amie.

— Où es-tu, Kalima ? demanda la Mère. Pourquoi ne réponds-tu pas à mes appels ?

— Je suis prisonnière dans la forêt amazonienne, mais j'ai très peu de temps pour vous parler.

— Vas-y, dit Ram, j'enregistre notre conversation et j'active le GPS de localisation.

— Je suis actuellement retenue dans une cabane sous étroite surveillance, mais l'orage qui vient d'éclater empêche le nervi posté devant la porte de m'entendre.

Après mon enlèvement, ils m'ont conduite aux confins du Brésil et du Pérou, jusqu'à l'hacienda d'un trafiquant nommé El Benito, puis nous avons descendu la rivière Envira en pirogue durant une journée. Depuis, nous avons marché un jour de plus en pleine jungle jusqu'au campement où je me trouve. Le chef de la bande, un individu très dangereux, s'appelle Luis. Après une autre journée de marche, nous devrions atteindre un laboratoire clandestin dédié au trafic de drogue où je serai probablement enfermée dans un genre de pièce blindée.

— Tiens-toi prête, prévint la Mère, je te fais immédiatement revenir sur l'Arche.

— Surtout pas ! Si je m'évade, Luis et ses sbires ont menacé de tuer les Indiens qui nous servent de guides et je suis persuadée qu'ils le feront.

— Voilà donc la raison de ton silence, dit Ram, mais nous, que pouvons-nous faire ?

En même temps qu'il parlait, un point lumineux en mouvement, puis fixe apparut sur son écran.

— C'est bon, je t'ai localisée, tu es en effet loin de toute infrastructure.

— Je vais mobiliser les animaux du secteur, renchérit la Mère, afin qu'ils puissent suivre tes mouvements et nous informer minute par minute.

— La pluie se calme, constata Kalima, ne vous inquiétez pas, je vais bien trouver une solution, mais il faut que je vous quitte.

Et la communication s'interrompit brutalement.

Dans les instants qui suivirent, la Mère convoqua l'Arche et s'adressa aux animaux :

— Je demande à toutes les espèces qui vivent dans la forêt tropicale amazonienne de s'approcher. Nous devons retrouver Kalima qui est prisonnière. Faites passer le message à tous vos semblables, c'est urgent.

C'est alors que Ram et la Mère réalisèrent que le système ultrasophistiqué de l'atelier de Ram avait ses limites. La localisation par GPS pourtant très performante était inopérante avec les animaux, incapables qu'ils sont de situer l'endroit où ils vivent, du moins dans le cadre de la cartographie humaine. Il fallut plusieurs heures pour que le message se répande de proche en proche dans la jungle, et ce n'est qu'en tout début d'après-midi, soit peu de temps avant l'arrivée du commando au camp, qu'un singe hurleur localisa le groupe et appela ses congénères qui méritent bien leur nom, car leurs cris impressionnants portent à des kilomètres.

— Mais qu'est-ce qu'ils ont, ces putains de singes ? s'exclama Luis. D'habitude, c'est plutôt la nuit qu'ils gueulent.

— Attends, dit Pat, je vais les calmer, j'ai un silencieux, personne n'entendra mon coup de feu.

Sur ces entrefaites, il épaula, tira et le singe tomba au sol, la cuisse transpercée.

— Joli tir, s'exclama Luis, mais il faut finir le travail.

Tandis que Pat s'approchait pour achever l'animal et malgré les consignes de silence, Kalima se précipita entre le mercenaire et le singe.

— Non, ne faites pas ça, je vais le soigner, j'ai l'habitude.

Pat repoussa violemment Kalima et tua le primate d'un coup de crosse sur le crâne.

— Vous êtes un salaud ! hurla Kalima dans sa langue universelle comprise de tous. C'est un crime gratuit, ce pauvre animal ne vous avait rien fait.

— Cette merdeuse commence à m'agacer ! éructa Luis. Puisqu'elle ne veut pas être raisonnable, j'ordonne qu'elle finisse le trajet bâillonnée et les mains attachées dans le dos.

Le tortionnaire ignorait que désormais, quoi qu'il fasse, la situation était devenue radicalement différente : tout le monde, hommes et animaux, avait entendu et compris Kalima. Les militaires et les trafiquants n'y prêtèrent pas attention, mais les Indiens furent sidérés d'entendre une étrangère s'exprimer dans leur dialecte pourtant réduit à quelques dizaines de survivants. Avant l'arrivée des Blancs, l'Amazonie comptait des milliers de tribus dont chacune avait sa propre langue. Celle des Awagas était au bord de l'extinction et les cousins sauvages ne furent pas les moins surpris.

Une fois de plus, la capacité « miraculeuse » qu'avaient Kalima et Ram d'être compris par tous les êtres vivants avait produit son effet. Quant aux animaux de la jungle, comme ceux de la Creuse ou des mers arctiques, ils savaient que leur bienfaitrice était désormais parmi eux. Le meurtre du singe hurleur, abandonné au bord de la piste, était incompréhensible et impardonnable aux yeux des Awagas, chez lesquels toute mise à mort d'un animal doit être le résultat d'une nécessité alimentaire ou symbolique impérative et fait toujours l'objet d'une séance de remerciements et d'excuses envers la proie à laquelle ils ont ôté la vie. La nouvelle du massacre du singe et de la présence de Kalima se répandit dans la forêt et des milliers d'animaux, du plus minuscule au plus imposant, convergèrent vers la piste, bien qu'informés des dangers encourus.

Même pour des combattants aussi brutaux et aguerris que les hommes de Luis et de Pat, le spectacle était d'autant plus oppressant qu'ils étaient totalement démunis. Les branches des arbres qui bordaient le chemin croulaient sous le poids des insectes, des oiseaux, des serpents et des mammifères arboricoles. Seul le bruit des pas troublait un silence de plus en plus angoissant. Pas un cri, pas même un frôlement de feuilles n'émanait de la masse animale, rendant la menace encore plus prégnante. Parvenu au sommet d'une colline, le chemin franchissait un petit col, très étroit, entre deux arbres gigantesques de plusieurs dizaines de mètres de haut. Un rayon de soleil éclairait le passage dans lequel se dégageait, à contre-jour, la silhouette d'un énorme jaguar.

— C'est le dieu des Awagas ! s'exclama Raoni.

— Tu vas voir ce que j'en fais de ton dieu, ironisa Pat en prenant son fusil.

Il ajusta la lunette et enclencha une balle.

Ce fut le geste de trop. On entendit un léger sifflement et Pat se frappa le cou du plat de la main, comme pour chasser un insecte qui venait de le piquer. L'effet du poison fut presque immédiat. L'épine imprégnée de curare, lancée avec dextérité à l'aide d'une sarbacane, avait touché la veine jugulaire du militaire. Il s'écroula au sol sous les yeux effarés de ses hommes, totalement ignorants de l'origine de ce soudain malaise. Quinze secondes plus tard, Pat Hauser était mort. Tandis qu'il se penchait sur le défunt, un des hommes de Luis reçut en pleine poitrine une flèche elle aussi imprégnée du terrible poison.

— Les sauvages attaquent ! hurla Luis, qui s'empara d'une mitraillette et se mit à tirer en direction du mur végétal.

En quelques secondes, ce fut la panique générale. Les caboclos, instruits du danger que représente une révolte indienne, s'enfuirent à toutes jambes, tandis que les mercenaires se regroupaient en posture de combat bien dérisoire dans le cas présent. Profitant du chaos, le fils de Yuma se glissa derrière Kalima et d'un coup de machette la libéra de ses liens.

— Venez vite, suivez-moi, il faut rapidement nous enfoncer dans la forêt.

Luis aperçut le dos de la fugitive au moment où elle disparaissait dans la masse végétale, il tira à plusieurs reprises dans sa direction mais en pure perte, car Yuma l'avait obligée à ramper sur le sol. Kalima, précédée des quatre Indiens du groupe, courut à perdre haleine durant quelques centaines de mètres, mais la densité du sous-bois et les buissons épineux ralentissaient considérablement leur progression quand ils entendirent le cri d'un toucan, répété trois fois.

XX

— Les cousins nous appellent, dit Raoni, attendons.

Bien qu'il reste encore plusieurs heures avant la tombée de la nuit, Kalima fut frappée par la densité de la pénombre. La lumière peinait à s'infiltrer à travers la canopée et la végétation arbustive obstruait les espaces entre les grands troncs. Le chemin tracé par les trafiquants semblait déjà s'enfoncer dans une masse verte prête à l'engloutir mais c'était un véritable boulevard comparé à celui des Awagas.

— Ce n'est pas dangereux de rester là ? s'inquiéta Kalima.

— Ne craignez rien, répondit Yuma, les hommes de Luis ont beaucoup plus urgent à faire que de nous poursuivre. Ils sont en plein désarroi et ils ont des morts à récupérer. C'est demain que le problème va se poser, mais nous serons déjà loin.

Pendant que Yuma s'exprimait, Kalima sentit un souffle caresser son épaule. Le chef des Awagas était à moins de deux mètres d'elle, apparu comme par enchantement sans que le moindre bruit ne trahisse sa présence.

— Voici Awani, dit Raoni en faisant un signe d'allégeance, il est le chef de notre tribu.

L'homme était majestueux, beaucoup plus grand et élancé que les Indiens de l'hacienda. Il était entièrement nu, simplement ceint à la taille d'une peau de puma. Un collier de dents probablement de la même espèce pendait à son cou. Sa peau cuivrée et imberbe était striée de peintures aux couleurs vives. Il tenait à la main un arc d'au moins deux mètres de hauteur et une sarbacane dépassant trois mètres de long. Un carquois rempli de flèches pendait à son épaule. Sa chevelure d'un noir intense taillée au bol sur le front était rassemblée en une courte queue de cheval à l'arrière. Il se dégageait de lui une vive impression de force et de sérénité, comparable à celle des plus valeureux Massaïs de la tribu dont était originaire la mère de Kalima. Le chef était accompagné d'une femme aux traits fins, d'une grande beauté, cette dernière portait un enfant en bas âge dans un tissage de végétaux fixé sur son dos. Une douzaine de personnes accompagnaient le couple, tous nus et à l'apparence sereine.

Awani salua Kalima d'un geste de la main écartée, paume vers l'avant, signe de bienvenue. Il tâchait de garder, comme il sied à un chef, un détachement de bon aloi, mais chacun pouvait percevoir que son émotion était au moins aussi forte que celle de Kalima.

La jeune femme avait face à elle son sauveur, un des derniers hommes libres de la selva, tandis que celui-ci était passablement désarçonné ne sachant s'il avait affaire à une femme de chair et d'os ou à une déesse, maîtresse de la parole.

Pour rompre le trouble qui commençait à s'installer et au risque de froisser des coutumes inconnues d'elle, Kalima s'exprima en premier :

— Je te remercie, grand guerrier, de m'avoir libérée du joug de mes ravisseurs. Tu es un homme courageux et d'une grande habileté avec tes armes. Je suis ton obligée et, si je le peux, à mon tour j'aiderai ta tribu.

— Nous devons nous enfoncer dans la forêt, répondit Awani, mais avant je voudrais savoir pourquoi ces hommes, qui sont nos pires ennemis, t'ont capturée. Qui es-tu ? D'où te viennent les pouvoirs de parler aux Awagas et aux animaux ?

— Rassure-toi, je ne suis pas une déesse, mais une véritable femme. Je ne peux pas dévoiler d'où me vient la faculté de parler aux bêtes et à tous les humains, mais tu peux avoir confiance, je n'exerce jamais ces pouvoirs pour une mauvaise cause. Les hommes qui m'ont enlevée l'ont fait pour m'empêcher d'aider les animaux dans leur révolte.

Kalima expliqua ensuite qu'elle ne s'était pas enfuie plus tôt pour éviter que Luis, le chef des trafiquants, tue des Indiens.

Raoni prit alors la parole après avoir jeté les oripeaux qui lui servaient de vêtements :

— J'ai trop longtemps vécu dans la peur et la lâcheté, désormais je veux finir dignement les dernières années qu'il me reste à vivre, mais je suis très inquiet. Nous avons réussi à nous échapper, pourtant je suis persuadé que Luis, qui doit être fou de rage, va se venger sur les Indiens du laboratoire. Même si comme moi ils ont trahi leurs origines, ce sont mes frères. Je ne viens pas avec vous, je reste pour les aider. Je te demande, grand chef, de me prêter des armes, je vais essayer de tuer Luis.

À la grande surprise de Yuma et d'Awani, Kalima déclara qu'elle aussi ne partirait pas avant d'avoir mis à l'abri les Indiens du labo.

— Je ne suis pas coupable des derniers événements mais j'en suis responsable. Partir dans l'instant reviendrait à abandonner tout ce en quoi je crois. N'ayez pas peur, j'ai dans ce combat les meilleurs alliés du monde.

Après une âpre discussion, il fut décidé que Raoni, Kalima, le fils de Yuma, Awani et cinq de ses meilleurs guerriers resteraient pour tenter de convaincre les Indiens « civilisés » de les rejoindre. Ces derniers étaient seulement six dans le labo, quatre hommes qui faisaient essentiellement du portage et deux femmes cantonnées aux cuisines. Le reste de la tribu d'Awani devait se réfugier à plusieurs jours de marche dans un village jusqu'alors inviolé et attendre le retour du chef et de sa bande.

Kalima occupa le reste de la nuit à exposer son choix à Ram et à la Mère et à préparer avec eux un plan destiné à engager les animaux sauvages de la jungle dans la lutte à venir. Ram était fou d'inquiétude et il proposa de rejoindre Kalima mais celle-ci, appuyée par la Mère, réussit à le convaincre qu'il serait bien plus utile sur l'Arche pour l'aider à coordonner l'action des animaux.

Fort des prouesses technologiques de l'atelier, Ram proposa deux types d'actions qui s'avérèrent décisives par la suite. La canopée amazonienne est tellement dense qu'il est totalement impossible de repérer un groupe d'hommes depuis les airs. Or Ram disposait d'un système de localisation par thermoluminescence grâce auquel il est possible de suivre un corps dégageant de la chaleur lorsqu'il se déplace au sol à travers la végétation, à condition que ce dernier soit suffisamment volumineux, ce qui est le cas d'un humain et *a fortiori* d'un groupe. Grâce au GPS, Ram avait donc la possibilité de distinguer le groupe de Kalima de celui de ses poursuivants et ainsi de la tenir au courant à chaque instant de sa situation et de son avance sur Luis.

Il proposa également que, toujours grâce au GPS dédié à Kalima, il repère l'emplacement du laboratoire quand celle-ci serait à proximité afin de prévenir les militaires brésiliens et leur demander d'intervenir. Ses recherches lui avaient en effet permis de découvrir l'existence au sein de l'armée brésilienne d'une section spéciale dédiée à la lutte contre le trafic de drogue et celle-ci cherchait depuis longtemps à localiser le laboratoire d'El Benito.

Au petit matin, Kalima, Awani et leurs compagnons se postèrent en lisière de forêt pour contrôler le va-et-vient des hommes de Luis accompagnés des survivants du commando, privés désormais de leur commandant. Manifestement, les ravisseurs de Kalima n'avaient aucune intention de renoncer. Une grande agitation régnait dans le camp où Luis avait débauché une dizaine de caboclos contre une promesse de récompense. Awani estima la troupe réunie par Luis à environ une trentaine d'hommes, tous lourdement armés. Ces derniers étaient divisés en deux groupes : un premier accompagné d'une meute de chiens de chasse devait rechercher les traces des fuyards dans la forêt, tandis qu'un second descendrait la rivière pour couper la route aux Indiens.

— Il est hors de question de faire courir le moindre risque à qui que ce soit, pas plus à nous qu'aux animaux, déclara Kalima. Sans nier la valeur des guerriers awagas, je sais qu'il est impossible de résister à autant de tueurs, dont certains ont une grande expérience du maniement des armes et de la chasse à l'homme en forêt. Awani, tu as su les surprendre au cœur de la forêt car ils ignoraient ta présence, mais maintenant ils sont prévenus et plus nombreux. En revanche, j'ai besoin que toi et Raoni m'aidiez à organiser la lutte, car je connais très mal les animaux de chez vous.

Le fait que les poursuivants se soient divisés en deux groupes compliquait notablement la tâche et obligea Awani et Kalima à modifier leur plan initial. L'attaque devait être menée presque simultanément sur la rivière et dans la forêt. De plus, il fallait faire très vite avant que les trafiquants n'entament leur poursuite. Awani et Kalima bénéficiaient toutefois d'un avantage considérable : Luis et ses acolytes les croyaient en train de fuir, au point qu'ils n'avaient pas posté de gardes aux abords du laboratoire. Par ailleurs, ils ne pouvaient absolument pas imaginer qu'ils allaient subir une attaque dans leur propre fief.

Il fut décidé de commencer par la rivière en détruisant les pirogues afin de neutraliser toute possibilité de poursuite de ce côté, puis partant de là le groupe devait s'enfoncer dans la jungle en feignant de fuir et en tendant des pièges aux poursuivants.

— Quels sont les animaux les plus forts, capables de renverser ou de détruire une pirogue ? demanda Kalima.

— Les caïmans, répondit Awani sans hésiter, il arrive régulièrement que des hommes en train de pagayer soient attaqués par des gros caïmans dont certains peuvent mesurer 4 mètres et peser plus de 400 kilos.

Awani eut alors une excellente idée.

— Si tu peux mobiliser tous les animaux, je pense que ce serait bien de faire également appel aux piranhas, ces poissons carnivores sont capables de déchiqueter n'importe quel être vivant en quelques minutes, y compris un homme, et toute la jungle est terrorisée par leur férocité. Si nous réussissons à renverser les pirogues, personne n'osera entrer dans l'eau pour les récupérer en présence des piranhas.

Pendant que Kalima s'adressait aux caïmans et aux piranhas pour distribuer les rôles, Raoni proposa de rester sur place avec deux des guerriers awagas afin d'essayer de délivrer les Indiens du labo. Kalima avait en effet envoyé un petit faucon pour surveiller le camp de Luis et l'oiseau l'avait informée que les six Indiens étaient ligotés et enfermés dans un baraquement en bois, près du laboratoire.

L'équipe de Kalima et d'Awani était maintenant postée près de l'embarcadère. Une dizaine de caïmans et des milliers de piranhas attendaient les consignes. Personne n'était encore monté dans les pirogues car les hommes de Luis étaient en train de préparer leur matériel à quelques dizaines de mètres, au début du ponton où étaient amarrées les embarcations.

— Attention, dit Kalima aux caïmans, il va falloir faire très vite et repartir avant que les hors-la-loi n'aient le temps de tirer sur vous.

Les caïmans savaient très bien ce que signifiait « tirer sur vous », car la chasse aux sauriens était un des passe-temps favoris des brutes d'El Benito. Une énorme bête qui avait déjà reçu une balle, restée incrustée dans sa chair, aurait bien voulu profiter de l'occasion pour croquer un des tueurs, mais Kalima avait été très claire :

— Aucune attaque directe contre des humains, on s'approche en douceur, bien camouflé au fond de l'eau, on renverse ou on brise les pirogues et on repart au plus vite, sauf les piranhas qui restent pour impressionner.

Quand ils se chauffent sur les berges ou se déplacent sur le sable et au bord de la rivière, les caïmans pourraient passer pour des animaux paisibles, voire lents, mais leurs attaques sont foudroyantes. En un dixième de seconde, ils sont capables de bondir hors de l'eau et de saisir une proie sur la rive. Nombreux sont les habitants de la selva à avoir assisté à ce genre d'exploit, mais le spectacle de dix caïmans se lançant en même temps à l'assaut des pirogues restera à jamais dans la mémoire collective et la légende de l'Amazonie. À lui seul, le géant de la rivière s'empara d'une pirogue entre ses mâchoires gigantesques et la brisa en deux.

Trois ou quatre secondes après le signal de Kalima, les barques et leurs moteurs étaient soit brisés, soit au fond de la rivière. S'ensuivit immédiatement un intense bouillonnement de milliers de gueules de piranhas dont les dents acérées brillaient au soleil.

Un des mercenaires, peu averti du danger, tenta d'attraper la corde d'amarrage d'une pirogue et eut un doigt entièrement sectionné. Comme toujours dans ce cas, l'odeur du sang décupla l'excitation des poissons, dissuadant définitivement toute tentative de la part des hommes de Luis.

— Première phase de l'opération réussie ! s'exclama Kalima en s'adressant simultanément à son groupe et à l'Arche. Maintenant, Awani, c'est à toi de jouer.

Durant la nuit et le début de l'aube, le chef awaga, aidé par le plus vieux et le plus fameux pisteur de son clan, avait repéré une sente qui s'enfonçait directement dans la forêt. Ils avaient laissé quelques indices de leur passage, suffisamment visibles pour être relevés par leurs poursuivants, mais assez discrets pour être crédibles.

Le temps que Luis se ressaisisse et que son chef de meute rassemble les chiens et trouve le départ de la piste des fugitifs, ces derniers avaient pris cinquante minutes d'avance. Les molosses sont spécialement dressés pour la chasse à l'Indien et accessoirement aux grands fauves de l'Amazonie. Depuis des décennies, les propriétaires les plus sadiques entretiennent ce type de meutes pour capturer et souvent exterminer les « sauvages », selon un mode équivalent à celui employé en Amérique du Nord durant l'esclavage.

— J'entends les chiens, avertit le fils de Yuma avec terreur, dans quelques minutes ils seront sur nous. L'an dernier, un couple de notre famille a essayé de s'enfuir dans la jungle, les chiens les ont rattrapés et mis en pièces. C'est tout juste si nous les avons reconnus au moment de les enterrer. Depuis, personne n'aurait l'idée de s'évader et voilà que ça recommence.

— Il a raison, dit Awani, ils sont beaucoup plus rapides que nous et, à cause de leur flair, nous n'avons aucune chance de les semer.

— N'ayez pas peur, les rassura Kalima, souvenez-vous de ce que je vous ai dit hier soir, je parle aussi aux animaux domestiques.

La technique de chasse des négriers consiste à lâcher les chiens sur la piste des individus recherchés. Quand les molosses atteignent la victime, ils l'entourent en aboyant et en montrant les dents mais ils sont dressés pour attendre leur maître et n'attaquent que sur son ordre.

Quand les fauves débouchèrent, Awani lui-même eut un frisson d'horreur. Kalima se mit en travers de la piste et leva les bras en poussant un cri rauque qui n'avait rien d'humain. La meute haletante eut à peine le temps de s'arrêter, le chien de tête dérapa sur le sol humide et termina sa course dans les jambes de la jeune femme.

— C'est la Terre Mère qui vous parle à travers moi, je sais que vous adorez la chasse, c'est votre raison d'exister, ou du moins vous le croyez. Souvenez-vous, quand vous n'étiez que des chiots, aviez-vous envie de tuer ? Votre maître, celui qui vous a dressés, est-il affectueux avec vous ?

En même temps qu'elle leur parlait, Kalima circulait au milieu des chiens, caressant celui-ci, grattant derrière la tête celui-là, provoquant de douces réminiscences maternelles. Elle s'aperçut alors que plusieurs d'entre eux avaient de longues cicatrices sur les flancs.

— C'est lui qui vous fouette ?

— Oui, répondit le leader de la meute, chaque fois que nous rentrons bredouilles de la chasse. Ceux qui sont trop vieux ou trop faibles sont éliminés.

— Donc vous êtes des objets, pas des êtres vivants auxquels on doit un minimum d'attention à défaut de respect ou de tendresse. Je vous ordonne de cesser la chasse et de retourner au chenil.

— Mais il va nous tuer si nous faisons cela, répliqua un chien qui semblait plus âgé.

— Alors j'ai une idée encore meilleure, suggéra Kalima, vous allez partir de ce côté en chassant jusqu'à une rivière qui coule près d'ici et vous ferez semblant d'avoir perdu la piste.

L'endroit où Awani avait décidé d'un arrêt pour attendre les chiens ne devait rien au hasard. Il fallait que les poursuivants s'arrêtent un instant précisément à cet endroit, pour que le piège se referme sur eux. Après les grands animaux de la rivière, les petites bêtes de la forêt allaient agir à leur tour. Durant la préparation de leur stratagème, Kalima avait demandé à Awani quels étaient les petits animaux les plus nombreux et les plus dangereux de la forêt.

— Les fourmis, avait répondu sans hésiter Awani. Ce ne sont peut-être pas les plus dangereuses, car leur venin n'est pas mortel, mais elles sont présentes partout. Cette famille de fourmis construit toutes sortes de nids dans le sol, dans les arbres creux et même des nids suspendus en cousant des feuilles entre elles.

— Leur piqûre est vingt fois plus douloureuse que celle d'une abeille, renchérit le vieux pisteur. Quand j'étais jeune, on plaçait une dizaine d'entre elles sur le dos des jeunes pour leur initiation. Si l'adolescent supportait la douleur sans pleurer, sans crier, il était alors digne d'être un homme. Aucun n'est jamais mort, mais la plupart d'entre eux sombraient dans une sorte de coma pendant un ou deux jours. Si tu regardes mon dos, j'ai encore la trace de leurs morsures bien des lunes après.

— Vous êtes prêtes, les fourmis ? s'informa Kalima. Les chasseurs s'arrêteront ici car ils ne comprendront pas pourquoi les chiens ont changé de piste. Vous n'aurez que quelques instants pour grimper ou tomber dans leurs vêtements et les piquer.

— Pas de problème, répondit la reine mère de la fourmilière. Ce n'est pas tous les jours qu'un humain nous demande d'en faire souffrir d'autres. On va bien s'amuser.

En cas d'échec, Kalima avait demandé à un essaim de guêpes de se tenir prêt à assurer le même rôle, mais cela ne fut pas nécessaire.

Comme prévu, le caboclo maître de la meute était également un très bon pisteur, et il s'aperçut que quelque chose d'anormal s'était produit. Il stoppa toute la troupe et dit :

— Les chiens ont cessé d'aboyer pendant quelques minutes et apparemment ils sont repartis à la perpendiculaire de la piste que nous suivons en direction du fond de vallée, les fugitifs ont probablement changé brusquement de direction pour nous tromper. Il n'est pas rare que les chiens perdent momentanément une piste, s'arrêtent et tournent autour pour retrouver la trace du gibier.

Les amis de Kalima avaient poursuivi leur course sous la direction d'Awani mais la jeune femme était restée cachée dans un arbre en compagnie du vieux pisteur afin d'observer le comportement des poursuivants. Le piège avait fonctionné à merveille. Plusieurs des tueurs commençaient déjà à se gratter et à secouer leurs vêtements.

— Inutile d'attendre, dit l'Indien, rejoignons rapidement les autres.

Plus tard, après que Kalima eut rejoint Awani, elle contacta Ram pour avoir des nouvelles.

— Vos ennemis ont fait demi-tour, précisa Ram. Ils sont rentrés à leur base. D'après mes images, plus aucun ne bouge. Les points verts qui les représentent sont totalement fixes. Par contre, je décèle une autre série de points chauds un peu plus à l'est. Ils se dirigent dans la même direction que vous, mais ils sont moins nombreux, environ une dizaine de personnes.

— Tu es sûr, dit Kalima, ce ne sont pas plutôt des tapirs ou des félins ?

— Je ne connais pas la faune du coin, mais ça m'étonnerait qu'ils marchent aussi bien à la queue leu leu.

— Et la force anti-Cartel de l'armée brésilienne, tu as des infos ?

— Oui, ils sont partis de la base la plus proche, mais il leur faudra plusieurs heures avant d'arriver.

Vérification faite, il s'avéra que le deuxième groupe repéré par Ram était celui de Raoni qui avait réussi à délivrer les Indiens prisonniers au camp de Luis pendant que celui-ci poursuivait le groupe d'Awani et de Kalima. Après avoir rejoint Kalima sur le chemin du village awaga, Raoni raconta qu'il n'avait rencontré aucune résistance, le camp était pratiquement désert, presque tous les trafiquants étant partis à la poursuite de Kalima et des Awagas.

— Après avoir neutralisé le gardien des Indiens avec l'aide de ces derniers, nous avons investi le laboratoire puis nous l'avons incendié. Vous auriez vu le panache de fumée noire, c'était impressionnant, se réjouit Raoni.

— Ce qui a dû grandement faciliter le repérage du site pour l'armée, ajouta Kalima.

Trois jours après ces événements, les médias brésiliens titrèrent : « Fantastique coup de filet de la force anti-Cartel. El Benito arrêté dans son hacienda de l'Acre et son laboratoire entièrement démantelé au cœur de la selva. » Quant à l'origine des informations ayant permis cet exploit, dans un premier temps personne n'en sut rien.

XXI

IL FALLUT ENCORE DEUX JOURS d'une marche harassante pour atteindre le village des Awagas. Ram insista à plusieurs reprises pour que Kalima rejoigne l'Arche, mais celle-ci expliqua qu'il eût été indécent d'abandonner ses sauveurs avant de s'être assurée qu'ils arrivent chez eux sans encombre. Elle se garda de dire que sa fascination pour la forêt tropicale et la découverte d'une tribu primitive pesaient tout autant dans son choix de poursuivre avec les Awagas.

Avant même de lui laisser le temps de se reposer, Awani présenta Kalima à un vieil homme qu'il qualifia comme étant son oncle et qui s'avéra être le chaman du clan. La jeune femme, habituée aux contacts directs et aux sourires, fut surprise et décontenancée par l'attitude du vieillard. Il psalmodiait des onomatopées incompréhensibles en agitant un plumet vivement coloré. À aucun moment son regard croisa celui de Kalima, puis il cracha une chique rougeâtre et rentra dans sa case.

Raoni, qui connaissait les deux mondes, expliqua que, loin d'être du dédain, le regard fuyant du chaman était au contraire un signe de respect et de bienvenue. Quant au bâton, terminé par une touffe de plumes de perroquet ara, il ne l'exhibait que très exceptionnellement pour accueillir un hôte prestigieux ou pour annoncer une vision majeure.

— Le chaman savait que tu viendrais, dit Awani, il a fait un rêve dans lequel le dieu Jaguar lui annonçait que tu courais un grand danger et qu'il devait envoyer les guerriers awagas pour te protéger. Nous avons trouvé les traces d'un jaguar et les avons suivies jusqu'à la rivière Envira où nous avons vu que tu étais prisonnière. Cette nuit, le chaman va absorber des plantes hallucinogènes pour entrer en contact avec les dieux. Il va danser jusqu'à épuisement et, quand il tombera, les esprits lui parleront.

Jusqu'à une époque récente, les villages awagas étaient tous construits sur le même modèle : une série de cases circulaires et un grand bâtiment collectif et cérémoniel au centre. L'ensemble des habitations et des jardins attenants se trouvait dans une grande clairière obtenue par incendie et défrichage d'une petite portion de forêt. Indispensable puits de lumière dans l'omniprésente et envahissante pénombre forestière.

Awani expliqua que désormais, pour ne pas être repérés du ciel, les villages étaient toujours en cercle, mais chaque case était abritée par des arbres. Quant aux plantations de manioc, de patates douces et de bananiers, elles étaient dispersées dans les environs immédiats.

— Depuis trois ans que nous sommes installés ici, affirma Awani, nous n'avons jamais été dérangés et nous avons pu reprendre la culture du manioc mais, durant les années précédentes, nous avons dû fuir constamment et ne vivre que de chasse et de cueillette. Si nous n'avions pas trouvé ce refuge, nous aurions probablement péri. Grâce à une vision, le chaman nous a guidés en ce lieu.

Le village se trouvait près d'une rivière trop petite pour être fréquentée par d'autres hommes, mais suffisamment grande pour permettre la navigation en pirogue et pour receler de grandes quantités de poissons comestibles. Dès que Kalima eut terminé sa conversation avec le chef et le chaman, elle s'approcha de l'épouse d'Awani et lui demanda :

— J'ai un besoin urgent de me rafraîchir et de me laver, puis-je aller à la rivière ? Quelles sont les habitudes chez vous ? Faut-il que je m'isole ? Y a-t-il un endroit spécifique pour la toilette et la lessive ?

En principe, les hommes et les femmes ne se baignent pas ensemble, sauf quand un couple va faire l'amour dans un lieu discret, mais personne ne se cache pour la baignade. Le seul endroit interdit aux femmes et aux enfants est la case des hommes où ont lieu certaines cérémonies.

— Viens avec moi et les enfants, nous aussi avons envie de fraîcheur.

La rivière se trouvait à peine à une centaine de mètres en contrebas. Dans cette portion amont, le courant était encore assez fort, mais le cours d'eau effectuait une grande boucle à l'intérieur de laquelle s'était formé un creux plus profond et plus calme. Un gros rocher dominait le trou d'eau, depuis lequel les enfants plongeaient en hurlant. À les voir jouer ainsi, Kalima avait du mal à réaliser qu'elle vivait en présence d'une tribu décimée.

Avant d'entrer dans l'eau, Kalima eut un instant d'hésitation : devait-elle se dévêtir ou garder ses lambeaux de vêtements, déchirés et souillés par plusieurs jours de marche dans la boue et la végétation épineuse ?

La femme d'Awani s'approcha avec un large sourire.

— Tout le monde vit nu dans notre tribu. Regarde autour de toi, même les Indiens qui nous ont rejoints se sont dépouillés des signes de leur servitude.

Quand Kalima entra dans l'eau, entièrement nue, tout le clan, soit une quarantaine de personnes, était sur la berge ou dans la rivière. Son allure majestueuse, mêlée à une grâce irradiante, sa peau ambrée et ses yeux noirs, résultat d'un métissage embellissant, lui conféraient un charme auquel personne ne pouvait rester insensible. Un silence total s'installa, tous les regards convergeaient vers la jeune femme, symbole d'une humanité diverse et universelle.

Dans les portions de jungle où se mêlent l'eau courante, la forêt dense, la clairière et les cultures, les oiseaux sont toujours plus abondants que dans un milieu naturel uniforme ; leurs chants pourtant si riches et si divers rythment les jours et les nuits sans que les humains y prêtent continuellement attention. Les sons de la nature, devenus inaudibles pour la plupart des hommes modernes, accompagnent chaque instant de la vie des sociétés primitives. Un chant ou le cri d'un animal, un froissement dans les feuilles, le clapotis de l'eau courante sont autant d'échanges entre « l'homme sauvage » et son milieu de vie dont il est une des composantes. Mais un profond silence, si soudain, au moment précis où le corps de Kalima glissait dans l'onde, ne pouvait être qu'un signal surnaturel.

C'est alors qu'elles arrivèrent, à peine visibles à la surface de l'eau, seuls le nez, les yeux et les oreilles dépassaient. Un léger frémissement, suivi d'un sillon qui s'élargissait au fur et à mesure qu'elles avançaient.

— Ce sont des loutres, dit le vieux pisteur à voix basse. De toute ma vie, je n'en ai jamais vu autant et d'aussi près.

Kalima était debout, la pointe de ses seins affleurant à peine hors de l'eau. Les loutres s'approchèrent doucement et formèrent un cercle autour d'elle. Un des loutrons, un jeune de l'année, prit très délicatement le téton de la jeune femme entre ses lèvres, provoquant un frisson qui se répercuta en cercles concentriques frémissants. Puis ce furent les poissons qui surgirent par milliers, toutes espèces confondues. À leur tour, ils formèrent un cercle autour des loutres, ne laissant apparaître que le bout de leur nez et leur nageoire caudale. Quelques enfants restés dans la rivière n'avaient pas bougé et flottaient, comme suspendus au milieu d'un grouillement intense : le silence était toujours total.

— Ne craignez rien, dit Kalima aux petits Awagas, ne bougez pas, ne faites aucun bruit, nous attendons un autre visiteur, très impressionnant, mais il ne vous fera aucun mal.

Tous les Awagas attendaient un caïman, mais ce fut un serpent qui apparut au loin, un énorme anaconda de près de 10 mètres de long, dont le poids devait avoisiner les 250 kilos. Le reptile se fraya un chemin au milieu des poissons et des loutres mais, à la stupéfaction des Indiens, pas un seul animal ne prit la fuite. Le géant des rivières amazoniennes glissa doucement autour du corps de Kalima et l'enserra délicatement dans ses anneaux. Un frémissement de terreur parcourut le groupe d'Awagas, car les Indiens connaissent la puissance phénoménale de l'anaconda capable de capturer et d'étouffer un tapir en quelques minutes.

Kalima attendait, confiante mais intriguée car, pour la première fois depuis le début de l'aventure, elle n'était pas à l'initiative de l'action et du rassemblement des animaux. L'anaconda la souleva légèrement hors de l'eau et lui dit :

— Depuis ton arrivée dans la jungle, nous t'avons suivie, par air, par terre et par eau. Nous avons compris que tu es notre amie et que tu es capable de parler avec chacun d'entre nous. Nous avons remarqué avec étonnement que tu sais faire la différence entre les hommes qui nous pourchassent, comme ceux du camp des pirogues, et ceux qui nous respectent, comme les Indiens ici présents. Avec l'aide de ceux-ci, nous avons contribué à ta libération, mais l'esprit de la rivière nous dit, confusément, que tu es toujours prisonnière, nous le ressentons, mais nous sommes incapables de comprendre pourquoi. Tu es la seule à pouvoir communiquer en même temps avec les animaux et avec les humains.

— Mais qu'attendez-vous de moi ? demanda Kalima de plus en plus intriguée.

— Nous l'ignorons, avoua une loutre, c'est la rivière qui nous a alertés à travers ses eaux, comme elle nous informe d'un danger, d'une crue à venir ou d'une présence inquiétante.

— Les hommes de la forêt sont sages, poursuivit l'anaconda, ils nous parlent et vivent comme nous dans un même univers. Il faut que tu t'adresses à eux, peut-être sauront-ils interpréter le message de l'esprit de la rivière.

Kalima se tourna vers le chaman pour lui demander son aide et lui expliquer en quelques mots quelles étaient les craintes et la requête des animaux. Le chaman se précipita dans la maison des hommes et revint affublé de ses attributs sans lesquels il était dans l'incapacité de communiquer avec l'invisible.

— Dans mon rêve, j'ai bien vu que tu étais captive mais je n'ai retenu que l'image de tes liens et celle des hommes qui te séquestraient ; j'ai négligé le signe envoyé par le Jaguar, dont les traces menaient à la rivière et non pas au camp des tueurs ou sur la piste. Les visions sont toujours confuses et leur interprétation difficile. Maintenant, avec le recul, je crois comprendre que ce n'est pas seulement toi qui étais ligotée, mais le symbole que tu représentes. Il n'est pas possible que tu sois, comme tu l'affirmes, une simple jeune femme. Tes pouvoirs sont infiniment plus grands que ceux de tous les chamans réunis. Je suis persuadé que tu es une des filles du dieu Jaguar. Il en a plusieurs, ainsi que des fils, comme celle de la forêt ou celui de la chasse. Tu es la fille des eaux, celles qui tombent du ciel pour irriguer la terre et remplir les sources. À travers toi, c'est la rivière que les hommes veulent enfermer.

Kalima traduisit les paroles du chaman aux animaux qui acquiescèrent et c'est alors seulement qu'ils comprirent pourquoi, spontanément et sans calculs ni consignes, ils s'étaient disposés autour de Kalima en cercles concentriques de plus en plus serrés jusqu'au corps en spirale de l'anaconda, incarnant ainsi l'enfermement de la fille des eaux et donc de la rivière. Plus que jamais, Kalima avait conscience d'être, au nom de la

Terre Mère, le passeur entre la nature, les animaux et certaines catégories d'humains. Mais quand bien même serait-elle la fille des eaux, matérialisée en cet instant par la rivière qui coulait au pied du village, pourquoi et de qui serait-elle encore captive ?

Chacun des protagonistes se posait la même question quand Raoni eut une idée.

— Puis-je, Kalima, poser une question aux animaux par ton intermédiaire ?

— Je t'écoute.

— Savent-ils d'où vient le message de l'esprit de la rivière ? Selon moi, probablement de l'amont, car l'eau qui peut parler descend toujours vers le bas, or, plus haut, se trouve le camp des trafiquants, et ce sont bien eux qui ont capturé la fille du Jaguar.

Traduction faite, tous les animaux aquatiques réalisèrent que, contrairement aux supputations de Raoni, tous venaient de l'aval et avaient remonté le courant. Pas un seul des milliers de poissons, batraciens, loutres et serpents présents n'avait descendu le cours d'eau pour venir encercler Kalima. À défaut de pouvoir comprendre l'origine de la missive aquatique, il était clair qu'elle venait de l'aval.

Kalima s'adressa de nouveau au chaman en lui demandant de fouiller sa mémoire afin de trouver des nouveaux indices susceptibles de les éclairer sur ce mystérieux signal. Mais rien n'y fit et le vieil homme demanda un délai d'une nuit pour procéder comme il l'avait prévu à une nouvelle cérémonie hallucinatoire. Avant toutefois de se retirer, il fit une déclaration afin de montrer à tous que sa perspicacité, provisoirement mise en défaut, restait malgré tout efficace, car, disait-il, il était le seul à avoir compris une autre scène passée inaperçue.

— Il arrive quelquefois, professa-t-il, que l'attention d'un chasseur ne soit pas suffisante et qu'il tue un animal, par exemple un singe femelle accompagné d'un bébé pas encore sevré. Dans ce cas, nous recueillons l'orphelin et une femme du clan qui allaite un enfant lui donne le sein pour lui sauver la vie, mais pas seulement. Ce geste vise à montrer à la communauté des singes et aux dieux qu'en échange des biens qu'ils nous offrent nous respectons la vie et préservons l'avenir. L'offrande du lait maternel de la femme est celle du clan des Awagas à la forêt qui les nourrit. C'est ainsi que la petite loutre qui a pris le sein de Kalima dans ses lèvres a voulu montrer que les animaux aussi vénèrent celle qui les nourrit et cela me conforte dans le sentiment que toi, Kalima, tu es bien une des filles du dieu Jaguar, celle de la rivière.

Kalima se garda de traduire ces dernières paroles à l'anaconda mais celui-ci, instinctivement comme les loutres et les autres espèces amphibies, était convaincu d'avoir côtoyé la rivière elle-même sous les formes de la superbe et mystérieuse jeune femme.

Le gigantesque serpent desserra son étreinte et, aussi vite et mystérieusement qu'ils étaient venus, tous les animaux redescendirent le courant vers leur havre de paix respectif. Mais la question restait entière : pourquoi la rivière était prisonnière et qui la retenait ?

Avant de regagner la berge, Kalima plongea et nagea dans les derniers rayons du crépuscule. Quand elle sortit de l'eau, personne ne vit les larmes se mêler aux gouttes ruisselant sur son visage. Ram lui manquait, elle avait envie de se blottir contre lui et de trouver le réconfort que lui seul pouvait lui apporter. Elle se retira dans une petite case isolée et lui parla pendant des heures en lui racontant par le menu les détails de sa journée et en lui faisant part de ses doutes. Les deux amoureux convinrent d'attendre le lendemain matin pour se retrouver après que le chaman eut fait connaître le résultat de ses investigations.

Le lendemain matin, avant de sortir de sa case, celui-ci convoqua Awani, Yuma, Raoni et le vieux pisteur afin d'arrêter une position commune. Cet élan démocratique inhabituel chez un chaman, seule personne du clan à pouvoir entrer en contact avec les esprits, reflétait le désarroi dans lequel les pouvoirs de Kalima avaient plongé la petite communauté des Awagas. Quand il s'approcha de celle-ci, il ne tenait qu'un seul attribut à la main, un petit objet suspendu à une cordelette.

— Vénérée fille de la rivière, j'ai encore eu une vision confirmant que tu étais prisonnière, ton eau avait cessé de couler et les animaux aquatiques se mouraient. Tu vas avoir à livrer un terrible combat contre des forces obscures que je ne parviens pas à reconnaître, ce qui signifie qu'elles sont plus puissantes que tous les sortilèges des chamans de la forêt. Nous allons te donner l'amulette la plus sacrée et la plus protectrice de notre clan.

Il s'avança vers Kalima et lui passa autour du cou un collier portant une dent de jaguar.

— Comme tu le sais déjà, le Jaguar est notre dieu, mais tu ignores que contrairement à d'autres tribus nous n'avons pas le droit de le tuer. Pour devenir de grands chasseurs, les hommes doivent tuer un puma ou un ocelot, mais jamais un jaguar, sous peine de provoquer l'anéantissement de toutes nos familles. Cette dent nous a été transmise par des générations de chamans, la légende dit que c'est le Jaguar lui-même qui nous l'a offerte pour que nous partagions sa force, sa sagesse et sa beauté. Nous pensions ne jamais nous en séparer mais je t'ai vue dans mon rêve, la portant autour de ton cou. Je te la confie, tu ne dois jamais la quitter. Mais si tu sors victorieuse de ton combat, tu pourras revenir dans notre village.

Kalima était très émue et son premier réflexe eût été de refuser un don aussi considérable, mais elle comprit que le geste du chaman, approuvé par tous les Awagas, était à la hauteur des enjeux de son engagement.

— Les mots me manquent pour vous remercier. Sachez que je ferai tout ce qui est en mon pouvoir pour être digne de cette offrande. Je vais partir mais je vous promets de revenir et, je l'espère, de vous rapporter la dent du Jaguar.

Puis elle salua ses amis et disparut.

XXII

MALGRÉ LA FASCINATION que lui inspiraient la jungle et les peuples primitifs qui l'habitent, Kalima avait été durement éprouvée, physiquement et moralement, par l'aventure qu'elle venait de vivre.

Elle était submergée par une foule de sentiments contradictoires où se mêlaient l'émerveillement et l'angoisse, la communion et la solitude, l'accomplissement et le doute. Quelque chose de nouveau venait de se produire, il fallait l'analyser et le partager. Jusqu'à présent, Kalima, Ram et leurs amis s'étaient cantonnés à imaginer, organiser et canaliser la révolte des animaux, mais ces derniers, pas plus que les humains, n'avaient jamais formulé de requêtes particulières. Désormais, après l'épisode de l'enlèvement et de la rivière, Kalima comprenait qu'elle ne maîtriserait plus totalement la situation. Qu'ils soient amis ou ennemis, d'autres acteurs pouvaient interférer sur ses projets. Les pouvoirs conférés par la Mère, dont elle ne pouvait parler à personne, hormis Ram, allaient conduire à des incompréhensions de la part de ses interlocuteurs, dont la plus délicate était de passer pour une déesse, avec le risque de décevoir tous ceux, animaux et humains, qui plaçaient beaucoup trop d'espoir en elle. De toute son existence, Kalima ne s'était jamais sentie aussi seule et elle commençait à douter du bien-fondé de son engagement. Il fallut tout l'amour de Ram et la bienveillante affection de la Terre Mère pour qu'elle retrouve un minimum de sérénité.

Restait le mystère de la rivière prisonnière que Ram n'eut aucune difficulté à élucider.

— Venez voir, dit-il à la Mère et à Kalima. Voici, sur mon écran, une carte détaillée de la région où a été prisonnière Kalima. Le village des Awagas se trouve à l'amont d'une petite rivière qui doit faire environ 150 kilomètres de long, jusqu'au fleuve Taranaco dans lequel elle se jette. Si on descend le Taranaco, on distingue à 300 kilomètres en aval l'immense projet du barrage d'Aqua-Luz dont la construction est à moitié achevée. Je suis quasiment certain que voilà l'explication de la rivière captive.

— Je crois que tu as raison, approuva Kalima, et, si j'ai bien compris le message des animaux et du chaman qui m'a confié la dent du Jaguar, ils attendent de moi, de nous, que nous les aidions. À ce stade, je pense qu'il vaut mieux rejoindre nos amis de l'Alliance pour leur demander conseil.

Les retrouvailles eurent lieu au siège du *New York Times*. Toute l'équipe de la Nouvelle Alliance était présente : Nicolas Mulot le réalisateur, Chris le baroudeur et l'hôte de ces lieux : le journaliste Ted Paterson. Kalima raconta par le menu ses péripéties amazoniennes sans omettre ses craintes et ses doutes sur la conduite à tenir pour la suite des opérations.

— Il est vrai, dit Ted, que cette affaire a pris une tournure qui doit nous interpeller. Pour la première fois, il y a eu mort d'homme. Certes, il s'agit de mercenaires sans scrupule au service de la mafia et ces exécutions ne sont pas directement de ton fait, Kalima, mais voir mourir un homme sous ses yeux, quelles que soient les circonstances, est toujours un événement dramatique. L'intervention totalement imprévisible d'une tribu primitive doit aussi nous alerter sur le fait que les humains ne constituent pas un bloc homogène contre lequel se battent les animaux. Une bonne partie de l'humanité partage nos sentiments et notre cause et nous avons sans aucun doute sous-estimé cet élément.

— Ted a raison, appuya Ram. Dans mon pays, en Inde, la majorité de la population est victime et non pas responsable des abus commis par ceux que nous combattons. Désormais, je suis persuadé qu'il faudra tenir compte de cela et associer plus largement certaines catégories d'humains à l'ensemble de nos opérations. Une occasion idéale nous est offerte avec le message envoyé par les animaux et les Indiens d'Amazonie.

— Si je vous ai bien compris, dit Chris, vous souhaitez que nous aidions les Indiens à combattre le projet de barrage et vous pensez que nous pourrons y parvenir grâce à l'aide des animaux ?

— C'est exactement ça, répondit Kalima. Ram a rassemblé tous les éléments techniques, mais nous n'avons pas idée de la manière dont il faut nous organiser car le problème est d'une grande complexité.

Le jeune homme déplia les cartes du secteur et les plans du barrage d'Aqua-Luz, qui devait être le troisième plus grand ouvrage du monde. La construction hydroélectrique en cours de réalisation devait à terme mesurer 90 mètres de haut et 3,5 kilomètres de large. La retenue de 40 milliards de mètres cubes devait noyer 5 000 kilomètres carrés de forêt et s'étaler sur plusieurs dizaines de kilomètres. Plus de 900 énormes véhicules travaillaient 24 heures sur 24, dont des camions, des bulldozers, des concasseurs et des broyeurs. 8 000 travailleurs étaient déjà à pied d'œuvre pour la seule construction du barrage et des 30 turbines. La production électrique devait alimenter 20 millions de foyers brésiliens. Plusieurs milliers de bûcherons et de débardeurs étaient attendus pour raser la plus grande partie de la forêt à inonder.

— Je connais ce chantier, dit Ted, pour avoir fait plusieurs articles sur la résistance des Indiens et des ONG, mais je n'y suis jamais allé. La principale organisation impliquée dans ce combat est Free Amazonia, elle travaille avec les tribus locales et elle a installé un campement à proximité du barrage. Plus de 6 000 familles autochtones appartenant à cinq ethnies différentes vont perdre leurs habitations, leurs cultures et leurs terrains de chasse. Il est prévu qu'elles soient relogées en bordure du lac de retenue dans d'infectes cabanes alignées en rang d'oignons, avec de minuscules jardins bien insuffisants pour produire de quoi nourrir plus de 20 000 personnes. Le rôle de Free Amazonia consiste à sensibiliser l'opinion publique tandis que les Indiens se sont lancés dans des opérations de harcèlement bien dérisoires et fort dangereuses car les promoteurs du barrage ont embauché plus de 200 gardes, dont certains sont armés. Il y a quelques mois, un des leaders indiens a été assassiné en toute impunité et, si nous intervenons, il va falloir être prudents.

En attendant de se retrouver sur le site du barrage, les membres de l'Alliance se répartirent en trois destinations. Ram retourna dans son atelier sur l'Arche pour affiner ses recherches, Kalima rejoignit les Awagas comme elle l'avait promis, tandis que Nicolas, Chris et Ted se rallièrent à l'équipe de Free Amazonia pour s'installer dans leur campement près du barrage.

La mission de Ram était double. Il devait lancer un appel mondial à dons pour soutenir l'action des opposants et voir s'il pouvait s'infiltrer plus avant dans le système informatique des promoteurs du barrage afin de recueillir le maximum d'informations destinées à ralentir ou stopper les travaux.

En moins de deux jours, le compte ouvert au nom de Free Amazonia recueillit 5 milliards de dollars provenant du monde entier, soit un montant équivalent à la moitié de la construction de la centrale hydroélectrique.

Des investigations plus poussées permirent à Ram de déceler plusieurs points de fragilité dans le réseau numérique du chantier, faiblesses qui s'avérèrent décisives dans la suite du combat.

Pour ceux qui n'avaient pas la faculté d'être transportés d'un bout à l'autre de la terre comme Ram et Kalima, l'accès au campement de Free Amazonia se révéla plus difficile que prévu. L'appel à dons avait alerté les promoteurs sur une éventuelle intervention de l'Alliance et ceux-ci avaient considérablement renforcé la surveillance du site tandis que l'armée brésilienne avait installé des barrages routiers sur tous les accès au chantier. La parfaite connaissance de la forêt dont jouissaient les Indiens fut décisive pour que Nicolas, Ted et Chris puissent parvenir au camp de base après avoir effectué un large contournement à travers la jungle.

Quand Kalima revint au village des Awagas, elle élucida le mystère de la rivière prisonnière et du symbole qu'elle-même représentait en leur révélant l'existence du barrage d'Aqua-Luz et la résistance qui s'organisait autour du projet. Le chaman comprit alors que ses visions étaient un appel.

— Si le dieu Jaguar a voulu que Kalima, la fille de la rivière, vienne à nous et que les animaux aquatiques simulent un enfermement autour d'elle, cela signifie qu'ils souhaitent que les Awagas combattent le barrage, déclara le chaman.

Le village des Indiens se situait à plusieurs centaines de kilomètres en amont d'Aqua-Luz et ceux-ci n'en avaient jamais entendu parler mais, après une nuit de débat dans la case des guerriers, ils décidèrent de s'engager dans la lutte et de rejoindre le campement des résistants.

Awani laissa ses cinq meilleurs guerriers pour protéger le village et il décida de partir avec son épouse, Kalima, Roani, Tami, le fils de Yuma et Kaya, et le vieux pisteur. Le bébé d'Awani fut confié aux femmes dont quelques-unes allaitaient. En effet, la coutume veut que dans cette ethnie les enfants soient élevés conjointement par plusieurs personnes. Il arrive aussi que les femmes allaitent un petit mammifère sauvage dont la mère a été tuée par les chasseurs afin que le prélèvement effectué pour se nourrir ne soit pas préjudiciable au rejeton et donc à l'avenir.

La descente de la rivière des Awagas et du Taranaco se fit dans deux pirogues lourdement chargées de provisions et dura six jours au terme desquels Kalima retrouva Ram, toute l'équipe de l'Alliance et l'ensemble du campement.

Afin d'affirmer son fonctionnement démocratique et son attachement à la relation homme-nature, Free Amazonia était dirigée par trois coprésidents : Helena, une avocate brésilienne de souche portugaise, Diaro, un biologiste métis d'Indien et de Blanc, et Tocao, un chef indigène du rio Taranaco.

Helena, âgée de quarante-deux ans, avait fondé Free Amazonia une dizaine d'années auparavant pour lutter contre la déforestation et défendre les droits des tribus indiennes. Elle connaissait Ted Paterson pour l'avoir rencontré lors d'un colloque sur l'Amazonie et avoir répondu à son interview publiée dans le *New York Times*.

Diaro, originaire de la tribu des Kurinas basée près de la confluence de l'Envira et du Taranaco, avait passé toute son enfance en forêt, mais il avait été repéré par un instituteur itinérant chargé de l'alphabétisation des indigènes. Après avoir brillamment suivi des études de biologie à l'université de Brasilia, il était revenu dans sa région d'origine où, avec l'aide et le financement de Free Amazonia, il avait fondé un laboratoire de recherche sur la faune amazonienne devenant ainsi, à l'âge de trente-cinq ans, un des meilleurs spécialistes brésiliens de la biodiversité des forêts tropicales.

Tocao était le chef d'une ethnie proche de celle des Kurinas qui comptait encore plusieurs milliers d'individus vivant dans des espaces préservés en bordure du rio Taranaco. Dès l'avant-projet du barrage d'Aqua-Luz, il avait été le premier chef indien à se mobiliser contre cette entreprise qui amputait gravement son territoire. Le charisme de cet octogénaire avait fait de lui le leader de la résistance locale, raison pour laquelle Helena lui avait demandé de rejoindre la direction de Free Amazonia.

La quasi-totalité des membres de l'association et quelques Indiens qui possédaient la télévision avaient suivi les aventures de Ram et de Kalima. La présence du jeune couple sur le site du barrage apparut comme une occasion miraculeuse de vaincre enfin les promoteurs du projet contre lesquels se battaient les résistants depuis bientôt six ans. Plus de 10 000 indigènes avaient déjà rejoint les abords du chantier dont un grand nombre avait été alerté par Kalima et Awani lors de leur descente de l'Envira et du Taranaco.

La logistique de Free Amazonia, jusqu'alors insuffisante, s'était considérablement étoffée grâce à la manne financière de l'appel à dons. Des tonnes de nourriture, des abris, du matériel informatique et même un hélicoptère étaient parvenus au campement. Les conditions étaient désormais réunies pour lancer la grande offensive contre Aqua-Luz. Hommes, femmes et enfants de tous âges, toutes conditions et toutes origines tombèrent immédiatement sous le charme de Kalima. À l'occasion d'un immense rassemblement qui eut peine à tenir dans la clairière du campement, elle prit la parole devant des milliers d'Indiens issus de plusieurs dizaines de tribus parlant des langues différentes. Elle réussit l'exploit sidérant d'être comprise de tous en même temps, y compris d'un minuscule groupe dont il ne restait qu'une dizaine de survivants et dont la langue, connue d'eux seuls, était au bord de l'extinction. Son intervention déclencha un tel enthousiasme que personne ne douta plus de la victoire.

L'affaire était pourtant bien plus complexe que l'optimisme des troupes pouvait le laisser paraître. Après avoir réglé les problèmes d'intendance, une première réunion des responsables de l'Alliance et de Free Amazonia eut lieu afin de répartir les tâches et d'établir un plan d'action.

Ram, dont l'autorité ne cessait de s'affirmer, proposa une stratégie en trois phases : une attaque informatique, une opération d'intimidation et, si les deux premières actions s'avéraient insuffisantes, la destruction du barrage même si à ce stade personne ne savait comment parvenir à anéantir un édifice d'une telle ampleur. Tous les membres de l'équipe approuvèrent les objectifs de Ram et pressèrent le jeune informaticien afin d'en savoir plus sur la guerre cybernétique qu'il proposait de déclencher.

— Comme vous le voyez, indiqua Ram, j'ai apporté le minimum de matériel et plusieurs disques externes. Ils contiennent une mine d'informations sur tous les systèmes informatiques des entreprises qui travaillent sur le chantier. Dans un premier temps, j'ai installé un logiciel espion qui m'a permis d'accéder à toutes les bases de données, telles que les plans du barrage. Puis grâce à un autre logiciel de cassage des protections, j'ai pu pénétrer dans les programmes proprement dits du chantier. Si vous êtes tous d'accord, dès ce soir je propose d'introduire plusieurs virus malveillants qui vont infecter tout leur système, depuis les postes de commandement jusqu'au moindre engin, car tout est dirigé par informatique. Ces virus vont se propager et se multiplier d'eux-mêmes, détruisant à terme tout le réseau d'Aqua-Luz. Je peux également surcharger tous leurs serveurs Web grâce à des données erronées qui vont perturber et bloquer leurs dispositifs jusqu'aux sièges de leurs entreprises. J'ai craqué tous leurs codes secrets et d'ici je peux accéder à leurs logiciels Wi-Fi qu'ils ont installés pour le chantier.

— Et tu as une idée du délai nécessaire pour que ton charmant programme soit effectif ? demanda Chris.

— Non, pas exactement, mais je pense que quelques heures seront suffisantes pour engendrer le début des perturbations et quelques jours pour tout bloquer.

Pendant que Ram parlait, Kalima tentait de traduire et d'expliquer à Awani, mais peine perdue, la technique et le langage informatique étaient aussi impénétrables pour un Indien que les rites des Awagas le seraient pour un ingénieur des travaux publics construisant un barrage.

Le lendemain, Chris proposa de placer des observateurs tout autour du chantier afin de détecter d'éventuels signes de perturbations tandis que Ram contrôlerait les mouvements numériques sur son ordinateur. Durant toute la matinée, rien ne se produisit, mais en début d'après-midi une étrange fébrilité s'empara du personnel d'Aqua-Luz. Les portes claquaient, on courait dans les couloirs et des éclats de voix montaient de tous les bureaux.

Un à un, les énormes engins du chantier s'arrêtaient en plein milieu des pistes. Les toupies qui déversaient le béton liquide devenaient incontrôlables, balançant leur contenu dans tous les sens.

— Regardez, dit Ram en pointant son écran de contrôle, toutes les connexions sont touchées, les programmes s'éteignent, les virus se répandent à une vitesse inouïe. Je suis très étonné de constater à quel point leurs protections étaient insuffisantes, presque indigentes pour un ouvrage de cette importance.

— Je pense, répondit Ted, que les promoteurs du barrage ont sous-estimé leurs adversaires. Ils se sont focalisés sur la résistance des Indiens sur le terrain et sur les recours juridiques de Free Amazonia sans penser qu'un génie de l'informatique comme toi, Ram, pourrait intervenir.

— Je suis fière de toi, renchérit Kalima en se penchant sur l'épaule de Ram, tu les as mis à genoux.

— Ne nous réjouissons pas trop vite, il va leur falloir du temps, au minimum plusieurs semaines pour rétablir leurs programmes, mais ils ont d'énormes moyens et dorénavant ils savent qu'une cyberattaque est possible. Nous allons devoir trouver un moyen plus durable pour anéantir Aqua-Luz.

Dans le mois qui suivit, Aqua-Luz vécut les pires heures qu'ait jamais connues un ouvrage d'une telle ampleur. La totalité du chantier était à l'arrêt. Tous les ordinateurs étaient gravement contaminés. Bien qu'ayant sollicité les meilleurs spécialistes du pays en les payant à prix d'or, les dirigeants des sociétés impactées ignoraient toujours l'origine d'une telle agression. À peine un réseau était-il assaini et reformaté qu'un nouveau virus le contaminait. Chaque jour d'inactivité faisait perdre des millions de dollars au consortium de l'Aqua-Luz, dont les responsables enrageaient.

Durant la quatrième semaine, ils annoncèrent qu'ils ne pouvaient plus verser les salaires aux ouvriers, provoquant un vent de panique, car nombreux étaient ceux qui ne croyaient pas à une panne informatique mais supputaient quelques combines de la part des multinationales de l'Aqua-Luz. Faute de connaître l'origine et la durée de la cyberattaque, les dirigeants étaient dans l'incapacité d'apporter une réponse aux questions des travailleurs, qu'ils soient qualifiés ou simples manœuvres. Le jour supposé de la paye, les ouvriers organisèrent une énorme manifestation qui faillit dégénérer en émeute. Plusieurs milliers de manifestants affrontèrent les deux cents gardes qui eurent les plus grandes difficultés à contenir une foule excédée. Pour pallier cette situation explosive, les responsables du chantier tentèrent de remonter les ouvriers contre les opposants au barrage en les accusant d'être à l'origine de leurs déboires. Quelques nervis introduits dans la manifestation incitèrent la foule à se diriger vers le campement des opposants, avec le risque d'un affrontement entre Indiens et ouvriers.

XXIII

HABITUÉ DES SITUATIONS conflictuelles, Chris eut l'idée qui permit d'éviter la catastrophe. Sans avoir eu le temps de concerter ses compagnons de l'Alliance et de Free Amazonia, il s'avança vers le front du défilé en levant les bras, paumes des mains tournées vers l'avant en signe d'apaisement. Ram et Kalima se précipitèrent à ses côtés pour servir d'interprètes si nécessaire. Malgré l'extrême agitation qui régnait, les premiers rangs stoppèrent leur progression, impressionnés par la stature de Chris et subjugués par la prestance et la beauté de Kalima.

— Puis-je parler aux responsables ? demanda Chris.

Comme toujours, les meneurs, délégués du personnel et représentants syndicaux étaient en tête du cortège, ce qui permit d'engager le dialogue.

— Nous avons une proposition à vous faire, poursuivit Chris. Comme vous allez le constater au fil des semaines, le projet de barrage est condamné, ce qui, nous le reconnaissons volontiers, va mettre votre emploi en péril, mais, soyez-en certains, vous n'avez pas le choix. Aussi nous proposons de verser six mois de salaire et une prime de dédommagement importante à tous ceux qui choisiront de quitter définitivement le chantier.

L'initiative était osée, mais Helena, qui avait rejoint Chris, approuva instantanément sa proposition. Les énormes gains acquis grâce à l'appel à dons permettaient sans problème d'honorer cette promesse et l'urgence de la situation ne laissait pas d'autre choix.

Interloqués par une telle offre, les manifestants refluèrent et demandèrent du temps afin de réfléchir et de consulter l'ensemble du personnel. De retour au campement, Ram fit une rapide évaluation des engagements financiers pris. À raison d'un salaire moyen de 2 000 dollars sur six mois, soit 12 000 dollars, plus une prime de 5 000 dollars pour chacun, le tout multiplié par 8 000, en admettant que tous le demandent, le montant total était aux alentours de 135 millions de dollars, frais bancaires et de comptabilité inclus. Une somme très raisonnable compte tenu de la cagnotte accumulée et une manière plus équitable de dédommager les employés tout en pacifiant le conflit.

Face à l'hémorragie prévisible, les patrons promirent de régler les arriérés de salaires mais le ver était dans le fruit et de plus en plus de salariés réclamaient leur dû auprès de Free Amazonia avant de partir.

Malgré leur efficacité, la cyberattaque et l'opération d'indemnisation s'avérèrent frustrantes, non qu'elles fussent insuffisantes mais parce qu'elles n'impliquaient pas les principaux intéressés, à savoir les Indiens et les animaux sauvages. De plus, il fallait être certain que le chantier du barrage serait définitivement abandonné car ni les promoteurs ni le gouvernement brésilien n'étaient prêts à lâcher prise.

Durant les transactions qui durèrent des semaines, Kalima et Ram sortirent en forêt des journées entières, sous la conduite de Diaro, le jeune biologiste, et de Tocao, le chef indien. Ils étaient souvent accompagnés d'Awani et de Nicolas Mulot, qui engrangeait des images. Les connaissances de Diaro et les capacités de Kalima à communiquer avec la faune sauvage firent des merveilles. Leurs prospections portèrent en priorité sur les 500 kilomètres carrés qui devaient être noyés par la retenue d'Aqua-Luz. Diaro avait participé aux études d'impact lors de l'avant-projet, mais lui-même n'aurait jamais imaginé l'incroyable densité de vie sauvage du secteur.

— Je suis au paradis ! s'exclama le jeune biologiste. Grâce à vous, Kalima et Ram, je vis les instants les plus fabuleux de mon existence. Même en plusieurs décennies d'observations et d'études, je n'aurais jamais pu voir le centième de ce que vous m'avez révélé.

L'Amazonie est en effet un des milieux les plus riches de la planète, tant en flore qu'en faune. Les études de Diaro, corroborées par d'autres scientifiques dans des contrées différentes, avaient montré que seulement 10 kilomètres carrés de forêt tropicale abritent en moyenne 400 espèces d'oiseaux, 125 de mammifères, 100 de reptiles et 60 d'amphibiens. Quant aux invertébrés, ils se comptent par dizaines de milliers d'espèces.

— Et encore, précisa Diaro, je compte seulement les espèces, et non les individus. Si vous prenez par exemple le perroquet ara qui ne représente qu'une espèce, ce sont plusieurs centaines d'individus qui vivent sur 10 kilomètres carrés, alors imaginez sur les 500 kilomètres carrés d'Aqua-Luz. J'ai vu votre première grande émission à la télévision, quand vous avez fait sortir tous les animaux sauvages le long d'un chemin dans la campagne française. Je n'ose pas imaginer le spectacle qu'offrirait la même opération dans la jungle, à la puissance mille !

— Mais oui, génial, c'est ça l'idée ! s'exclama Kalima. Nous allons rassembler tous les animaux et tous les Indiens sur le site du barrage.

— Bravo, Diaro, renchérit Ram, nous allons faire d'une pierre deux coups : les impressionner et montrer à tous l'immense richesse de l'Amazonie !

De retour au camp, il fut convenu que Chris, Ram et Helena auraient en charge l'organisation et la coordination de l'opération qui s'avérait monstrueuse. Nicolas Mulot, Ted Paterson et une équipe de techniciens assureraient les prises de vues et la retransmission sur le même modèle que l'émission planétaire réalisée en Creuse. Kalima, Awani et Tocao seraient responsables de l'information des Indiens et des animaux et ils auraient à jouer le rôle délicat de discipliner et de contenir des dizaines de milliers de participants.

En consultant les plans du chantier pour préparer son scénario, Nicolas Mulot s'aperçut que l'ouvrage en cours était ceinturé d'une piste continue.

— Si nous rassemblons tout le monde en une masse compacte, précisa-t-il, les images seront confuses et trop denses. Il sera très difficile de suivre tel ou tel personnage ou animal et il n'y aura pas assez de cohérence dans le reportage. Je propose qu'on fasse un immense cercle en disposant tous les acteurs sur le chemin périphérique, face tournée vers l'intérieur. Deux équipes de cadreurs partiront en même temps l'une vers la gauche, l'autre vers la droite et elles filmeront les participants en faisant un grand travelling jusqu'à se rejoindre en un point disposé sur le cercle à l'opposé de leur point de départ.

— L'idéal, proposa Ted, serait que ce soient Kalima et Awani qui donnent le départ vers la gauche tandis que Tocao accompagné de Ram pour la traduction partent dans le sens opposé afin que les deux jeunes gens se rejoignent au point final, après avoir fait 3 kilomètres chacun, soit la moitié du cercle qui entoure le chantier.

L'intention de Ted n'était pas innocente car il avait une profonde affection pour Kalima et Ram, et il voulait que leur union soit symbolisée par cette circonvolution terminée par une jonction en apothéose. En proposant à Awani, l'Indien « sauvage », et Tocao, le militant « civilisé », d'être aux côtés de Kalima et de Ram, il souhaitait également que les Indiens jouent un rôle majeur dans les scènes à venir tout en représentant la diversité du peuplement autochtone amazonien.

Ram, fruit d'une culture en partie hindouiste et en partie bouddhiste, était également féru de symbolisme. Il expliqua à Kalima que, dans son pays, le cercle est le symbole de l'homogénéité et, ce qui parla encore mieux à la sensibilité de sa compagne, représente l'absence de distinction, chaque point étant l'égal des autres. En l'occurrence, la disposition prévue par Nicolas plaçait à égalité hommes et animaux, célèbres ou inconnus.

Chris, beaucoup plus pragmatique, voyait un autre avantage à l'opposé des précédents dans la disposition en cercle :

— Le cercle, c'est aussi l'enfermement pour celui qui est prisonnier à l'intérieur, et cela me fait penser que, pour la réussite de notre stratagème, il faut s'assurer que le maximum de personnes du chantier, tous niveaux confondus, soient à l'intérieur de notre chaîne quand nous la fermerons.

Kalima, très attachée au rôle et à la participation des animaux, proposa une disposition en alternance : un animal, un humain, un animal, etc. Les animaux terrestres, mammifères et reptiles, prendraient place entre les humains tandis que les oiseaux et les insectes constitueraient une coupole vivante au-dessus de la zone cernée.

Indiens et animaux furent informés et sommairement répartis afin que tout le monde soit prêt au petit matin le jour choisi.

La piste circulaire englobait la totalité du chantier, le barrage, les locaux, les dépôts, les engins et les postes de garde des différents accès.

— Au moment de notre mise en place, expliqua Chris, la quasi-totalité des employés d'Aqua-Luz sera sur le point de se réveiller. Le seul problème que nous allons devoir régler est celui des gardes armés qui surveillent les trois postes d'entrée du chantier. Ces postes sont précisément situés à la jonction entre la piste circulaire et les routes d'accès, il va donc falloir les neutraliser avant notre installation sur la piste, afin d'éviter tout incident.

— Je ne vois qu'un seul moyen, dit Kalima, je vais demander aux insectes d'envahir les cabanes des gardiens et de les terroriser en s'agglutinant autour d'eux, voire sur eux si nécessaire. Quand ils seront rendus inoffensifs, quelques-uns d'entre nous saisiront leurs armes et nous pourrons alors commencer à nous installer.

Arriva enfin le jour fatidique, celui qui allait offrir à l'humanité le plus fabuleux spectacle jamais vu. La météo était parfaite, la neutralisation des gardes s'était déroulée sans incidents, animaux et Indiens avaient encerclé le site d'Aqua-Luz, prêts à rejoindre la piste en attendant un signe.

Aux premières lueurs du jour, Kalima prit place sur la piste, encadrée par un jaguar et un anaconda. Suivaient sur sa gauche Ram entre le jaguar et un énorme caïman, et sur sa droite Awani entre l'anaconda et un tapir. Plusieurs petits oiseaux très colorés, des perruches, des colibris, reposaient sur les épaules des humains ou sur le dos des animaux. Le reste de l'équipe organisatrice, Chris, Ted, Helena, Diaro, avaient été répartis sur le pourtour de la piste pour aider au placement des acteurs.

Malgré plusieurs jours de préparation et une nuit d'approche, il fallut très longtemps avant que tout le monde fût plus ou moins en place. Le premier cercle s'avéra insuffisant pour contenir les 60 000 Indiens et les centaines de milliers d'animaux qui s'étaient présentés. Plusieurs anneaux concentriques furent nécessaires pour contenir la merveilleuse assemblée. Le ciel était constellé d'oiseaux et d'insectes volants qui formaient une immense coupole de près de 2 kilomètres de diamètre et 500 mètres de hauteur. Ils étaient si nombreux que Kalima demanda à ceux que la voûte ne pouvait accueillir de se poser sur les bâtiments et les engins du barrage. D'immenses colonnes de fourmis envahirent l'espace intérieur du cercle, couvrant littéralement le sol. Les grandes antennes relais du chantier et leurs câbles de fixation étaient recouverts d'une myriade d'oiseaux formant d'immenses guirlandes multicolores et vibrionnantes. Quand Nicolas Mulot donna le signe du départ, le jour était levé depuis près de trois heures. Sans trop savoir pourquoi, Kalima demanda le silence le plus absolu.

Elle partit de son côté avec Awani tandis que Ram et Tocao se mirent en chemin à l'opposé. Chacune des personnes présentes vivait l'instant le plus intense et le plus émouvant de toute sa vie. Kalima, au bord des larmes, avait un mot ou un geste pour chacun, humain ou animal. De son côté, Tocao s'attachait à présenter chaque tribu à Ram. Les Indiens étaient parés de leurs tatouages, de leurs apparats de plumes et de leurs bijoux les plus somptueux. De quoi faire s'évanouir le plus endurci des anthropologues.

N'y tenant plus, Diaro, le jeune biologiste, quitta son rang à l'approche de Kalima et lui demanda de pouvoir la suivre. Durant les trois heures que dura la déambulation, il aperçut plusieurs espèces animales, notamment des oiseaux qu'il n'avait jamais vus et certains dont il ignorait jusqu'à l'existence. Au début, intimidés ou effrayés, les Indiens et les animaux ne tardèrent pas à s'accoutumer à cette étrange cohabitation. Les mammifères les plus nombreux étaient les singes : ouakari rubicond, hurleur roux, singe-araignée ou sapajou. Outre les jaguars, les félins, si difficiles à observer en temps normal, offraient à la vue leur magnifique pelage. Puma, ocelot, margay, jaguarondi, etc. La loutre géante cohabitait avec le fourmilier, le tatou, le pécari et le paresseux. Boa et iguane jouxtaient capybara et opossum. Quelques oiseaux trop grands pour faire du surplace dans la voûte aviaire vinrent se poser au milieu des animaux terrestres : ara, ibis rouge, toucan, agami à ailes blanches, ainsi que le gigantesque aigle harpie.

Au fur et à mesure que Kalima et Ram se rapprochaient l'un de l'autre, le cercle se resserrait et l'immense foule des Indiens et des animaux envahissait l'espace du barrage. Le record mondial d'audience télévisée obtenu quelque temps auparavant en Creuse fut pulvérisé. Une des vues les plus saisissantes fut obtenue quand Nicolas fit descendre un drone qui perça la voûte des oiseaux et descendit auprès de Kalima avant de rejoindre Ram en survolant à très basse altitude la première ligne humain-animal. De temps en temps, le réalisateur s'attardait en compagnie de Ram ou de Kalima sur le portrait d'un animal ou d'un Indien. Un énorme caïman ouvrit sa gueule aux dents acérées devant la caméra au point que des milliards de téléspectateurs crurent être engloutis.

Au fur et à mesure que le cercle se refermait, les gens du chantier sortaient des baraquements et étaient poussés vers une vaste place centrale originairement destinée à des rassemblements informatifs ou festifs organisés à leur intention. Dès le matin, Chris et Helena avaient prévenu les gardes que si quelqu'un s'avisait de sortir une arme, il serait immédiatement assailli et si nécessaire éliminé par les insectes et les reptiles les plus venimeux de la jungle. Cette menace, *a priori* virtuelle, suffit à calmer les ardeurs des plus vindicatifs et aucun incident violent ne vint perturber la marche inexorable des Indiens et des animaux dont la vague envahissait le moindre recoin du chantier d'Aqua-Luz. Un grand nombre d'employés, toutes fonctions confondues, avait déjà déserté le site après avoir empoché les aides financières distribuées par Free Amazonia, mais les deux mille restants se retrouvaient coincés et passablement terrorisés par le spectacle inouï dont ils étaient les victimes.

Quand tout le site fut envahi, Kalima demanda aux Indiens et aux animaux de faire preuve de la plus grande sérénité et de montrer un visage apaisé et empathique vis-à-vis des agents d'Aqua-Luz. Le rapport de force était tellement disproportionné et la situation si extravagante que les ouvriers furent soulagés de constater que leur vie n'était pas en danger. Certains avouèrent plus tard avoir même été émerveillés en découvrant la vie sauvage que leur projet s'apprêtait à exterminer. D'abord rassemblés en une masse compacte sur le qui-vive, les employés et les cadres d'Aqua-Luz se mêlèrent à l'immense foule et entamèrent la conversation avec les responsables de Free Amazonia, de l'Alliance et avec les Indiens dont beaucoup parlaient portugais. Les positions exacerbées des uns et des autres avaient jusqu'alors interdit tout échange et tout rapprochement, mais, comme chaque fois que les hommes savent s'écouter, les postures s'effaçaient, laissant place à une curiosité de moins en moins teinte de crainte. Seules quelques brutes, coutumières des exactions vis-à-vis des Indiens et de la faune sauvage, restaient insensibles au merveilleux de la scène, mais le cynisme dont elles faisaient généralement preuve fut neutralisé par la terreur que leur inspirait un contact avec leurs proies habituelles.

Le sort du barrage semblait scellé, mais c'était sans compter la puissance du lobby hydroélectrique et le président du Brésil, Paul Sonaro, en pleine campagne pour sa réélection. Le consortium multinational qui avait financé Aqua-Luz avait déjà dépensé des centaines de millions de dollars et il escomptait un large bénéfice dans les décennies à venir. Si les constructeurs présents sur place avaient été impressionnés, voire traumatisés par l'action des opposants, il n'en allait pas de même des promoteurs, loin des pressions exercées par les Indiens et les animaux car trop accros à une espérance de profits colossaux pour lâcher prise. Quant à Paul Sonaro, dès son premier mandat, il avait supprimé toutes les aides aux services de protection de la forêt amazonienne et des Indiens. Ses différentes interventions, sans ambiguïté, avaient conforté les agro-industriels de la forêt et les trafiquants de bois et d'or qui avaient reçu le message cinq sur cinq et avaient immédiatement amplifié leur emprise sur la forêt et les actions violentes envers les tribus amazoniennes.

— Ce n'est pas une bande de sauvages et quelques bestioles inutiles qui vont empêcher le développement économique de notre pays, avait-il proclamé à la télévision sur un ton martial. Ce barrage va apporter l'électricité et le confort à des dizaines de milliers de familles dans le besoin et répondre aux promesses que nous avons faites d'aider les populations laborieuses de notre pays à acquérir un niveau de vie compatible avec les efforts qu'ils font pour la nation.

Il avait ensuite appelé les personnes concernées à manifester leur mécontentement et à soutenir son programme de modernisation de l'arrière-pays. Puis, entouré d'une brochette de galonnés, il avait fait une déclaration solennelle, ordonnant que l'armée intervienne et investisse le site d'Aqua-Luz pour permettre la reprise des travaux, laissant entendre à demi-mot que les militaires seraient autorisés à intervenir par tout moyen en cas de résistance. Depuis sa première élection, quatre ans auparavant, les incendies de forêt s'étaient multipliés par dix et plusieurs dirigeants indiens avaient été massacrés par des nervis, trop heureux de trouver un appui, même non formulé par le chef de l'État. La situation était d'une extrême gravité et plongea les dirigeants de l'Alliance et de Free Amazonia dans une affliction proche du désespoir.

— Si nous le voulons, dit Ram, il suffit d'engager nos propres troupes, en l'occurrence les insectes venimeux pour anéantir en quelques instants les meilleurs commandos de l'armée brésilienne, mais nous entrerons alors dans une escalade et une nouvelle phase de notre action, contraire à tous nos principes et à nos objectifs de conviction par la sensibilisation.

— Par ailleurs, renchérit Chris, imaginez des dizaines de soldats morts par notre faute et par celle des attaques de la faune sauvage. Il nous faut sans délai trouver une réponse appropriée à la hauteur des enjeux de cette nouvelle offensive de nos ennemis.

C'est alors que se produisit le miracle inespéré. Deux ingénieurs du barrage, une femme d'une trentaine d'années prénommée Ilda et Antonio, un homme chevronné de soixante ans, demandèrent une entrevue à Free Amazonia. Ilda avait déjà eu de nombreux contacts avec Diaro et Helena car elle était chargée des questions d'environnement dans le cadre du suivi du chantier. Bien qu'ayant conscience des dégâts engendrés par le barrage, elle était sensible aux arguments du développement économique des régions reculées et des bienfaits de l'électricité dans les villages pauvres d'Amazonie. Quant à son collègue Antonio, qui avait déjà participé à la construction d'une dizaine de barrages, il avait remarqué et signalé quelques malfaçons sans être entendu par une hiérarchie pressée de finir le travail et peu encline à consentir un surcoût au projet déjà pharaonique. L'entrevue eut lieu sur le site du barrage, dans le campement de Free Amazonia, en présence de Ram, Kalima, Chris, Ted, Helena, Diaro et Tocao.

— Avant toute chose, dit Antonio, nous tenons à ce que cette rencontre reste totalement secrète car nous risquons non seulement notre carrière, mais probablement notre vie.

— Si nous nous sommes décidés à vous aider, ajouta Ilda, c'est que nous en avons assez de subir les ordres parfois inconsidérés de nos supérieurs dont le profit est le seul objectif. Par ailleurs, grâce à vous, nous avons pris conscience de la gravité de nos investissements et du mal que peuvent faire nos travaux.

— Avant tous ces événements, poursuivit Antonio, les problèmes des Indiens nous paraissaient lointains et largement compensés par une amélioration de leur niveau de vie grâce aux nouveaux aménagements que nous leur proposions. Quant à la faune sauvage de la jungle, elle nous paraissait tellement inépuisable que nous pensions que 500 kilomètres carrés de plus ou de moins ne changeraient pas grand-chose à la richesse amazonienne.

— Je ne suis pas tout à fait d'accord avec cette dernière assertion, corrigea Ilda, car j'avais prévu tout un système de compensation et nous devions capturer le maximum d'animaux pour les relâcher plus loin dans la forêt.

Diaro avait une furieuse envie de lui expliquer l'absurdité d'une telle initiative, mais le moment n'était pas à la polémique et il se contenta de sourire.

— Nous vous écoutons, dit Kalima tandis que Ram déroulait les plans du barrage.

— Je vois que vous êtes bien renseignés, constata Antonio sur un ton admiratif, mais je n'en doutais pas vu le bazar que vous avez mis dans notre système informatique.

XXIV

— Comme vous le savez, Aqua-Luz est du type barrage-voûte. Au lieu d'être bloqué par la masse d'un barrage-poids très lourd et très épais, la poussée de l'eau est refoulée sur les flancs de la vallée au moyen d'un mur de béton arqué horizontalement. Sa courbure convexe tournée vers l'amont reporte la pression de l'eau vers les points d'appui sur les rives. C'est la raison pour laquelle nous avons choisi ce site car le rétrécissement de la vallée et les deux parois latérales encaissées permettent de réaliser un ouvrage relativement modeste au regard des surfaces noyées et de la quantité d'eau stockée.

— Si j'ai bien compris, dit Ram, il est crucial que le point de jonction entre les bords du barrage et la paroi rocheuse sur laquelle il s'appuie soit extrêmement solide.

— Parfaitement, confirma Ilda, et c'est là le point névralgique, le point faible de tous les barrages-voûtes.

Antonio expliqua qu'il avait précisément détecté des microfissures à la jonction en rive gauche mais ces dernières avaient été considérées comme négligeables, ce qui était très vraisemblablement le cas. Cependant, cela l'avait alerté sur le talon d'Achille du barrage.

— Si vous parveniez à faire sauter ne seraient-ce que quelques mètres du point d'appui, cela déstabiliserait gravement l'ouvrage et obligerait pratiquement à reprendre l'ensemble, car il est impossible de faire du rafistolage en un point aussi sensible.

Après réflexion, il s'avéra que personne n'était en mesure de réaliser une telle opération qui aurait nécessité des tonnes d'explosifs et des compétences bien spécifiques.

— Et si on parvenait à creuser sous le barrage à cet endroit précis, osa demander Kalima, pensez-vous que cela puisse avoir un quelconque effet ?

— Ce n'est pas exclu, répondit Antonio, mais vous imaginez le travail colossal et qui plus est peu discret que cela supposerait. Si l'armée investit les lieux, ils ne vous laisseront même pas donner un coup de pioche.

Kalima se tourna vers Diaro et lui demanda si la faune amazonienne comptait des animaux fouisseurs.

— Bien sûr, répondit le jeune biologiste, il y en a beaucoup qui vivent dans des terriers, essentiellement des mammifères, des reptiles et des insectes. Le champion dans ce domaine est le tatou qui durant son existence creuse des kilomètres de galeries. Un homme peut rentrer en rampant dans les excavations creusées par un tatou géant, mais il existe plusieurs espèces, toutes fouisseuses, leurs griffes acérées et puissantes leur permettent de creuser sans effort. Chaque terrier est constitué d'une chambre à laquelle mènent des galeries de plusieurs mètres de long. Plusieurs rongeurs creusent également des terriers suffisamment grands pour que des serpents aussi puissants que le boa constricteur puissent s'y réfugier.

Antonio précisa que pour construire le barrage il avait fallu détourner le lit de la rivière et celui-ci passait précisément le long de la rive gauche.

— Si vous parvenez à creuser suffisamment vers l'angle du barrage, nous pourrons facilement ouvrir les vannes du batardeau pour que le Taranaco s'engouffre dans la brèche que vous aurez ouverte, provoquant ainsi un élargissement important et, espérons-le, un effondrement partiel du barrage.

Il n'y avait pas de temps à perdre, Kalima donna l'ordre aux animaux de rameuter tous les fouisseurs dans un rayon le plus large possible. Le site du barrage, abandonné par ses occupants, était presque désert. Quelques jours après, des milliers d'animaux de toutes tailles, sous la conduite de centaines de tatous, se mirent à l'ouvrage. Le temps que l'armée s'installe, une énorme galerie souterraine courait sous le socle du barrage près de la jonction entre le béton et la roche mère. Antonio et Ram rétablirent provisoirement les commandes électroniques des vannes afin de pouvoir déclencher celles-ci à distance sans se faire repérer.

Enfin arriva le grand jour. Après s'être assurée que plus un animal ne se trouvait dans la galerie, l'équipe se posta en hauteur et attendit.

— À vous l'honneur, dit Ram à Antonio, voici la commande à distance, envoyez les flots.

Quand Antonio appuya sur le déclenchement, on entendit le bruit métallique des vannes qui s'ouvrent semblable à celui d'une écluse et le Taranaco libéré s'écoula au pied du barrage dans un somptueux gargouillis. Il s'engouffra dans le tunnel et ressortit dans un superbe panache à l'aval du barrage. Ilda et Antonio avaient installé des capteurs reliés à un ordinateur pour contrôler les vibrations éventuelles de la partie gauche du barrage. Durant la première heure, rien ne se passa, la tension montait dans le groupe quand brusquement les aiguilles commencèrent à osciller de plus en plus vite.

— Ça bouge ! cria Ilda. La force du courant ne cesse d'agrandir la galerie, regardez, l'eau est marron, chargée de la terre qu'elle arrache aux parois de votre tunnel.

Chacun retenait son souffle, si résultat il devait y avoir, il fallait que ce soit dans les heures suivantes, avant que les promoteurs et l'armée ne reprennent possession des lieux.

Puis soudain, un craquement sourd se fit entendre et une grande fissure apparut dans le mur de béton près de la paroi rocheuse.

— C'est tout... s'inquiéta Kalima. Tout ce travail pour ça !

— Détrompez-vous, la rassura Antonio, c'est largement suffisant, le barrage est foutu. Comme je vous l'avais dit, une telle fissure haute de 10 mètres et large de 1 centimètre ne peut en aucun cas être colmatée. Nous avons réussi. Pour remettre en service la paroi, il faudrait la démolir entièrement, reprendre les fondations et remonter un nouveau parement, travail qui nous avait déjà pris six mois. De plus, la rivière ayant repris son cours, il faudrait la canaliser et la dévier, autant dire quasiment tout reprendre à zéro. Une ruine pour les promoteurs, sans parler du recrutement de nouvelles équipes.

D'un commun accord, les Indiens, l'Alliance et Free Amazonia décidèrent de quitter le plus rapidement possible les lieux, non sans avoir préalablement fini de saboter les engins et détruit le réseau informatique.

Lorsque l'armée pénétra sur le chantier, il n'y avait plus âme qui vive. Après avoir découvert la fissure dans la paroi du barrage et les dégâts provoqués par la rivière sous le parement à cause du tunnel creusé par les animaux, les ingénieurs d'Aqua-Luz firent le même constat que leur collègue déserteur Antonio. Le consortium décida d'abandonner provisoirement le projet en jurant qu'il reviendrait, mais la suite de l'histoire leur prouva le contraire et cette partie de l'Amazonie retourna rapidement à l'état sauvage.

XXV

Après les rudes épreuves vécues en Amazonie, Kalima avait besoin de retrouver ses racines et de se reposer.

— Il faut que je retourne quelque temps au Kenya, dit-elle à ses amis de l'Alliance. Mon pays, mes parents et les animaux de notre centre de soins me manquent cruellement.

Elle souhaitait également présenter Ram à sa famille et lui faire découvrir cette Afrique à laquelle elle était profondément attachée. Les deux amants s'étaient juré de ne jamais se quitter et ils projetaient de passer quelques semaines au Kenya avant de se rendre en Inde, chez Ram, afin de sceller leur union de façon plus officielle. Comme si, plus ou moins consciemment, ils éprouvaient le besoin de donner corps à une situation par trop exceptionnelle. Bien qu'elle soit empreinte d'une grande pudeur vis-à-vis de leur entourage, leur liaison n'avait cessé de se renforcer, mais une impression désagréable et lancinante était venue s'immiscer sans que ni l'un ni l'autre n'ose en parler. Ce fut Ram qui, le premier, aborda le sujet :

— Kalima, ma chérie, je t'aime comme je n'aurais jamais cru pouvoir aimer, mais les circonstances de notre rencontre me font craindre que notre amour appartienne au domaine du fantastique, comme l'Arche, le pouvoir sur les animaux ou la relation avec la Terre Mère. Cette aventure prendra forcément fin un jour ou l'autre, qu'allons-nous devenir à ce moment-là ? J'ai peur de te perdre.

— Oh, merci Ram d'avoir eu le courage d'aborder cette question, moi aussi je m'inquiète. J'y ai beaucoup pensé quand j'étais prisonnière en Amazonie, puis, dans le feu de l'action, j'ai omis de t'en parler. Peut-être aussi avais-je peur de la réponse, pas de ta part, bien entendu, mais vu les circonstances, sommes-nous bien certains de maîtriser notre avenir ?

— Je crois, dit Ram, que nous devons en parler à la Mère, elle seule, je l'espère, pourra nous rassurer.

— La Mère, nous devons vous poser une question, très importante pour nous deux. Elle concerne une inquiétude grandissante concernant notre amour et l'avenir de nos relations. Lors de notre premier contact au siège de l'ONU, nous avons immédiatement été séduits l'un par l'autre, comme si une force irrésistible nous attirait mutuellement. Habituellement, on appelle cela un coup de foudre. Or nous savons que cette rencontre n'était pas fortuite. Elle faisait partie de votre plan, puisque vous nous aviez préalablement choisis pour être les représentants des humains sur l'Arche. Vous avez indiqué, par ailleurs, et à plusieurs reprises, qu'une fois la mission terminée tout redeviendrait comme avant, les animaux reprendraient une vie normale sans aucun souvenir de la révolte, et que nous perdrions la faculté de leur parler. Cela, nous le comprenons parfaitement, mais qu'adviendra-t-il de nous deux ? Cette attirance réciproque était-elle téléguidée ? Est-elle bien réelle ou bien va-t-elle s'évanouir comme la mémoire des animaux ? Pardonnez-nous cette défiance vis-à-vis de vous, mais nous avons peur de vivre un mirage et d'être seulement les acteurs d'une histoire dont nous appréhendons la fin.

— Je vous rassure, répondit la Mère, si j'avais le pouvoir de faire et défaire les amours, autrement dit de commander aux sentiments des humains, il y a longtemps que leurs exactions auraient pris fin. Vous savez que j'ai la main sur les choses de la nature. Mais comme vous l'avez vu, vous êtes entièrement maîtres de vos choix et de la manière de mener la révolte. J'ai simplement mis à votre disposition les forces animales. Je n'ai pratiquement aucun pouvoir sur les humains et c'est là que réside le problème : au fil des millénaires, vous êtes devenus incontrôlables en vous affranchissant des lois naturelles. Au début, j'ai été curieuse de voir ces petits bipèdes débrouillards et inventifs mais j'ai rapidement compris. En ce qui vous concerne, soyez tranquilles, si notre opération arrive convenablement à son terme, vous redeviendrez une femme et un homme libres de choisir leur avenir. Quant à la fin, que vous me dites redouter, je crois avoir une petite idée de la façon dont elle pourrait intervenir. Mais il est encore trop tôt pour vous en informer. Vos congénères ont encore besoin de quelques bonnes leçons et je m'étonnerais que vous ne souhaitiez pas, l'un et l'autre, agir en faveur de la vie sauvage dans vos pays respectifs.

Quand ils furent enfin seuls, Kalima vint se lover dans les bras de Ram et lui chuchota doucement à l'oreille :

— Mon Ram adoré, je crois que la Mère a dit la vérité. J'ai la preuve que notre amour n'est pas virtuel et que, quoi qu'il arrive, nous resterons ensemble une fois redevenus des êtres normaux.

— Ah bon ? s'étonna le jeune homme. Je peux savoir ce qui te donne une telle assurance ?

— Évidemment, puisque tu es à l'origine de cette certitude. Je suis enceinte. Au début, j'ai cru à un retard à cause des événements intenses que nous avons vécus, mais désormais tous les symptômes sont présents. Si tu es d'accord, j'aimerais que nous allions passer quelques semaines au Kenya.

La réserve des Green couvrait une surface de 300 kilomètres carrés à la frontière de la Tanzanie, à mi-chemin entre le parc

Masai-Mara (1 510 kilomètres carrés) et celui d'Amboseli (392 kilomètres carrés). Cette situation privilégiée bénéficiait des apports indirects de ses deux grands voisins et servait de passage et de refuge aux animaux lors de leurs migrations. Les Green avaient mis toute leur fortune dans l'acquisition d'un ancien terrain de chasse privé et, par le biais de la fondation, ils avaient progressivement agrandi le domaine grâce à des dons provenant du monde entier. Leur centre de soins avait reçu l'agrément des autorités kenyanes et bénéficiait du soutien matériel et financier du WWF et de l'Union internationale pour la conservation de la nature (UICN).

Kalima était née dans le parc et, dès son plus jeune âge, avait côtoyé la faune sauvage comme d'autres un chat ou un chien. Le parc était partagé entre plusieurs milieux naturels contigus dont la mosaïque créait une richesse inégalée dans cette région. Une grande rivière le traversait du nord au sud, plusieurs lacs restaient plus ou moins en eau toute l'année, abritant ainsi plusieurs milliers de flamants roses. La moitié était constituée d'une brousse boisée, royaume des éléphants, tandis que dans la partie ouest s'étendait une savane peuplée de milliers de gazelles, de gnous et de quelques centaines de guépards et de lions. La rivière encaissée, dans sa portion proche de la Tanzanie, était bordée de falaises rocheuses où nichaient aigles et vautours. La zone la plus sauvage, tout au nord, se perdait dans un immense chaos rocheux, piqueté de buissons épineux où survivaient quelques léopards. Le siège du parc se trouvait à l'ouest, en bordure de la savane, où les observations de la faune étaient plus faciles. Quelques bungalows judicieusement placés en bordure du camp accueillaient des touristes dont le nombre était strictement limité et, de plus, ils devaient s'engager à donner la main au centre de soins.

Le lodge où séjournaient Ram et Kalima était le plus éloigné et le mieux placé, près d'un point d'eau où vivait un groupe d'hippopotames et où convergeait la faune sauvage du secteur.

Chaque soir, au crépuscule, Ram et Kalima se rendaient au milieu des animaux et conversaient avec eux au grand étonnement des guides et des soigneurs du centre. Ces derniers, dont la plupart avaient vu grandir Kalima, éprouvaient une grande affection pour elle, mais c'est à peine s'ils osaient l'approcher, impressionnés et émerveillés par ses mystérieux pouvoirs. Contrairement aux Indiens d'Amazonie qui avaient pu intégrer les prouesses irréelles de Kalima dans leur mythologie en faisant d'elle la fille de la rivière et du dieu Jaguar, les Massaïs ne trouvaient aucune explication aux fantastiques capacités de Kalima et de Ram. Bien avant, ils avaient déjà remarqué qu'au centre de soins elle avait une incroyable facilité à se faire accepter par les animaux, mais de là à communiquer directement avec eux et à parler les langues des diverses tribus africaines, il y avait un gouffre inexplicable, si ce n'était le fait d'une intervention divine.

Ambo, le chef du clan, était également le commandant de l'équipe d'une dizaine de gardes qui veillait au bon fonctionnement de la réserve naturelle et menait la chasse aux braconniers. Dès le début, il y a une vingtaine d'années, il avait soutenu et participé au projet des parents de Kalima qui avaient fondé une ONG et s'étaient battus pour la création de la réserve et du centre de sauvegarde des animaux blessés ou abandonnés. Grâce à ce travail et cette passion pour son terroir, il avait réussi à préserver son clan des dérives touristico-commerciales. Son village était resté authentique, à l'abri des spectacles pitoyables offerts à des touristes en mal d'exotisme.

Bien qu'étant préservé et surveillé, le territoire où vivaient les Massaïs et la famille Green faisait régulièrement l'objet d'attaques de braconniers venus de la périphérie qui abattaient éléphants et rhinocéros pour récupérer les défenses et les cornes. Quelques années auparavant, ces derniers avaient tué Shako, le frère jumeau d'Ambo, et ce dernier leur vouait depuis une haine féroce. Devant la recrudescence des actes de braconnage et la violence exercée sur les gardes, plusieurs gouvernements africains avaient instauré des lois autorisant l'exécution des braconniers dans les cas de légitime défense. La plupart du temps, les tueurs d'éléphants étaient déjà loin quand les gardes découvraient une carcasse, mais les rares confrontations dégénéraient presque systématiquement en bataille rangée, les braconniers hésitant de moins en moins à utiliser des armes de guerre.

Un matin, n'y tenant plus, Ambo demanda à être reçu par Kalima et son père.

— Bonjour, monsieur Green, bonjour, Kalima, nous avons tenu un conseil de village en présence de tous les gardes et nous avons une requête.

— Je t'écoute, Ambo

N'osant pas s'adresser directement à Kalima, Ambo poursuivit :

— Monsieur Green, votre fille et son ami ont des pouvoirs extraordinaires dont nous ignorons l'origine mais qui pourraient nous être très utiles dans la lutte contre le braconnage. Cette semaine, nous avons encore perdu un des dix derniers rhinocéros restant sur la réserve, qui plus est une femelle pleine. En suivant les traces, nous avons constaté que les bracos s'étaient réfugiés dans une zone très dangereuse pour nous, où il nous est impossible de les poursuivre au risque de déclencher une guérilla avec d'autres tribus.

— À quoi penses-tu ? demanda Kalima qui avait déjà une idée sur la question.

— Il faudrait réussir à les coincer sur le territoire de la réserve, afin d'avoir la preuve absolue de leurs méfaits et les faire condamner.

— Et tu voudrais que je fasse intervenir les animaux sauvages, comme en Amazonie ou dans les mers australes ?

— Exactement, l'occasion est rêvée. Si nous parvenions à surprendre un groupe et à l'appréhender, cela servirait d'exemple à tous les autres, peut-être même aux pays limitrophes où les problèmes sont exactement les mêmes.

Kalima était ravie de la démarche initiée par Ambo. Le repos n'était évidemment pas le seul objet de son séjour au Kenya et il y avait longtemps qu'elle avait envisagé d'agir dans son pays. Elle espérait que l'initiative viendrait de ses parents mais l'intervention d'Ambo présentait le grand avantage d'impliquer les populations locales et de pouvoir plus tard leur en attribuer le mérite.

Le soir même de l'entrevue avec Ambo, les Kenyans et Ram décidèrent de constituer une cellule de combat et appelèrent les autres membres de l'Alliance à les rejoindre.

Bien qu'étant à l'initiative de la réserve, les Green s'étaient toujours attachés à travailler en parfaite harmonie avec les Massaïs et à respecter leur identité et leurs coutumes. Comme le répétait à l'envi la mère de Kalima : « Notre rôle est de trouver les fonds pour mener à bien nos projets, pas de dire aux Kenyans ce qu'ils doivent faire chez eux. »

En vingt ans, ils avaient sauvé la vie à des milliers d'animaux, lions, guépards, éléphants, rhinocéros, singes, gazelles, oiseaux, etc. Mais durant ces dernières années, le braconnage avait changé de nature. Jadis pratiquée par des familles pauvres qui tuaient les éléphants avec des flèches empoisonnées essentiellement pour consommer la viande, la mise à mort des géants de la brousse et des rhinocéros était devenue l'apanage d'une mafia internationale très organisée, équipée de véhicules modernes, d'armes automatiques et de moyens de communication performants. La corne de rhinocéros avait acquis une valeur au kilo supérieure à celle de l'or.

Rien qu'en Afrique du Sud, le nombre de rhinocéros abattus est passé de 13 en 2007 à plus de 1 000 en 2017. Sur l'ensemble de l'Afrique de l'Est et du Sud, 20 000 à 30 000 éléphants sont tués chaque année. Leur nombre est passé de 5 millions à

450 000 en un siècle. Les bandes organisées, embauchées par les trafiquants, tuent chaque année plusieurs dizaines de gardes et de rangers chargés de la protection de la faune. Plus les espèces recherchées sont rares, plus leurs produits dérivés, défenses et cornes, sont convoités et exportés à destination de la Chine, du Vietnam et de la Thaïlande. Le rhinocéros noir, le plus menacé, ne compte plus que 5 000 individus et 20 000 pour le rhinocéros blanc. Grâce à l'action des Green et à la complicité des Massaïs, le parc était devenu un havre de paix, mais récemment cette « mine d'or » attirait de plus en plus les braconniers.

La première réunion eut lieu chez les Green, sous la véranda ombragée de leur grande maison. Ram, Kalima, le père de celle-ci, Chris et Ambo avaient pour mission d'organiser les équipes antibraconnage. Étaient également conviés le ministre kenyan de l'Environnement et un attaché du ministère de l'Armée. Le gouvernement du Kenya avait donné son feu vert, trop heureux de montrer au monde qu'il agissait pour protéger la faune sauvage menacée. Ted Paterson et Nicolas Mulot étaient chargés de la communication avec les médias, mais aucune émission en direct n'était prévue car manquait l'unité de lieu indispensable à une telle réalisation. La confrontation avec les braconniers présentait par ailleurs de réels dangers qu'il valait mieux éviter de montrer en direct.

Dans la chasse aux trafiquants, la principale difficulté était le repérage avant que ces derniers passent à l'action, difficulté accrue par l'immensité du terrain à couvrir et la proximité de la Tanzanie où les poursuites étaient impossibles. L'armée kenyane avait mis à disposition deux hélicoptères et 15 hommes très aguerris, membres des commandos d'intervention. À cela s'ajoutaient quatre patrouilles terrestres dans des véhicules tout-terrain. Une telle opération avait déjà eu lieu deux ans auparavant, mais elle s'était soldée par un échec car les forces aéroportées et les hommes d'Ambo n'avaient pas réussi à repérer les braconniers avant d'intervenir. Cette fois-ci, la donne était bien différente car Kalima avait demandé à tous les rapaces de survoler la réserve et d'informer en temps réel l'équipe d'intervention de la présence et de la localisation des trafiquants. Avec l'aide du vétérinaire de la réserve, une puce électronique équipée d'un GPS avait été placée sur le dos de trois vautours. Ces grands rapaces sont d'excellents voiliers et leur vue perçante leur permet de repérer un animal terrestre à plusieurs kilomètres de distance. Leur rôle serait donc de localiser les braconniers et de se maintenir en vol au-dessus d'eux en permanence pendant que les aigles et les faucons beaucoup plus rapides iraient prévenir Kalima et Ram.

Des drones avaient déjà été utilisés pour localiser les braconniers, mais les résultats obtenus étaient limités car la surface à surveiller était trop vaste et ces engins peu discrets.

— Quand les braconniers les aperçoivent, ils tirent dessus et s'enfuient avant l'arrivée des rangers, précisa le vétérinaire de la réserve, alors que les rapaces, présents par milliers, font partie du décor et passeront inaperçus.

Le capitaine du commando fit une proposition des plus judicieuses :

— Pour que nous intervenions le plus rapidement possible, il serait bon de placer une équipe au centre de la réserve afin que les rapaces aient le moins de chemin à parcourir pour nous prévenir. Il faudrait donc, mademoiselle Kalima, que vous fassiez partie de ce groupe avec mon opérateur radio qui retransmettra les coordonnées des bracos à tout le monde.

Ram aurait voulu rester avec sa compagne, mais il apparut indispensable qu'une autre équipe, en mesure de communiquer avec les rapaces, reste au siège du parc avec le capitaine.

— Ne t'inquiète pas, dit Chris, je resterai auprès de ta dulcinée.

— Moi aussi, ajouta Ambo, et je propose de laisser mes deux meilleurs rangers avec votre ami Ram.

Ambo avait réparti les gardes-pisteurs, seuls à bien connaître les lieux, dans chacun des groupes qui, hormis le sien, étaient tous stationnés au siège de la réserve. Le capitaine avait suggéré de disposer les hélicos dans différents endroits, mais Ambo avait fait remarquer, expérience oblige, que le survol d'un trop grand nombre de lieux risquait d'alerter les braconniers. Dans un même souci de discrétion, Kalima, contrairement à sa première idée, renonça à rassembler les rapaces, au grand regret de Nicolas qui voyait là l'occasion de filmer une superbe séquence.

Dans les jours qui précédèrent l'opération, elle et Ram, sous la conduite des pisteurs, sillonnèrent le parc pour prévenir le maximum d'animaux, notamment les éléphants et les rhinocéros afin qu'ils redoublent de vigilance. Ils leur expliquèrent également qu'ils seraient surveillés par les rapaces et, en cas de danger, leur donnèrent la consigne de converger en direction du centre de la réserve vers le point tenu par Kalima et Ambo.

Grâce à la cohésion des clans massaïs et à son prestige, Ambo disposait d'un solide réseau d'informateurs. Chaque renseignement fiable était par ailleurs bien rémunéré afin que les membres des tribus et les gardes ne soient pas tentés par la corruption instaurée par les trafiquants.

En attendant que les braconniers se manifestent, Jim Green invita tout le monde chez lui pour faire un dernier point.

— En résumé, nous aurons deux groupes. Le premier au cœur du parc sera composé d'un hélicoptère et de deux véhicules tout-terrain. Il sera dirigé par Ambo, accompagné de Kalima et de Chris, appuyés par l'opérateur radio de l'armée qui aura également la responsabilité de suivre les vautours par GPS. Trois pisteurs kenyans les guideront et la troupe sera renforcée par les militaires. Le second groupe sera basé ici, au campement, à l'ouest du parc. Il sera composé du deuxième hélicoptère et de deux autres véhicules tout-terrain avec leurs pisteurs et leurs soldats. Il sera dirigé par le capitaine avec mon appui et il assurera la sécurité de Nicolas et de Ted pour leur reportage. Ram sera l'opérateur informaticien, chargé du suivi des vautours et si besoin du contact avec les animaux.

— Tout fonctionne, dit Ram, les vautours sont équipés et ils tournent déjà au-dessus du parc, leur position est parfaitement visible sur chacun des deux ordinateurs de contrôle.

— Pour l'instant, précisa Kalima, aucun signalement n'a été transmis par les rapaces, c'est le calme plat.

— Je crois quand même, suggéra le capitaine, que vous devriez vous rendre à votre poste et attendre le temps nécessaire afin d'être prêt en cas d'intrusion.

Ambo approuva cette proposition et profita de l'occasion pour poser une question qui le taraudait depuis un moment :

— Que va-t-il se passer si les bracos font preuve d'agressivité, ce qui je pense sera inévitablement le cas, car ils seront cernés et ne pourront pas s'enfuir comme d'habitude ? Aurons-nous le droit de faire usage de nos armes et si nécessaire de les tuer ? Par ailleurs, je rappelle à tout le monde que cette opération est extrêmement dangereuse et qu'il y a de nombreux civils parmi nous. Il ne faudrait pas que leur présence entrave nos capacités d'intervention ou, pire encore, que l'un ou l'autre soit blessé.

— C'est bien la raison pour laquelle, dit Chris, j'ai proposé que toi et moi nous encadrions Kalima afin qu'elle ne prenne aucun risque. Quant à Ram, Nicolas et Ted, ils seront sous la protection de l'armée.

Le capitaine tenta de rassurer toute la troupe en précisant que seuls les militaires et les rangers du parc seraient habilités à capturer les trafiquants, tous les autres devraient se maintenir à l'écart et n'intervenir qu'une fois la scène des opérations sécurisée. La soirée se termina autour d'un barbecue géant comme les Green savaient les organiser pour leurs visiteurs.

Le lendemain, à peine l'équipe d'Ambo était-elle arrivée à son poste que celui-ci reçut un signalement provenant d'une tribu massaï amie, installée en Tanzanie, non loin du parc.

Il semblait qu'un véhicule avec à son bord des hommes en armes s'apprêtait à franchir la frontière et à pénétrer dans la réserve. Ambo appela le capitaine pour convenir de la tactique à mettre en place.

— Je crois, répondit celui-ci, et M. Green partage mon opinion, qu'il est préférable de laisser les braconniers pénétrer plus avant dans le parc afin de les prendre en flagrant délit. Vous êtes au centre et nous à l'ouest, une fois que nous les aurons localisés, il sera plus facile de les cerner.

— Je suis d'accord, confirma Ambo, maintenant c'est donc à toi de jouer, Kalima.

Celle-ci appela les aigles présents à proximité et leur demanda de prévenir les vautours afin qu'ils se dirigent vers le sud et se positionnent à l'aplomb des braconniers, mais suffisamment haut pour ne pas être repérés et tués.

Une heure plus tard, un aigle revint pour indiquer que les vautours avaient localisé le véhicule des braconniers.

— Je les ai sur mon écran, confirma l'opérateur radio. Les points de localisation des GPS sont parfaitement nets.

— Et toi, Ram, demanda Kalima, à la stupéfaction du militaire, sidéré par le fait que la jeune femme puisse communiquer avec Ram situé à plus de 50 kilomètres.

— Je les ai aussi, ils montent tout droit vers vous en longeant la rivière.

— Par chance, ils sont en rive droite, de notre côté, observa le père de Kalima. Si on réussit à les coincer, ils seront bloqués par la rivière qui est en crue.

— Il va falloir agir sans tarder, dit Ambo, ils se rapprochent dangereusement d'un secteur où sont cantonnés plusieurs rhinocéros blancs, c'est une savane aux herbes hautes dont ces animaux raffolent.

Kalima interpella un groupe d'aigles qui attendaient les consignes, perchés sur un arbre mort :

— Foncez le plus vite possible en direction des rhinocéros pour les prévenir et guidez-les jusqu'à nous.

— C'est une bonne idée, reconnut Ambo, je propose que nous prenions les bracos en tenailles. Nous allons descendre vers eux tandis que le groupe du capitaine les cernera par l'ouest et le sud.

Le chef des militaires aurait préféré que les ordres viennent de lui, mais il acquiesça, en pensant que, si l'opération était un succès, il serait toujours temps pour lui, une fois revenu à son QG, d'en recueillir les fruits auprès des instances dirigeantes de son pays et des médias. Il compléta le plan d'attaque en ordonnant aux deux hélicoptères de survoler les véhicules des chasseurs et, si nécessaire, de débarquer ses hommes au sol pour compléter l'opération d'encerclement.

Dans un premier temps, les braconniers pénétrèrent sans difficulté dans la réserve, certains d'entre eux, excellents pisteurs, connaissaient presque aussi bien le parc que les rangers. Ils comptaient en effet dans leurs rangs un ancien employé du centre de soins, licencié pour avoir tenté de revendre des défenses d'éléphant confisquées par les gardes.

Les rhinocéros ont des habitudes bien ancrées et ils fréquentent chaque année les mêmes secteurs en fonction de leur potentiel alimentaire. En arrivant sur place, le pisteur trouva immédiatement les traces de trois rhinocéros, mais quel ne fut pas son étonnement en constatant que les mastodontes se dirigeaient vers le nord à grande vitesse.

— C'est bizarre, dit-il à un homme qui devait être le chef de la bande. Ils ont déguerpi bien avant notre arrivée, comme si on les avait dérangés, or je ne vois aucune trace de véhicule ni d'hommes.

— Il doit quand même y avoir quelque part un cadavre, supposa un autre, car j'ai remarqué que des vautours tournent au-dessus de nous depuis un bon moment.

— C'est normal, répliqua le pisteur, ils ont compris depuis longtemps que la présence de véhicules remplis de chasseurs est synonyme de cadavres à venir.

Il était parfaitement exact, en effet, que les vautours se repaissaient régulièrement du corps des éléphants ou des rhinocéros, abandonnés par les braconniers, après qu'ils eurent commis leur forfait et prélevé défenses et cornes.

— Nous allons suivre les rhinocéros, ordonna le chef, sans se douter que ce faisant, il allait tomber dans le piège tendu par Ambo et ses amis.

Tandis que les trafiquants poursuivaient les rhinocéros en longeant la rivière, les voitures tout-terrain de l'équipe d'Ambo et de Jim Green se rapprochaient à toute allure.

— C'est magique ! s'exclama Jim en s'adressant à Ram, assis près de lui. Habituellement, il nous est très difficile, voire impossible, de savoir quand et d'où viennent les chasseurs, par où ils passent et où ils se dirigent. À plusieurs reprises, nous avons réussi à retrouver leurs traces, mais presque toujours trop tard, après qu'ils ont abattu un ou plusieurs animaux. En plus de vingt ans, nous avons seulement réussi trois fois à arrêter toute la bande et nous ne savons toujours pas qui est l'assassin de Shako, le frère jumeau d'Ambo.

Le véhicule des braconniers se rapprochait dangereusement des rhinocéros quand le pisteur toucha l'épaule du chauffeur, signe convenu entre eux, lui demandant de s'arrêter.

— Il y a quelque chose qui cloche, avertit-il en se retournant vers son chef. Les rhinocéros peuvent courir à une vitesse de 50 kilomètres à l'heure, mais ils sont incapables de maintenir cette allure sur une longue distance. Quand ils sont poursuivis, ils se séparent et vont dans plusieurs directions, de préférence dans des zones arbustives où ils peuvent se cacher. Or là, ils se sont arrêtés un instant et ils sont repartis tous les trois, droit vers le nord, en pleine savane. En plus, je ne sais pas si vous avez remarqué, mais on n'a pas vu un seul animal, ni zèbre, ni girafe, ni gnou, même pas d'impala alors qu'il y en a des centaines. On a l'impression qu'ils ont tous disparu comme par enchantement. Faites silence ! J'ai besoin d'écouter.

— La voilà l'explication, dit le chauffeur en voyant un hélicoptère pointer à l'horizon.

— Il y en a un deuxième ! cria le pisteur. Nous sommes repérés. Vite, demi-tour, on fonce à la frontière !

L'échappée fut de courte durée : deux kilomètres plus loin, la piste était barrée par le 4 x 4 des Green et celui des militaires. Impossible pour les fuyards de s'échapper, bloqués à droite par la rivière et à gauche par une colline rocheuse.

— Qu'est-ce qu'on fait ? demanda le pisteur.

— On tire dans le tas et on passe en force.

— C'est du suicide, je ne suis pas d'accord.

L'hélicoptère du capitaine se posta à la verticale et celui-ci prit le haut-parleur :

— Rendez-vous, c'est l'armée du Kenya qui vous l'ordonne. Ne craignez rien, si vous êtes raisonnables, il ne vous sera fait aucun mal.

Et pour bien appuyer sa demande, il fit tirer une rafale de mitrailleuse à quelques mètres devant les trafiquants. L'effet dissuasif fut immédiat, sept des huit occupants descendirent en levant les mains, à l'exception d'un individu dont le large chapeau lui cachait le visage et qui tenait une kalachnikov à la hanche, prêt à faire feu. Le premier hélicoptère s'était posé à une centaine de mètres, tandis que Nicolas, posté dans le second, filmait toute la scène sans en perdre une miette.

Quand Ambo arriva avec son équipe de rangers, suivis par la voiture où se trouvaient Kalima et Chris, la tension était extrême. Les bandits étaient cernés de toutes parts, mais celui qui était apparemment leur chef refusait de descendre. Ambo leva son fusil et le mit en joue.

— Ne fais pas ça ! s'exclama Kalima.

Chris lui prit le bras et lui souffla en se penchant vers elle :

— Ne dis rien, ma puce, cette affaire ne nous regarde pas. Ambo est un guerrier massaï, il a ses propres codes et nous n'avons pas à interférer.

— Pour la dernière fois, hurla le capitaine, posez votre arme et descendez, les mains sur la tête !

Mais l'homme refusait d'obtempérer, sans pour autant se servir de son arme ni dire un mot.

— Rends-toi, Milos ! cria le pisteur. Sans quoi ils vont tous nous massacrer.

Puis se tournant vers Ambo :

— Nous ne sommes que des exécutants. Par pitié, ne tirez pas, c'est lui le responsable du trafic, c'est lui qui a tué ton frère.

À la seconde où Ambo allait presser la détente, les trois rhinocéros sortirent en trombe des blocs rocheux et foncèrent sur le 4 x 4 qu'ils soulevèrent comme un fétu de paille, projetant le braconnier à plusieurs mètres. L'homme resta à terre, il était légèrement blessé à la tête et il soutenait son bras, vraisemblablement cassé.

Ambo se précipita, saisit le casse-tête en os de girafe qu'il portait à la taille et le brandit au-dessus de la tête du braco. Mais soudain, il arrêta son geste, comme pétrifié, l'homme était un Blanc.

— C'est vrai ce que dit le pisteur ? C'est toi qui as tué Shako ?

— Oui, c'est moi. Mais lui ou un autre, c'est pareil, vous êtes tous des nègres et tu ne me fais pas peur. Je...

Le prénommé Milos n'eut pas le temps de finir sa phrase, l'arme traditionnelle des Massaïs lui fracassa le crâne. La sidération avait saisi l'assistance figée et muette. Ambo se redressa et s'avança vers le père Green.

— Pardonnez-moi, monsieur, l'honneur et le respect dus à nos morts exigeaient de moi que j'élimine ce criminel.

Puis se tournant vers le capitaine :

— Je suis à votre disposition, voici mes armes.

Avant que qui que ce soit ne réagisse, le capitaine prit la parole :

— Vous l'avez tous vu comme moi, cet homme a refusé d'obéir à mon ordre et il nous a menacés avec son arme. Il est mort en tombant du véhicule retourné par les rhinocéros.

Chris, qui en avait vu bien d'autres, intervint à son tour :

— Le capitaine a raison, c'est un regrettable accident, dont les rhinocéros ne sauraient être tenus responsables car ils ne faisaient que se défendre face à une agression caractérisée. J'imagine que tout le monde est d'accord avec cette version des faits ?

— Et nous, osa le pisteur, qu'allons-nous devenir ? Je vous jure qu'on ne dira jamais rien.

Tout le monde détestait Milos Kvésic. Il avait fui la Serbie où il se vantait d'avoir participé à des massacres de musulmans.

— Nous travaillions pour lui parce qu'il payait bien et, surtout, il avait menacé de mort toutes les personnes qui le dénonceraient, et nous savions qu'il en était capable.

La situation était très délicate. Arrêter les braconniers et les traîner en justice risquait de les voir déballer toute l'affaire. D'un commun accord, les militaires et les gens du parc acceptèrent la suggestion de Chris de libérer les braconniers. Le geste de mansuétude du capitaine vis-à-vis d'Ambo pouvait par ailleurs paraître très charitable, mais le militaire était un homme subtil et il avait immédiatement compris que l'arrestation du charismatique chef massaï n'aurait rien de glorieux, tandis que la vengeance des rhinocéros était une belle histoire, propre à emballer les médias. Ted et Nicolas promirent de couper la séquence de l'exécution de Milos.

— Une fois n'est pas coutume, dit Ted au groupe de l'Alliance de retour au parc, mais je crois que la raison nous impose de fabriquer un faux.

C'est ainsi que les téléspectateurs virent une poursuite haletante, filmée depuis l'hélicoptère, puis l'arrestation des sept braconniers, la résistance de Milos, l'attaque des rhinocéros et, dernière séquence, le corps du Serbe allongé au sol près d'un 4 x 4 renversé.

Avant le départ des braconniers, Kalima s'avança vers eux, encadrée des rhinocéros qui soufflaient et grattaient le sol, prêts à foncer.

— Sachez que désormais, où que vous alliez, les animaux seront prévenus et que vous serez immédiatement repérés. L'attaque des rhinocéros n'est qu'un exemple de ce qui vous attend si vous persistez dans votre entreprise de braconnage. Le temps est fini où les animaux sauvages subissaient. À compter de ce jour, ils seront en capacité de communiquer avec nous et de vous attaquer si nécessaire. Trois rhinocéros ne sont rien à côté des millions d'insectes capables de vous neutraliser en quelques secondes. Faites passer le message et prenez garde, c'est la dernière fois que nous ferons preuve d'indulgence.

Comme on peut l'imaginer, les braconniers, qui durent retourner en Tanzanie à pied et sans armes, ne purent tenir leur langue, mais aucun accord de réciprocité judiciaire n'existait entre les deux pays et l'affaire en resta là. En revanche, la réalité et la légende firent bon ménage au fil des années et Ambo devint un héros quasi mythique, célébré dans toute l'Afrique.

Comme après l'épreuve amazonienne, Kalima fut profondément affectée par la mort du chef des braconniers.

— C'est la deuxième fois que je vois un homme mourir sous mes yeux, dit-elle à ses compagnons de l'Alliance. J'ai peur que la situation dégénère. Où tout cela va-t-il nous mener ?

— Je comprends ton désarroi, compatit Ted, mais je te fais remarquer que dans les deux cas, ce ne sont ni nous ni les animaux qui sommes à l'origine de ces deux regrettables incidents.

— C'est vrai, poursuivit Ram, mais c'est quand même à cause de nous, ou du moins de l'action que nous avons déclenchée, que deux guerriers appartenant à des tribus ont été amenés à tuer.

— Tu as raison, Ram, répondit Chris, mais dans le premier cas, avec Awani, il s'agissait de sauver un jaguar et, dans le second, avec Ambo, le meurtre du braconnier était avant tout une vengeance. Leur monde n'est pas le nôtre.

XXVI

Les parents de Ram tenaient une petite épicerie dans un village à une vingtaine de kilomètres de la ville de Sawai Madhopur, en bordure du parc naturel national de Ranthambore, dans l'État du Rajasthan, au nord-ouest de l'Inde. Avant d'entrer à l'université, Ram avait fait ses études secondaires à Jaipur, la capitale du Rajasthan. Ses parents s'étaient saignés aux quatre veines pour lui permettre de fréquenter les meilleures écoles, et notamment celle de Bangalore, haut lieu de l'informatique en Inde. Ram en était sorti major de sa promotion. Ses longues études et son travail qui le menaient sur tous les continents l'avaient durablement éloigné de sa famille qu'il ne voyait qu'une ou deux fois par an, pour de courts séjours.

L'aventure de l'Arche et la rencontre de Kalima avaient provoqué chez lui une prise de conscience et un questionnement que sa vie trépidante avait étouffés. La fréquentation de la famille Green et l'harmonie affectueuse qui y régnait avaient fini de réveiller en lui la nostalgie de son pays natal et le besoin de revoir ses proches.

Ceux-ci avaient suivi les exploits de leur fils à la télévision et plusieurs médias indiens s'étaient rendus dans leur épicerie pour essayer d'en savoir un peu plus au sujet de ce jeune prodige devenu une star mondiale. Malgré un contact régulier au téléphone, Ram avait envie d'embrasser sa mère, de la tenir dans ses bras et de saluer son père, un hindouiste pratiquant modéré dont le fils unique était la fierté. Ram avait prévenu ses parents de son arrivée imminente en compagnie de Kalima.

— Kalima, je te propose que nous allions directement à Sawai Madhopur où nous louerons une voiture pour nous rendre au village. J'ai peur que si nous arrivons brutalement, par télétransportation comme nous le faisons partout depuis des mois, le choc soit trop grand.

— Tu as raison, on les appellera depuis l'agence de location pour qu'ils aient le temps d'intégrer notre arrivée.

Tandis qu'ils approchaient du village, ils furent doublés par des dizaines de voitures, sirènes hurlantes, et drapeaux au vent.

— Il y a une fête, un mariage, un pèlerinage ? demanda Kalima.

— Non, c'est bizarre, dans ce cas il devrait y avoir des fleurs, de la musique, des beaux costumes. J'ai plutôt l'impression qu'ils rejoignent une manifestation, mais pourquoi dans cet endroit isolé en pleine campagne ?

Plus ils approchaient, plus ils avaient des difficultés à se glisser entre deux rangées de voitures et de bus garés au bord de la route. Des centaines de personnes marchaient sur le bitume et convergeaient vers un vaste terre-plein où avait été monté un tréteau.

Ram sortit son téléphone et appela son père.

— Nous sommes à trois kilomètres de chez vous, mais c'est pratiquement impossible d'avancer. Il y a une foule considérable. Que se passe-t-il ? Où êtes-vous ?

— Nous sommes toujours à la maison, ne t'inquiète pas, mais soyez prudents et venez vite nous rejoindre, je vais vous expliquer.

— Mais dis-moi, je commence à avoir peur… Que font-ils ici ?

— Fils, je n'ai pas envie d'en parler au téléphone, mais c'est terrible.

Arrivée au niveau de l'estrade, la voiture fut bloquée une dizaine de minutes par une foule en délire.

— Mets un foulard sur ta tête, conseilla Ram à Kalima, je ne sais pas après qui ils en ont, mais ces mouvements de masse peuvent être très violents et les étrangers ne sont pas toujours les bienvenus.

— Regarde, Ram, on dirait qu'il y a des poteaux dressés sur le podium. On voit des silhouettes en carton qui me semblent être des tigres que des gens frappent à grands coups de bâton.

Ram était incapable de comprendre et il se garda bien de demander des explications tant les personnes qui entouraient la voiture étaient excitées. Quand ils arrivèrent au village, le père les attendait en tenant le portail de la cour ouvert. Quand toute la famille fut en sécurité dans le salon, Ram reposa sa question :

— Que se passe-t-il ?

— Il va y avoir une pendaison collective.

— Quoi ? Une pendaison collective ! Mais qui va pendre qui et pourquoi ?

— C'est un suicide, plusieurs paysans, peut-être une dizaine, acculés à la misère vont se pendre en public pour protester.

— Mais c'est dingue ! Contre quoi protestent-ils ?

Le père expliqua :

— De plus en plus de petits paysans sont obligés d'acquérir des graines de céréales OGM qu'il faut racheter chaque année, sans pouvoir en garder une partie pour les semences de l'année suivante, car elles ne sont pas reproductibles. Ainsi ils sont obligés de s'endetter, et au fil des années la dette augmente ainsi que les intérêts exorbitants imposés par les usuriers. Arrivées à un certain stade, les récoltes ne parviennent plus à nourrir la famille qui est réduite à la misère. Circonstance aggravante, ces semences génétiquement modifiées demandent plus d'eau, plus d'engrais et de pesticides très coûteux. Les sols sont pollués, les nappes s'épuisent et les cancers font des ravages dans des populations jusqu'alors préservées de ce type de maladies. Regarde, mon fils, il y a un article dans le journal. Ils disent que depuis 1995 ce sont plus de 320 000 fermiers qui se sont donné la mort.

— Quelle horreur ! s'exclama Kalima, au bord des larmes. Il faut faire quelque chose, allons-y, on va leur parler, il faut les dissuader. Peut-être avons-nous les moyens de profiter de nos pouvoirs !

— Je ne crois pas, répondit Ram en prenant la main de Kalima. Ce problème dépasse de loin ceux qui nous occupent. Notre mission ne concerne que les animaux sauvages. Il est vrai que les questions de l'agriculture intensive et du réchauffement climatique ont un impact sur la vie animale, mais les solutions sont beaucoup plus globales. Souviens-toi, quand nous voulions intervenir pour sauver les ours blancs menacés par la fonte des glaces. Nous y avons renoncé, faute de moyens à notre portée.

— Mais pourquoi les tigres en carton ? Qu'ont-ils à voir avec les semences issues d'OGM ?

— C'est un autre problème, expliqua le père, beaucoup moins grave que les graines, mais dernièrement un tigre a tué la femme d'un fermier qui cueillait des baies dans le parc de Ranthambore. C'est la troisième victime d'un félin cette année dans notre secteur. Peut-être est-ce la goutte d'eau qui a fait déborder le vase ?

— Je comprends ton point de vue sur les semences, dit Kalima, mais pour les tigres, nous sommes en plein dans notre domaine, on doit pouvoir intervenir.

Ram en convint et il proposa qu'après quelques jours passés en famille le couple se rende au siège du parc pour rencontrer les responsables. Comme tout le monde, les parents de Ram, pourtant traditionalistes, tombèrent sous le charme de Kalima.

Ils n'étaient pas adeptes de la pratique des mariages arrangés, mais jamais ils n'avaient imaginé que celui-ci tomberait amoureux d'une « étrangère », encore moins d'une métisse.

Contrairement aux Green, les Gandhi avaient une nombreuse parentèle et Kalima dut faire le tour des oncles, tantes, cousins, etc. Ram, dont les revenus étaient confortables, avait richement doté ses parents qui, sans l'attachement à leur village et à leur métier d'épicier, auraient pu vivre dans un bel appartement, mais tel n'était pas le cas. Pour la première fois de sa vie, Kalima eut l'occasion d'approcher des personnes dont le difficile travail est la seule ressource et le moindre incident peut faire basculer une situation fragile dans la misère. Lui revenaient alors les conversations avec les membres de l'Alliance où se posait la question de l'humanité innocente, voire victime. Depuis le début de la révolte, le sort des animaux n'était plus sa seule préoccupation et Kalima se demandait comment sauvegarder les animaux sans pénaliser la frange la plus fragile des humains.

Une occasion concrète s'offrait avec les délicates relations entre les tigres et les populations locales. Le parc de Ranthambore est un des plus beaux et des plus variés de l'Inde. Il couvre 596 kilomètres carrés dans une mosaïque de milieux naturels composée de multiples rivières, de forêts denses, d'affleurements rocheux et de vastes étendues herbeuses. Cet ancien terrain de chasse des maharajas de Jaipur abrite une cinquantaine de tigres ainsi que des gazelles, des hyènes, des ours lippus, des crocodiles et plus de 150 espèces d'oiseaux. Les excursions organisées pour les touristes, dont l'observation d'un tigre est le clou, procurent le principal revenu de la région. L'Inde est le pays où l'espèce se maintient le mieux malgré une baisse dramatique depuis quelques décennies. Au début du XIXe siècle, l'Asie comptait environ 100 000 tigres, mais leurs effectifs sont tombés à 4 000 environ au début du XXIe siècle à cause de la chasse, du braconnage et de la régression de leur habitat.

En principe, le grand félin ne s'attaque pas à l'homme quand il vit sur un territoire suffisamment vaste et bien pourvu en proies. Mais comme l'expliqua le directeur du parc, l'augmentation exponentielle de la population humaine en Inde a petit à petit grignoté les terrains de chasse du félin qui, faute de proies sauvages, s'attaque régulièrement au bétail qui vient paître jusque dans le parc malgré les interdictions. Les dernières statistiques connues font état de 175 tigres abattus ou piégés durant les cinq années passées. La majorité l'a été par des braconniers qui, comme en Afrique, organisent un trafic à destination des pays asiatiques, les peaux et les carcasses étant très prisées pour la décoration et la médecine traditionnelle.

— Vous avez déjà eu des cas d'attaque mortelle sur des hommes ? demanda Ram.

— Oui, hélas, nous avons eu deux cas ces derniers temps. Le premier, il y a dix mois, sur un fermier qui, dans l'illégalité totale, avait mené ses vaches dans le parc. Le tigre en a attaqué une et le paysan a essayé en vain de la défendre. Le second cas, il y a un mois, est celui d'une femme qui faisait la cueillette des baies en bordure du parc.

— Ce cas serait-il à l'origine de l'énorme manifestation à laquelle nous avons assisté ? demanda Kalima. Nous avons vu que les gens s'acharnaient sur des effigies de tigre.

— Oui c'est une des causes, pas la principale, mais les populations locales déjà fragilisées par la crise de l'agriculture sont très sensibles au moindre événement qui vient s'ajouter à leur désespoir. Ce genre d'incident risque d'anéantir tous nos efforts, car, sachez-le, Ranthambore est un des rares parcs où la population de tigres est en légère augmentation.

Se souvenant que, lors de son arrivée sur l'Arche, il avait été salué par un tigre qui lui avait dit être de son pays, Ram demanda à la Mère de lui envoyer le couple de félins afin de servir d'intermédiaire.

Tous les employés du parc s'étaient regroupés pour faire une haie d'honneur à leurs prestigieux invités. Ram proposa d'organiser une sortie sur le terrain dans un premier temps, uniquement avec la direction, la zoologiste et deux rangers du parc, afin de provoquer un premier contact. Il était convenu qu'ils devaient rencontrer les deux tigres de l'Arche à quelque distance du siège de la réserve. Kalima, qui faisait bien entendu partie de l'expédition, avait décidé de laisser le plus possible la main à Ram pour lui laisser la primeur d'officier dans son pays. Elle avait seulement demandé que personne ne soit armé pour ne pas effrayer les tigres et provoquer un malentendu préjudiciable. À l'approche du véhicule, le couple de félins se posta à proximité de la piste, suffisamment près pour être vus et assez loin pour que la rencontre soit crédible.

— J'en vois deux ! s'écria un des rangers, une jeune femme connue pour ses qualités d'observatrice et de pisteur.

— Ne bougez pas, dit Ram, je les appelle et je vais leur parler. Kalima, veux-tu traduire nos échanges à destination de nos hôtes ?

— Bien volontiers, et je précise que, si vous avez des questions, je me ferai un plaisir de les transmettre aux tigres.

S'adressant à ces derniers, Ram leur demanda s'ils avaient eu le temps de contacter d'autres grands félins dans le parc.

— Oui, répondit la femelle, quelques-uns, ils se tiennent en retrait et viendront si nécessaire.

— Sont-ils au courant qu'un des leurs a attaqué et tué une femme récemment ?

— Non, rien de tel n'a été évoqué. Ils nous ont simplement dit que la cohabitation avec les humains était de plus en plus conflictuelle et que leur territoire ne cessait de rétrécir.

Kalima traduit les propos des tigres dont la teneur ne surprit pas les gestionnaires du parc.

— Voulez-vous que d'autres tigres nous rejoignent ? demanda Ram.

— Bien sûr, répondit le directeur, si vous pouvez nous garantir qu'il n'y a aucun danger.

— Soyez tranquille, notre but est de chercher un terrain d'entente et pour cela il nous faut entendre les différents points de vue.

Les employés du parc avaient déjà vu l'une ou l'autre émission sur les exploits de Ram et de Kalima, mais la scène qui s'offrait à leurs yeux dépassait tout ce qu'ils avaient imaginé.

Deux tigres sortirent de la végétation, puis trois autres et au bout de quelques minutes cinq supplémentaires, soit le quart de l'effectif des 596 kilomètres carrés du parc.

Les bêtes étaient magnifiques, en pleine santé. Elles avançaient lentement en direction des humains, de leur marche chaloupée et puissante. L'un des grands mâles portait un collier émetteur.

— C'est le seul que nous ayons réussi à capturer et à équiper d'une balise Argos, dit le jeune ranger. Nous le suivons depuis un an, il a un territoire immense.

— Puis-je poser une question ? demanda l'animal. Quelle est cette chose posée autour de mon cou ? À quoi sert-elle ? Pourrait-on profiter de l'occasion pour me l'enlever ? C'est une gêne constante et les femelles semblent me fuir.

Éclat de rire général après la traduction. Le ranger expliqua la fonction du collier sous l'œil sceptique du tigre.

— Si vous dites vrai, jeune fille, dites-moi où j'étais ces jours-ci et où se trouve ma tanière.

— Sans problème, hier vous étiez à 10 kilomètres d'ici, au bord de la rivière, à l'endroit où elle fait un grand coude autour d'un marécage. Votre tanière se trouve très loin sous un chaos rocheux dominant la plaine herbeuse où vivent les gazelles. La semaine dernière, vous en avez capturé une sous un des plus grands arbres de la réserve sur lequel se sont posés des vautours en attendant de finir la carcasse.

La stupéfaction du tigre n'avait d'égale que celle des gens du parc. Ram et Kalima étaient ravis, ils n'auraient jamais imaginé une entrée en matière aussi facile dans une ambiance presque joyeuse, loin de la tension des épisodes précédents. Malgré tout, les tigres ne faisaient aucune différence entre les braconniers, les chercheurs du parc et les paysans qui envahissent régulièrement leur domaine. Ram leur expliqua que, contrairement aux braconniers, non seulement les gens du parc ne les chassaient pas, mais qu'au contraire ils faisaient tout pour les protéger, y compris en poursuivant les trafiquants. Quant au problème des fermiers et du grignotage progressif des espaces sauvages, il fit l'objet d'un accord passé dans les jours suivants. Vu le succès des premières rencontres, les dirigeants du parc autorisèrent Ram à mettre en contact les tigres et quelques-uns des paysans vivant aux limites du parc. Nicolas Mulot était absent et la situation était manifestement pacifiée, la télévision indienne fut conviée pour immortaliser la scène.

Une centaine d'Indiens avaient été conviés à une rencontre avec quelques tigres dont tous les spécimens du parc étaient désormais informés. Pour ne pas trop effrayer les fermiers et leurs enfants, cinq tigres seulement avaient été sollicités et Kalima les avait sérieusement briefés afin qu'ils fassent preuve du plus grand calme. Pour plus de sécurité, elle avait demandé à la Mère d'intervenir et celle-ci, qui suivait l'événement depuis l'Arche, lui avait garanti une séance sans nuages. Quand tout fut en place, le patriarche des tigres s'approcha de Kalima.

— Nous avons une surprise pour vous et vos invités. Nous sommes désormais convaincus de votre bonne foi et, pour vous manifester notre confiance, voici le reste de ma famille.

Sortirent alors des fourrés une splendide femelle accompagnée de ses deux tigreaux à peine âgés de trois mois. Les bébés animaux, fussent-ils les rejetons d'un animal présumé féroce, ont la faculté universelle de faire craquer les humains. Ces boules de poil enjouées, encore trop jeunes pour avoir les préventions des adultes, provoquèrent un élan de sympathie quasi unanime. Une petite Indienne demanda à Kalima l'autorisation de les caresser.

— Je suis désolée, chère enfant, mais je crois qu'il vaut mieux éviter. Ce rapprochement que nous avons initié aujourd'hui ne doit jamais faire oublier que les tigres, si mignons soient-ils, sont des animaux sauvages. Nous cherchons à établir un respect réciproque afin que les uns et les autres comprennent que chacun doit faire des efforts pour essayer de vivre en bonne entente.

Ce jour-là, personne n'osa demander si le tigre qui avait tué la cueilleuse de baies était présent. Le mal était fait, l'époux de la victime, présent sur le site, prit courageusement la parole pour souhaiter que les événements présents servent à éviter à l'avenir des conflits mortels entre humains et animaux. Ram et Kalima obtinrent des deux parties un pacte de non-agression, stipulant que les fermiers s'engageaient à ne plus pénétrer dans le parc en échange d'une aide financière les aidant à compenser le manque de terres, tandis que les tigres promirent de ne plus attaquer d'humains, en échange de quoi les agents du parc fourniraient de temps en temps des carcasses d'animaux domestiques pour aider les tigres en période de disette. Il est en effet fréquent que des bêtes meurent dans un troupeau. Les éleveurs seraient alors indemnisés et l'animal, bovin ou ovin, laissé à disposition des tigres. La solution n'était pas idéale, mais les faits sont têtus et cette pratique devait rester exceptionnelle. Tout le monde tomba d'accord pour dire que la meilleure solution consistait à mieux protéger les exceptionnels milieux naturels du parc, afin que les populations de proies et de prédateurs s'équilibrent naturellement.

XXVII

LE HASARD VOULUT que durant l'aventure de l'Arche eût lieu le congrès de l'Union internationale pour la conservation de la nature (UICN). Cette ONG, dont le siège est à Gland, en Suisse, regroupe plus de 10 000 experts et scientifiques originaires de 190 pays. Elle fait autorité pour inventorier les espèces animales et leur attribuer un statut de conservation en fonction de leur degré de menace. Elle a établi une liste rouge mondiale des espèces les plus menacées de disparition et agit pour leur sauvegarde, en concertation avec d'autres ONG et les États concernés. Depuis sa création en 1948, elle publie également une liste des espèces récemment disparues, montrant que le phénomène s'accélère et concerne tous les continents.

La tenue du congrès était une occasion inespérée d'inviter Ram et Kalima, lesquels acceptèrent avec enthousiasme, ravis de rencontrer les plus éminents biologistes du monde. Ils demandèrent toutefois à être accompagnés de Chris et de Ted, tant la perspective d'intervenir devant un parterre si prestigieux était impressionnante.

Les chercheurs, dont le rationalisme est peu sujet à croire au surnaturel, réservèrent pourtant un accueil plus que chaleureux à Ram et Kalima. Leur entrée dans la salle de conférences de Sydney, en Australie, provoqua une ovation qui dura dix minutes. La quasi-totalité des congressistes, comme le reste de l'humanité, avait assisté aux exploits du jeune couple *via* les émissions de Nicolas Mulot. Une fois passée une légitime suspicion pour ces esprits cartésiens, ils avaient été d'autant plus étonnés, émus puis émerveillés que les actions de l'Alliance ciblaient précisément la matière qu'ils étudiaient et venaient conforter leur passion et leur engagement pour la vie sauvage. Quel spécialiste de telle ou telle espèce n'a pas secrètement rêvé d'un contact plus intime avec l'animal, sans les artifices de la science et des techniques modernes. Communiquer avec un anaconda ou un rhinocéros en direct, voilà un fantasme inavoué mais autrement plus jouissif qu'un suivi par radiopistage ou un relevé d'images pris par un piège photo.

Tous étaient bien placés pour savoir combien les exactions commises par les hommes et leurs activités mettaient en péril leur objet d'étude. Combien étaient-ils à enrager face à une perte de biodiversité de plus en plus inéluctable ? Certes, des victoires bienvenues venaient conforter leur implication sans faille, mais combien d'échecs et de pertes pour quelques résultats obtenus de haute lutte.

Alors, voir un projet de barrage dévastateur abandonné ou un baleinier coulé apparaissait comme la récompense de tous leurs efforts, comme une juste et inattendue réparation, comme l'arrivée du héros de nos rêves qui boute les méchants. Difficile d'imaginer la joie et la gratitude des spécialistes des baleines, des associations qui se battent contre le trafic de cornes et de défenses des grands mammifères africains ou des militants comme ceux de Free Amazonia, dont l'ONG est membre actif de l'UICN. À cela s'ajoutait le charme incandescent du jeune couple dont le charisme n'avait cessé de grandir depuis le début de l'opération. Kalima fut invitée à intervenir la première à la tribune de l'UICN après s'être exprimée à l'ONU quelques mois plus tôt, mais entre-temps elle était passée de la protestation, un macareux mazouté dans les bras, à l'action et à la célébrité planétaire.

— Mesdames et messieurs, je suis d'autant plus sensible à votre invitation que mon père Jim Green est un des correspondants de l'UICN dans la section africaine consacrée aux grands félins. Je serai brève car le hasard qui m'a propulsée avec mon compagnon, Ram, à la tête de la révolte des animaux et les pouvoirs qui nous ont été provisoirement concédés ne représentent rien comparés à la somme de vos connaissances et à vos efforts. Comme je viens de le dire à votre président qui m'a posé la question, il nous est absolument impossible de vous dire d'où nous viennent de telles capacités, faute de les perdre, mais sachez que, partout où nous intervenons, nous bénéficions des connaissances que vos travaux ont permis de vulgariser. Si une prise de conscience commence à poindre parmi le grand public, c'est grâce à vous. Ram et moi ne sommes que l'instrument mis à la disposition de notre cause commune. J'imagine que vous bouillez d'impatience de nous poser quantité de questions et de nous faire de passionnantes suggestions, mais, à l'instant où je vous parle, nous n'avons aucune idée de la suite des opérations et des aventures qui nous attendent. Seuls, nous ne maîtrisons pas totalement la conduite de nos interventions et, malgré l'appui de nos amis de l'Alliance, nous sommes dans l'incapacité de répondre à toutes les sollicitations, qui, vous l'imaginez, fusent de tous côtés. Il nous semble que l'important ne réside pas dans le choix de telles ou telles actions, car elles pourraient être innombrables, mais dans le symbole qu'elles représentent. Pour la première fois, l'animal n'est plus une simple victime et il ne se contente plus de subir. Par notre intermédiaire, il a le pouvoir de réagir en combattant, mais aussi, à mes yeux et c'est le plus important, de sensibiliser, de dessiller les yeux de l'homme. C'est bien malgré nous que nous avons été embarqués dans une aventure qui nous dépasse et dont nous ignorons la durée. Je vous en supplie, ne faites pas de nous des héros, voire des dieux comme le croient les tribus amazoniennes. Aidez-nous en mettant votre sagacité au service de notre engagement, en contribuant à ce que tout le monde garde la tête froide, en nous préservant des débordements que notre soudaine et imméritée célébrité risque d'engendrer. Personne ne connaît mieux que vous la gravité de la situation et les remèdes qui pourraient y être apportés. Utilisez notre épopée pour amener le plus grand nombre de nos concitoyens à rejoindre notre cause et mettez toutes vos compétences en jeu pour prolonger et concrétiser les bénéfices de la situation. Quand cette affaire sera terminée, c'est vous qui serez le bras armé d'un changement que j'espère irréversible. Ne surestimez pas nos pouvoirs, mais ne sous-estimez pas non plus nos fragilités. Notre couple n'est que l'image symbolique de l'humanité et s'il faut nous reconnaître une qualité, c'est celle de communier avec nos frères sauvages en totale empathie.

Le président de l'UICN leva la main pour poser une question :

— Croyez-vous que les hommes puissent réellement changer, au point de remettre en cause leur mode de civilisation ? Avez-vous conscience des résistances que sont en train d'organiser les puissants, car ils risquent de tout perdre si votre combat aboutit ?

Kalima, épuisée par son intervention, passa la parole à Ram :

— Sincèrement, nous ne savons pas, mais souvenez-vous malgré tout que c'était l'objectif du sommet de l'ONU. Si ce Congrès de la dernière chance avait tenu ses promesses, notre aventure n'aurait jamais eu lieu. Quant à moi, je suis absolument incapable de tracer les pistes d'un changement fondamental. Nous n'avons aucune leçon à donner à qui que ce soit. Bien que nous n'en soyons pas tout à fait certains, les forces qui nous poussent ne nous ont pas attribué ce rôle. À la communauté des hommes de prendre ses responsabilités et de trouver les solutions. En parfaite complicité avec les animaux, nous avons montré au monde entier à quel point la nature est belle, car nous pensons que l'émerveillement est la base de toute prise de conscience, mais n'oubliez pas que nous avons aussi fait la démonstration de la puissance du monde sauvage quand il a la capacité de ne plus être dans une posture de victime. J'espère que les humains auront retenu la leçon et qu'ils auront compris que la menace qui pèse sur eux est bien réelle. Jusqu'à présent, les animaux sont restés relativement calmes. Aucune vie humaine n'a été perdue directement à cause d'eux, mais vous êtes bien placés pour savoir quelles sont leurs capacités de nuisance. Pour bien me faire comprendre, je vais vous raconter une anecdote : lors d'une conversation entre Kalima et les guêpes, celles-ci ont proposé leurs services en précisant que, si on leur en donnait la possibilité, elles seraient en capacité d'effacer la totalité de l'humanité du globe terrestre en quelques minutes. Dites-vous bien que pour l'instant une telle option est totalement exclue, mais qui peut nous garantir qu'un tel état d'esprit pourra perdurer si nous persistons dans nos erreurs.

Un murmure s'éleva dans la salle. Kalima rentra la tête dans les épaules avec une moue dubitative. Son compagnon n'était-il pas allé trop loin ? Les conversations des membres de l'Alliance avaient quelquefois abordé la question, mais il n'avait jamais été collectivement décidé de proférer officiellement et publiquement une telle menace.

Ted se pencha vers Chris et lui glissa à l'oreille :

— Il est gonflé, le gamin, mais je crois qu'il a raison. Arrive un moment où il faut mettre les points sur les *i*.

— Tout à fait d'accord, appuya Chris, et c'est bien que ce soit lui plutôt que Kalima qui ait pris cette initiative. Je pense qu'à ce stade il est temps de franchir une étape supplémentaire. Le président de l'UICN a bien conscience que les gouvernements climatosceptiques n'ont pas l'intention de baisser les bras. Il faut s'attendre à une réaction violente, d'autant plus que les États-Unis et le Brésil entrent dans une phase électorale où les populistes ont besoin de rameuter les troupes. Je suis persuadé que le coup des guêpes, dont ils ne nous avaient jamais parlé, n'est qu'une arme de dissuasion, mais elle est bienvenue.

— Et notre petite Kalima, dit Ted, tu as vu la qualité de son intervention. Elle a fait de sacrés progrès. On aurait entendu une mouche voler.

Après une série de questions-réponses qui dura plus d'une heure, le président reprit la parole pour clore le débat :

— Un grand merci à tous les deux. Votre présence parmi nous est un immense honneur et un formidable encouragement. Je crois que tous mes collègues seront d'accord pour dire que nous sommes très sensibles au fait que vous nous ayez aussi étroitement associés à votre lutte. Comme vous l'avez suggéré, nous sommes effectivement prêts à prolonger et concrétiser les bénéfices de votre action, car vous nous avez offert une puissante tribune. Grâce à vous, le monde entier a pu découvrir la richesse inouïe de la faune sauvage et l'impact de nos activités sur celle-ci et sur les milieux dans lesquels elle vit. Désormais, plus personne ne pourra dire qu'il ne savait pas. Quant à la menace d'une vraie révolte des animaux, sans la modération dont, je pense, vous êtes les garants, vous avez eu raison de l'évoquer. Les brutes cyniques qui ne veulent rien céder de leur domination et de leurs profits doivent comprendre que l'ère de l'exploitation sans fin de la nature est révolue. Vous savez que l'UICN est composée d'autant de comités nationaux qu'il y a de pays et d'autant de spécialistes qu'il y a de familles animales. Nous allons donc demander à tous nos correspondants d'agir auprès de leurs dirigeants respectifs afin que chacun des pays dans lesquels ils interviennent ait les cartes en main pour savoir quoi faire et quels changements mettre en œuvre pour inverser la tendance mortifère de leurs choix précédents. Encore une fois, un immense merci et tous nos vœux pour la suite de votre aventure.

Durant le cocktail qui suivit, un chercheur australien accompagné du président s'approcha de Kalima.

— Mademoiselle, j'ai bien noté que vous ne pouvez répondre à toutes les sollicitations, mais j'ai bien envie malgré tout de vous poser une question.

— Je vous en prie.

— Je suis responsable du Muséum d'histoire naturelle de Darwin et j'étudie depuis une vingtaine d'années les marsupiaux dont, bien entendu, les kangourous que tout le monde connaît. Mais il existe un carnivore marsupial plus confidentiel et présumé disparu qui est le thylacine, plus connu sous le nom de tigre de Tasmanie. Or, depuis quelques années, nous parviennent régulièrement des signalements relativement fiables d'animaux qui pourraient bien correspondre au tigre. Ces informations ne viennent pas de Tasmanie où l'espèce est éteinte depuis longtemps, mais du nord de l'Australie, plus précisément de la péninsule du cap York, sachant qu'à l'origine le thylacine n'était pas cantonné à la seule Tasmanie mais était également présent dans plusieurs régions d'Australie. Vous qui avez la faculté de parler aux animaux et, d'après ce que j'ai compris, de connaître toutes les espèces encore présentes sur terre, auriez-vous entendu parler de cet animal devenu une créature mythique ?

Kalima fit signe à Ram de s'approcher et lui résuma l'intervention du zoologiste.

— Aurais-tu la gentillesse de te renseigner sur l'existence ou non de cet animal ?

— Sans problème, répondit Ram, je m'en occupe sur-le-champ.

Après qu'il eut été briefé par le chercheur afin de ne pas confondre le thylacine avec d'autres espèces proches, Ram disparut, à la stupéfaction générale.

Le thylacine est un mammifère carnivore marsupial qui, comme les kangourous, possède une poche ventrale pour porter les petits. Il a la taille d'un grand chien et possède une quinzaine de rayures sur le dos, qui lui valent son nom erroné de tigre. Jadis répandu en Australie, il en a disparu à cause de l'introduction du chien dingo, de la chasse et des primes d'abattage. Son dernier refuge se trouvait en Tasmanie jusqu'au début du XXe siècle. Le dernier thylacine sauvage a été tué par un fermier en 1930. Il se serait éteint en 1936 à la mort du dernier représentant connu au zoo de Hobart. Depuis cette date, des signalements font régulièrement état de la présence de thylacines en Australie ou en Tasmanie, mais aucune preuve formelle n'a jamais pu être apportée. De retour sur l'Arche, Ram fut assailli de questions :

— Kalima n'est pas avec toi ? lui demanda la Mère.

— Non, il a fallu qu'elle reste au congrès en présence des meilleurs naturalistes de la planète, mais c'est promis, dès que nous en aurons terminé avec l'Australie, nous reviendrons, nous avons des tas d'histoires à vous raconter. En attendant, j'ai une mission urgente à accomplir. Je dois vérifier si le thylacine ou tigre de Tasmanie est présent sur l'Arche. Il s'agit d'un marsupial qui ressemble à un loup et qui doit vivre soit sur le continent australien, soit en Tasmanie. Voici sa photo, il est facilement reconnaissable grâce à ses rayures noires sur le dos.

— Viens avec moi, dit la Mère, on va poser la question aux animaux. Ceux qui sont sur l'Arche ont la capacité de connaître leur nom et de savoir où ils vivent.

Pour commencer, la Mère entraîna Ram dans la section Australie de l'Arche qui grouillait de plusieurs espèces de kangourous. Après avoir fait une caresse au gentil koala, elle s'adressa aux animaux :

— Y a-t-il parmi vous un thylacine, aussi appelé loup ou tigre de Tasmanie ?

Dans un premier temps, aucun animal ne se manifesta.

— Et si on regardait d'abord dans la section des carnivores, suggéra Ram, puisqu'il semblerait, la Mère, que vous ayez classé les animaux par grandes familles ?

Le premier carnivore marsupial à se manifester fut le diable de Tasmanie, puis le chat à queue tachetée, mais aucun ne correspondait à la taille et à la morphologie du tigre, quand soudain un couple se présenta.

— Je crois que c'est nous que vous cherchez, dit un splendide mâle thylacine en tous points identique à la photo et aux informations fournies par le zoologiste.

Quand la femelle s'avança, quelle ne fut pas la surprise de la Mère et de Ram de voir un petit sortir de sa poche !

— Je croyais avoir invité seulement un couple, s'étonna la Mère.

— Nous le savions, répondit timidement la femelle, mais, au moment de notre transfert sur l'Arche, mon petit était dans ma poche ventrale, c'est la raison pour laquelle nous avons tardé à répondre à l'appel de Ram, nous craignions d'être chassés de l'Arche.

— Mais il n'y a aucun problème, assura la Mère, vous savez bien que depuis des mois qu'existe l'Arche vous avez tous la possibilité d'aller et venir pour vous occuper de vos petits restés à terre.

Réflexion faite, il s'avéra que le cas des marsupiaux était bien particulier et plusieurs kangourous dirent qu'ils avaient fait de même que le thylacine, ne pouvant pas abandonner un jeune trop petit pour survivre hors de la poche ventrale.

— Je reviens à ma mission, dit Ram. Vous êtes donc un couple de tigres de Tasmanie, mais où vivez-vous ?

— Dans le nord de l'Australie, dans une région très sauvage. Notre territoire se trouve à la limite entre une chaîne de montagnes et une forêt dense en bord de mer.

Vérification faite sur les écrans de Ram, il s'avéra que le domaine des thylacines se trouvait bien dans la péninsule du cap York, située à l'extrême nord du Queensland. La pointe de cette péninsule est séparée de seulement 140 kilomètres de la Nouvelle-Guinée. Sur une surface de 137 000 kilomètres carrés, équivalente à celle de l'Angleterre, ne vivent que 18 000 habitants, presque tous regroupés dans trois ou quatre petites villes situées sur la côte. La région est impropre à l'agriculture et elle abrite une chaîne de petites montagnes couvertes d'une forêt tropicale dense et inhabitée.

— Savez-vous s'il y a d'autres tigres de Tasmanie dans votre secteur ? demanda Ram.

— Oh oui ! s'exclama le grand mâle. Il nous faut constamment défendre notre territoire, mais heureusement la région est vaste et il y a suffisamment de proies : des kangourous arboricoles, des lièvres-wallabys, des wallabys des rochers, et des oiseaux dont le principal est l'émeu d'Australie, un genre d'autruche qui est une proie très appréciable.

— Puis-je retourner au congrès de l'UICN en compagnie des thylacines ? demanda Ram, en imaginant le spectacle qu'il pourrait offrir aux scientifiques.

— Certainement pas ! protesta la Mère sur un ton qui désarçonna Ram. Ce sont des animaux sauvages, pas des bêtes de foire. De plus, concernant les animaux, j'ai prévu seulement des allers-retours entre l'Arche et leur lieu de vie, seuls Kalima et toi pouvez aller à votre guise.

Après s'être excusée auprès de Ram pour cette réaction un peu vive, la Mère proposa d'organiser une rencontre, sur place, dans le domaine des thylacines, entre le couple, Kalima, Ram et un ou plusieurs chercheurs.

— C'est une excellente idée, dit Ram en remerciant la Mère et en s'excusant à son tour pour avoir cédé à la vanité et aux sirènes du spectacle.

Revenu à Sydney, Ram annonça la bonne nouvelle, mais, sur les conseils de Ted et du président de l'UICN, l'information se limita aux membres de l'Alliance et à deux chercheurs australiens, spécialistes des carnivores marsupiaux. Ces derniers s'engagèrent à garder le secret au moins dans un premier temps afin de prendre toutes les mesures de protection. Grâce aux pouvoirs conférés par la Mère, Ram se rendit sur le domaine du couple de thylacines afin de repérer les lieux et de relever les coordonnées géographiques précises.

Dans les semaines qui suivirent, l'Alliance et l'université de Darwin organisèrent une expédition sur le site qui se trouvait au cœur d'une savane tropicale arborée, éloignée de tout, au centre de la péninsule du cap York. L'expédition comprenait Chris, Ram, Kalima, le conservateur du Muséum de Darwin et le zoologiste spécialiste des marsupiaux carnivores. Ils étaient accompagnés d'une équipe technique pour la conduite des 4 x 4 et la logistique du camp de base. La portion de savane où vivaient les thylacines était idéalement placée en bordure d'une petite chaîne de montagnes, refuge inexpugnable en cas de danger.

Quelle ne fut pas la surprise des Australiens de voir en chair et en os des représentants d'une espèce réputée disparue ! Grâce à l'intermédiaire de Ram et de Kalima, ils purent communiquer avec les tigres et obtenir de précieux renseignements sur leurs mœurs et sur la présence d'autres familles de thylacines dans les environs plus ou moins immédiats. Si extravagante que leur parût la situation, les scientifiques se prirent au jeu et, au bout de quelques heures, finirent par trouver presque normal d'interroger un animal sauvage quasiment en direct.

Kalima était subjuguée par la découverte d'une savane qui, par certains aspects, ressemblait à celle de son pays, mais était peuplée d'animaux étranges, radicalement différents de tout ce qu'elle pouvait connaître.

Un groupe de recherche fut mis sur pied et l'État australien créa en un temps record une réserve nationale spécialement dédiée à la protection du tigre de Tasmanie. La pose de centaines de pièges photos apporta la preuve inespérée qu'une population viable de thylacines vivait encore dans la péninsule du cap York. Avec le consentement de la Mère et des tigres, Kalima et Ram firent savoir qu'ils ne s'opposaient pas à ce que les thylacines soient équipés d'un collier émetteur qui permette aux scientifiques de suivre leurs déplacements et d'analyser leurs mœurs. Pour la première fois dans l'histoire de la zoologie, des chercheurs purent observer et étudier une espèce animale présumée disparue depuis près d'un siècle. Nicolas Mulot fit des images pour apporter la preuve de l'incroyable découverte et suivre le travail des scientifiques, mais ce fut longtemps après que le public put voir le film sur le « retour du thylacine ».

XXVIII

MALGRÉ TOUTES LES PRÉCAUTIONS prises, le bruit de l'éventuel retour d'une Arche se répandit. Il y a des secrets impossibles à garder tant les événements qu'ils voudraient protéger sont puissants. Par ailleurs, une enquête approfondie, menée par la plupart des services secrets du monde, aboutissait à la même conclusion : il était totalement impensable que les actions engagées pour les animaux le soient spontanément, en ordre dispersé, sans un centre de coordination à l'échelle de la planète et tout naturellement cette probabilité évoquait les différents mythes de l'Arche que l'on retrouve dans bien des civilisations. Les ingénieurs de la CIA avaient choisi de travailler sur cette option et leurs investigations tant intellectuelles que scientifiques les avaient amenés à se concentrer sur un espace marin susceptible d'abriter le plus discrètement possible ce qu'ils avaient baptisé le projet Nemo. Ce nom qualifie en effet pour les géographes le point des océans le plus éloigné de toute terre. Ce dernier, également décrit comme le pôle maritime d'inaccessibilité, se trouve scientifiquement en plein océan Pacifique, à plus de 2 500 kilomètres au sud de l'île de Pâques et à la même distance au nord de l'Antarctique. On peut également le situer à mi-distance entre la Nouvelle-Zélande et la pointe sud du Chili.

Les espions américains avaient concentré tous leurs efforts sur cette zone et, en effet, leurs satellites semblaient indiquer une série de perturbations inexpliquées précisément sur le point Nemo. Les États-Unis décidèrent donc d'envoyer leur porte-avions le plus récent et le plus performant sur le site marin, accompagné de plusieurs navires de guerre, prêts à en découdre avec les bêtes sauvages.

Le président des États-Unis en personne avait décidé de mener lui-même la charge. Ce climatosceptique notoire, totalement inculte en matière d'écologie et qui plus est va-t-en-guerre, avait besoin de remobiliser son électorat passablement ébranlé par les différents épisodes de la révolte des animaux. Bien que la majorité des Américains, comme tous les humains, aient parfaitement reçu le message, celui-ci persistait dans son ignorance crasse et son arrogance, incapable d'admettre une situation qui ne confortait pas son intérêt privé. Il avait enfilé sa tenue de commandant de la marine et trônait fièrement à la proue de la corvette de tête.

Toutes ces manœuvres n'avaient bien entendu pas échappé à Ram qui, inquiet, provoqua une réunion de concertation avec Kalima et la Mère.

— Ne vous inquiétez pas, dit celle-ci, notre Arche est totalement indécelable. Ils ont cru détecter notre présence, tout simplement parce qu'ils ont suivi un raisonnement logique, comme je l'ai fait moi-même en croyant bon de nous éloigner le plus possible des terres émergées.

— Si j'en crois leurs messages que j'ai interceptés, insista Ram, ils affirment que leurs satellites ont enregistré des perturbations au point Nemo, pile là où nous sommes.

— Ce n'est pas l'Arche qu'ils détectent, mais les importants mouvements provoqués par un si grand nombre d'animaux qui s'agitent dans un espace marin limité.

— C'est possible, admit Ram, car ils affirment avoir également perçu une émission de chaleur très élevée, ce qui n'est pas étonnant avec une telle concentration d'êtres vivants, au milieu d'un univers habituellement froid.

— Que va-t-on faire ? s'inquiéta Kalima.

— Rien, répondit la Mère. Laissons-les venir, ils vont avoir une sacrée surprise.

Après quoi la Mère donna une série de consignes aux animaux, demandant à ceux qui étaient sur l'Arche de rester le plus calmes possible et aux animaux aquatiques de s'enfoncer plus en profondeur à l'approche de l'armada américaine.

Ram se remit aux manettes et alluma le radar sur lequel on distinguait très nettement les petits points verts des navires qui s'approchaient. Le porte-avions n'était plus qu'à quelques centaines de mètres et il fonçait droit sur l'Arche. Un léger mouvement de panique commençait à se faire sentir sur le pont où Kalima serrait nerveusement le bastingage.

— Que personne ne bouge ! ordonna la Mère. Vous n'avez rien à craindre, ils ne peuvent pas nous voir, faites-moi confiance.

Sur le porte-avions et les autres navires, personne ne voyait rien en effet, si ce n'est une très légère brume à l'apparence pâteuse et légèrement translucide. Quand le navire amiral ne fut plus qu'à dix mètres, Ram, qui avait rejoint Kalima, la prit dans ses bras et l'étreint comme si leurs derniers instants étaient arrivés. L'immense masse métallique de plusieurs milliers de tonnes était sur eux, le contact était imminent, mais aucun choc n'eut lieu. Le bateau s'engouffra littéralement dans le cœur de l'Arche et de ses habitants.

— Ouvre les yeux, dit Ram à Kalima, c'est fabuleux, ils nous traversent sans que nous ne sentions rien, et pourtant on voit tout.

— C'est vrai, nous sommes dans leur salle des machines et je distingue les avions au-dessus de nous.

Les corps des deux humains et ceux des animaux se mêlaient aux pièces du navire et aux corps des soldats comme des images en surimpression, et pourtant cette gigantesque masse continuait d'avancer à travers l'Arche sans provoquer plus de mouvement qu'une légère brise.

De leur côté, les navigateurs américains étaient en proie à une étrange sensation, comparable à un saut dans une mer gélatineuse peuplée de silhouettes animales. Ils étaient submergés par une matière visqueuse qui ne laissait pourtant aucune trace sur leur peau et leurs vêtements. Tous leurs sens étaient assaillis d'odeurs et de cris sauvages dans lesquels ils reconnaissaient l'un ou l'autre des animaux qui avaient peuplé leurs rêveries d'enfants. Un cow-boy du Texas se sentit traverser par une horde de chevaux sauvages, un mécanicien originaire d'Inde vit un énorme tigre du Bengale se jeter sur lui et pénétrer ses entrailles sans la moindre blessure. Un officier, descendant d'une peuplade inuit d'Alaska, eut l'impression de plonger avec un phoque dans un trou de glace pour échapper aux griffes d'un ours blanc. Ironie du sort, hasard ou facétie de la Mère, le président américain fut traversé par un grizzly d'Alaska, une espèce qu'il avait personnellement mise en péril en autorisant sa chasse en hélicoptère.

Quand l'armada fut passée, la Terre Mère était radieuse, fière de sa démonstration.

— J'avoue que j'ai eu un moment de doute, mais finalement tout s'est déroulé comme je l'espérais.

Le jeune couple et les animaux étaient beaucoup moins sereins.

— Voir un porte-avions et plusieurs bateaux de guerre nous foncer dessus n'est pas un spectacle banal, dit Ram. J'en tremble encore, j'ai bien cru que notre dernière heure était arrivée.

— Moi aussi, la Mère, renchérit Kalima, j'ai une absolue confiance en vous et en vos pouvoirs, mais là, c'est complètement différent. Parler aux animaux est une chose, mais être traversé par des navires et des hommes en est une autre ! Comment est-ce possible ?

— Ne me demandez pas, je n'en sais rien moi-même, j'ai simplement eu une intuition, une confiance impérative. Après tout, cela n'est pas plus étonnant que de convoquer plus de 8 millions d'espèces animales différentes, de vous permettre d'être en une seconde à n'importe quel endroit de la terre, ou de comprendre toutes les langues animales et humaines de la planète. Vous vous souvenez certainement que je vous avais dit avoir une petite idée de la façon dont toute cette aventure allait se terminer. Eh bien, nous y sommes. Je crois que les humains, dont la quasi-totalité a assisté à vos exploits, ont désormais compris qu'ils n'étaient plus les maîtres sur terre, qu'il fallait compter sur toutes les autres formes de vie et savoir partager dans le respect des autres. L'événement que vous venez de vivre est l'élément fondateur de notre dernière étape, celui qui va nous permettre de réconcilier l'homme et l'animal.

— Pardon, la Mère, osa Kalima, mais je ne comprends rien, je ne vois pas le rapport entre des bateaux qui nous traversent et la fin de l'Arche.

La Mère expliqua alors aux deux jeunes et à l'assemblée des animaux que le plus important n'était pas les navires, mais les hommes qu'ils contenaient et surtout l'interpénétration entre ces derniers et les animaux.

— Ce qui a fonctionné dans un sens se fera dans l'autre. Désormais, ce sont les animaux qui vont fondre sur les humains et les traverser. Tous les humains, partout en même temps. Je vais mobiliser toutes les bêtes de la terre, petites ou grandes, qu'elles courent, rampent, nagent ou volent, et leur demander d'assaillir pacifiquement les humains et de se mêler à leurs corps et à leurs âmes, pour que ces derniers retrouvent leur part d'animalité, afin de rétablir cette connexion et cette harmonie avec leur environnement qu'ils n'auraient jamais dû briser.

C'est alors que revint la question des animaux domestiques, d'autant plus que ces derniers présents sur l'Arche s'inquiétaient de savoir quel serait leur rôle.

— La réponse est simple, dit la Mère, nous ne ferons aucune différence entre les animaux sauvages et les animaux domestiques, tous auront la même mission. Tandis qu'un moustique ou un éléphant pénétreront un organisme humain, un chat ou une vache feront de même avec leurs maîtres.

Ram éclata de rire.

— Qu'y a-t-il de si drôle ? demanda Kalima.

— J'imagine la tête de Riton, le braconnier creusois, quand il va voir revenir les « bestioles », comme il dit.

— J'y serai, moi, intervint la poule, je vous raconterai.

Afin d'éviter toute crainte et d'éventuels conflits face à l'assaut, même bienveillant, des animaux, Kalima et Ram, en accord avec la Mère, décidèrent d'accomplir une nouvelle mission : prévenir les humains et faire la démonstration qu'ils n'avaient rien à redouter du contact avec la faune sauvage et leurs frères domestiques.

Pour réaliser cette démonstration, Ram et Kalima choisirent les États-Unis, et plus précisément le parc de Yellowstone, non pas pour convaincre un peu plus le président qui, bien malgré lui, l'était déjà après sa confrontation virtuelle avec l'ours, mais pour terminer dans un lieu magique, qui plus est le premier parc national au monde, créé en 1872. Ils avaient tout d'abord songé à la Chine pour toucher la population la plus nombreuse, mais ils avaient finalement renoncé, craignant que la faune résiduelle de ce pays ne soit pas assez bien représentée après des décennies d'élimination et de trafics.

Dans les semaines qui précédèrent le jour J, Ted Paterson lança un appel dans son journal afin de sélectionner un millier de personnes de tous âges et toutes conditions pour servir de « cobayes » et prouver au monde entier qu'il n'y avait aucun risque à être confronté aux animaux. La sélection fut rude, mais par une belle journée d'automne, aux couleurs flamboyantes de l'été indien, un millier d'humains attendaient dans une vaste prairie, sous l'œil des caméras de tous les pays de la planète, dirigées comme il se devait par Nicolas Mulot. Au premier rang du dispositif se tenaient Chris, Ram et Kalima, dont le ventre rebondi ne laissait aucun doute sur son état de future mère. Bien que n'ayant aucun talent de réalisatrice, la Mère, conseillée par Ram, avait bien fait les choses. À 2 kilomètres, cachés par la forêt d'érables, attendaient des centaines d'animaux : des bisons, des élans, des wapitis, des ours, des loups, des lynx, des loutres, des aigles, des vautours et, pour représenter les animaux domestiques, un troupeau de chevaux.

Avant même de voir le premier animal, on entendit au loin un bruit sourd qui évoquait un roulement de tambour étouffé. Puis soudain, dans un jaillissement inouï, la clairière fut envahie par la cohorte sauvage. Un vent de panique saisit le groupe d'humains dont certains commencèrent à tourner les talons.

— Ne craignez rien ! cria Kalima. Croyez-vous que j'exposerais notre enfant si je n'étais pas certaine du caractère inoffensif de cet assaut ?

Chacun prit solidement son voisin par le bras et attendit le choc, mi-terrorisé, mi-fasciné. Comme sur l'Arche, la horde animale et la masse humaine se fondirent sans le moindre accroc, mais une immense clameur monta jusqu'au ciel. Les caméras dispersées au milieu de la foule enregistrèrent les silhouettes des animaux. Le spectacle était d'autant plus vertigineux que ces derniers étaient parfaitement reconnaissables. Les milliards de téléspectateurs furent piétinés par un troupeau de bisons et de chevaux, saisis dans la gueule d'un loup, capturés dans les serres d'un pygargue à tête blanche, l'emblème des États-Unis. L'effroi qui saisit un grand nombre d'humains fut rapidement oublié grâce au spectacle des animaux et des hommes qui fraternisaient au cœur de Yellowstone sans que, finalement, aucun ne souffre de la moindre égratignure. Pour clore la scène, Kalima prit la parole :

— Les scènes auxquelles vous venez d'assister ne sont que les prémices d'une opération que vous allez tous vivre en direct, où que vous soyez sur terre. Elle a pour but de vous prouver qu'une certaine harmonie entre nous et nos frères animaux est possible.

Dans les jours qui suivirent, pas un seul humain n'échappa à la confrontation sereine avec un ou plusieurs des animaux proches de lui.

Le choc planétaire provoqué par la révolte des animaux et l'interpénétration de ces derniers avec les humains provoquèrent un sursaut chez tous les dirigeants des pays qui, ne serait-ce que pour préserver leurs postes, décidèrent de reprendre leurs travaux là où ils les avaient abandonnés quelques mois plus tôt à l'ONU.

Le Congrès de la dernière chance, comme ils l'avaient précédemment nommé, se réunit donc à nouveau à New York, Kalima en était l'invitée d'honneur.

Craignant de servir de caution à un programme de demi-mesures, Kalima sollicita ses amis de l'Alliance afin d'établir un plan d'attaque, dont tous espéraient qu'il serait le dernier.

Ted estimait que le premier programme aurait pu suffire à inverser la tendance, car il proposait des mesures certes contraignantes, mais suffisamment concrètes et ambitieuses pour modifier la relation des humains avec la nature. Après en avoir détaillé les principaux points, il expliqua qu'il ne fallait laisser aucune chance aux derniers populistes, climatosceptiques et autres ennemis de la vie sauvage. Tous avaient été imprégnés par la confrontation virtuelle avec les animaux, mais il existait de telles brutes parmi eux que toutes les précautions devaient être prises.

— Nos pouvoirs sont intacts, dit Ram, et je propose qu'à l'occasion du congrès nous leur en remettions une deuxième couche.

— Tu as raison, renchérit Chris, quand la maladie est profondément installée, il est parfois nécessaire de majorer la prescription médicale.

— D'après les études de l'UICN, poursuivit Ram, 6 654 espèces de mammifères et 11 524 espèces d'oiseaux vivent sur terre. Je propose qu'un couple de chacun de ces animaux envahisse la ville de New York et converge vers le siège de l'ONU.

— Bravo, mon Ram ! s'exclama Kalima, dont les yeux trahissaient l'admiration qu'elle avait pour son compagnon.

— Ensuite, reprit Ram, nous désignerons quelques-uns d'entre eux parmi les plus représentatifs pour nous accompagner à l'intérieur de la salle de conférences, pour bien signifier aux chefs d'État qu'ils n'ont plus le choix.

Un rapide retour sur l'Arche permit de faire valider ce plan par la Mère qui demanda aux animaux concernés de se tenir prêts. Pour ne pas faire de jaloux, elle invita les couples de poissons et de mammifères marins à rejoindre la baie de New York. Quant aux insectes, ils auraient pour mission, pour les plus beaux d'entre eux, de décorer les façades des avenues menant au siège de l'ONU.

— Je suis fière de vous, dit la Mère, je vous avais donné les moyens d'accomplir votre mission, mais c'est bien vous qui avez pris les initiatives et organisé les différentes actions.

— Grâce à nos amis de l'Alliance, précisa Ram.

— Oui, vous étiez bien entourés et vous avez su trouver de nombreux alliés sur tous les terrains d'intervention. Je pense entre autres à ce naturaliste creusois, aux Indiens d'Amazonie, à l'équipe de Free Amazonia, à l'équipe du *Whales-Peace*, aux chercheurs de l'UICN, aux rangers et aux Massaïs du Kenya, aux agents du parc naturel Ranthambore en Inde.

— On dirait, la Mère, que vous faites un bilan, s'inquiéta Kalima. Serait-ce la dernière fois que nous nous voyons ?

— Je pense que oui, du moins si les humains deviennent raisonnables. Venez que je vous prenne dans mes bras. Je vous considère comme mes enfants. En vous choisissant, je savais que vous aviez toutes les qualités requises, désormais vous êtes à mes yeux le plus bel exemple de l'humanité, celle qui a prévalu pendant des millénaires et que j'espère retrouver.

— Vous pensez, dit Kalima avec un tremblement dans la voix, que l'avenir sera meilleur après tout ce que nous venons d'accomplir avec les animaux ?

— Je n'en sais rien, je connais le passé et le présent, mais je n'ai pas la faculté, comme vous les humains, d'envisager l'avenir. Depuis des milliards d'années que j'existe, je n'avais jamais eu à intervenir directement comme nous venons de le faire. Je ne pensais même pas en avoir le pouvoir. Je me contentais de suivre les évolutions, de les nourrir et de les accompagner. Il a fallu ces deux derniers siècles pour qu'une espèce ait un tel impact sur son environnement, sans que je puisse freiner ses pulsions destructrices, sans même comprendre pourquoi vous étiez si différents des autres êtres vivants. C'est la raison pour laquelle il fallait un couple d'humains sur l'Arche, pour établir le lien entre les animaux, vos semblables et moi. J'aurais pu demander aux animaux d'intervenir, mais ils n'auraient pas su quoi faire, ou alors ils vous auraient massacrés en raison du pouvoir provisoire que je leur ai conféré afin qu'ils comprennent ce que vous leur faites subir. Je le répète : votre rôle a été décisif et tous les animaux ici présents vous seront redevables même si, une fois l'aventure terminée, ils oublieront tout et retourneront à leur vie d'avant, avec cette différence notable qu'ils seront beaucoup plus tranquilles et mieux traités.

Plus la fin de la révolte approchait, plus cette question de l'oubli taraudait les deux jeunes gens. Qu'allaient-ils devenir ? Oublieraient-ils eux aussi ? Resteraient-ils en contact avec la

Mère ? Garderaient-ils la capacité de comprendre et de parler toutes les langues humaines et animales de la terre ? Devraient-ils révéler l'existence de l'Arche ou leur faudrait-il garder leur secret à jamais ?

— Tout va dépendre de la réaction des humains et de la réussite ou non du congrès, répondit la Mère. Il est probable que vous perdiez vos pouvoirs s'ils deviennent inutiles, mais contrairement à tous les autres êtres vivants, vous n'oublierez pas. Vous, les humains, êtes les seuls à avoir la notion du temps et êtes capables d'interpréter les événements qui vous arrivent. Quant à savoir si vous pouvez évoquer l'existence de l'Arche et le rôle que j'ai joué, il vous appartient de décider ce qui sera le plus utile à la réussite de notre entreprise. Quoi qu'il en soit, il vous reste à convaincre définitivement les dirigeants du monde. Tous les animaux vont quitter l'Arche en même temps que vous, mais certains d'entre eux vont vous suivre à New York.

La question du secret était particulièrement délicate ; il appartenait à Kalima et Ram et à eux seuls de choisir.

De retour aux États-Unis, ils passèrent une nuit entière à peser le pour et le contre pour finalement décider de ne rien révéler, ni de l'Arche ni de la Mère, malgré la difficulté extrême de tenir une telle position au regard des sollicitations affectueuses de leurs amis de l'Alliance, qui, depuis des mois, piaffaient d'impatience. Plusieurs facteurs aiguillèrent leur décision. Tout d'abord, ils estimèrent que le mystère était un puissant moteur, propre à entretenir la pression sur leurs semblables. Dévoiler l'existence de l'Arche et de la Mère risquait de démythifier leur aventure et de la banaliser. *A contrario*, il n'était pas impossible que l'aveu de la vérité les fasse passer pour des affabulateurs, tant la chose était littéralement incroyable. Le risque par ailleurs était que, faute d'une explication rationnelle, les pouvoirs dont ils jouissaient les propulsent dans une sphère ésotérique, voire dans un rôle de gourous ou de demi-dieux. Jusqu'alors, ils avaient prétexté ne pouvoir dévoiler leurs extraordinaires facultés faute de les perdre, mais, une fois l'aventure terminée, ce raisonnement ne tiendrait plus.

— Écoute, dit Ram, aucune solution n'est satisfaisante. Bien que l'Arche ait été traversée, personne ne l'a vue. Quant à la Mère, son existence est plus qu'improbable ; quand bien même dirions-nous qu'elle existe et que nous l'avons côtoyée, comment expliquer ces miraculeux pouvoirs, puisque de son propre aveu elle-même ne le peut pas ? Je te propose que nous disions tout simplement ne pas savoir d'où nous viennent de telles capacités.

— C'est un peu léger comme réponse, railla Kalima, limite tirée par les cheveux, mais a-t-on le choix ? Nous allons crouler sous les sollicitations des médias du monde entier. Je pense que si tout finit bien, comme je l'espère et le crois, nous serons heureux de trouver refuge au Kenya, dans le parc de mes parents, loin de la « civilisation ». Quant à nos amis de l'Alliance, ils nous aiment sincèrement et je suis persuadée qu'ils respecteront notre silence.

Entre-temps, Ram avait prévenu les autorités américaines de l'arrivée massive d'animaux à New York. Ted et Chris avaient organisé l'événement avec la mairie tandis que Nicolas avait disposé une dizaine d'équipes de reporters et de caméramans dans toute la ville et à l'ONU.

Le matin du Congrès mondial de la « deuxième » dernière chance, comme l'avait titré Ted ironiquement dans son journal, Kalima et Ram se postèrent près de la baie en attendant de parcourir les quelques kilomètres de l'avenue principale qui les séparaient du siège de l'ONU.

Les New-Yorkais s'étaient installés au bord des rues comme pour la parade du 4 Juillet. La ville de New York avait bien fait les choses : tous les navires ancrés dans la baie ainsi que les véhicules stationnés sur les avenues avaient été dégagés afin de permettre le déploiement de l'étonnant défilé. Pour la première fois dans la longue histoire de l'humanité, les animaux allaient s'exprimer en masse sur le terrain des humains, au cœur de l'archétype urbain.

À tout seigneur tout honneur : la première image prise depuis un drone et diffusée sur les milliards d'écrans de télévision installés dans le monde fut celle du rorqual, le géant de la faune sauvage. Il était accompagné de centaines d'animaux marins et de tortues. Il donna le coup d'envoi en effectuant un gigantesque saut qui éclaboussa les milliers de spectateurs massés sur les quais.

Puis le défilé s'élança à travers les rues : Kalima, encadrée par Ram et Chris, ouvrait la marche, un koala dans les bras. Derrière eux suivait un front d'animaux représentant tous les continents. La Mère avait choisi les espèces les plus emblématiques pour ouvrir la parade et clore l'aventure de la révolte en apothéose. D'un côté à l'autre de l'avenue avançaient de front une girafe, un éléphant, un hippopotame, un gorille, un crocodile, un jaguar, un tigre, un ours blanc, un bœuf musqué, un bison, un renne, un oryx d'Arabie, un kangourou et le fameux thylacine.

Plusieurs cadreurs s'étaient mêlés à la foule des animaux et captaient des images comme jamais personne n'aurait rêvé en faire. La séquence creusoise ainsi que celle du barrage en Amazonie avaient déjà fasciné le public, mais elles étaient sans commune mesure avec la déambulation sur le bitume new-yorkais des dizaines de milliers d'animaux de toutes origines et de toutes tailles. Nicolas Mulot était débordé par l'abondance d'images toutes plus surprenantes les unes que les autres. L'anaconda géant, le grizzly, le chameau sauvage, le panda et la panthère des neiges connurent un franc succès. Les singes, dont il existe des centaines d'espèces, se mirent à escalader les arbres et les façades des immeubles. Des rapaces, des cormorans, des oies et des grues survolaient la ville de façon ininterrompue. Des oiseaux multicolores se posaient sur le dos des grands mammifères et sur les balcons. Les façades étaient littéralement tapissées de papillons et de coléoptères aux couleurs flamboyantes. Dans une même unité de temps et d'espace étaient rassemblées les plus belles créatures de la nature.

La marche était fermée par la cohorte des animaux domestiques, beaucoup plus nombreux et plus séduisants qu'on aurait pu le penser : poules, pintades, oies, canards, lapins, chiens et chats, cochons, vaches, chevaux, zébus, dromadaires, lamas, etc. Arrivée au siège de l'ONU, la tête du cortège s'immobilisa, tandis que les dernières rangées commençaient à peine à s'ébranler à des kilomètres de là, le long de la baie.

Les dirigeants de tous les pays attendaient sous les drapeaux alignés devant l'ONU. Comme la première fois, il y a près d'un an, ce fut M. Brown, Premier ministre du Royaume-Uni, qui accueillit Kalima :

— Eh bien, mademoiselle Green, quelle aventure ! Quel est ce bel animal que vous tenez dans vos bras ?

— C'est un koala, un marsupial arboricole d'Australie.

— J'avoue que cette scène est plus sympathique que celle du macareux mazouté.

— Il ne vous aura pas échappé, monsieur le Premier ministre, que certains événements se sont déroulés depuis. Sur le plan symbolique, nous sommes passés d'une image de massacre à celle d'une complicité affectueuse et j'espère que le temps écoulé et la révolte des animaux auront ramené vos collègues à de meilleurs sentiments.

— N'en doutez pas, Kalima, comme vous allez le constater, nous allons voter à l'unanimité, je l'espère, des mesures encore plus ambitieuses que celles envisagées lors de la première édition.

Bien que la grande salle des congrès soit spacieuse, il n'était pas question que tous les animaux entrent. Kalima et Ram avaient donc prévu d'inviter à l'intérieur certaines espèces, à l'exception des animaux dont le physique trop imposant les condamnait à attendre dans le hall et sur l'avenue.

Après que tous les chefs d'État se furent installés, Ram appela les animaux sélectionnés et leur demanda d'envahir l'allée centrale, les bas-côtés et l'estrade qu'il avait rejointe en compagnie de Kalima. La Mère avait ordonné aux animaux de rester calmes et de ne pas importuner les dirigeants du monde, tout en maintenant par leur proximité une pression délicate mais ferme.

Les plus imposants invités représentant la faune sauvage furent le grizzly et le jaguar, histoire d'impressionner pour le premier le président des États-Unis et pour le second celui du Brésil. Le panda s'installa à côté du président chinois et le thylacine près du Premier ministre australien. D'autres espèces telles que le puma, la gazelle impala, le porc-épic, le pangolin, le chimpanzé, le hérisson d'Europe, le renard, la genette et le loup étaient positionnés dans l'allée centrale. Plusieurs dizaines de chauves-souris étaient suspendues à la rampe d'éclairage de la scène. Malgré la climatisation réglée au maximum, une odeur de fauves régnait dans la salle, à laquelle s'ajoutait celle de la transpiration des chefs d'État qui n'était pas la moindre.

Kalima fut invitée à prendre la parole, mais après un rapide mot de bienvenue, elle céda la place à Ram dont le discours à l'UICN l'avait impressionnée. Le jeune homme gagna le pupitre et, dans un silence religieux, s'adressa à la salle :

— Mesdames, messieurs, merci de nous accueillir lors de votre congrès. Il y a près d'un an, j'étais dans la cabine au-dessus de vous où j'assurais le bon fonctionnement de l'informatique au staff des traducteurs. Au début, j'étais plein d'espoir, il semblait acquis que vous étiez décidés à prendre enfin les mesures nécessaires pour mettre fin au pillage de la terre, au massacre des animaux sauvages et à la maltraitance de leurs frères domestiques. Or quelques minutes ont suffi pour que, sous l'impulsion des forces économiques qui semblent être les vrais dirigeants de la planète, vous abandonniez vos sièges et vos bonnes intentions. Depuis, face à ce qu'on peut qualifier de trahison par rapport aux peuples vis-à-vis desquels vous vous étiez engagés, Kalima et moi avons été invités à rejoindre et à accompagner ce qu'il est convenu d'appeler une révolte planétaire des animaux. Ne me demandez pas comment cela est possible, nous sommes incapables de répondre, mais sachez que les pouvoirs qui nous ont été donnés ainsi que la puissance de réaction des animaux sont intacts et prêts à être réactivés à tout moment si, une fois encore, vous manquiez à votre parole. Comme vous l'avez constaté, la révolte, dont le but était avant tout de sensibiliser et d'émerveiller, s'est déroulée dans une ambiance apaisée. À quelques reprises, en Amazonie et au Kenya, nous avons été contraints d'employer des méthodes plus brutales imposées par le cynisme et la violence de quelques nervis qui menaçaient nos vies, mais dans l'ensemble, admettez que tout s'est relativement bien passé au regard d'événements d'une telle ampleur. Nous ne doutons pas que, parmi vous, la plupart des responsables sont bienveillants, conscients de la gravité de la situation et déterminés à y remédier, mais nous savons également que d'autres sont plus réticents pour ne pas dire franchement hostiles, soit par conviction idéologique ou à des fins purement électorales.

À ces mots, un murmure s'éleva dans la salle et, ici ou là, certains hochèrent la tête en signe de réprobation. Quelques présidents, outrés d'être ainsi traités, manifestèrent leur mécontentement en marmonnant à l'oreille de leurs voisins. Certains animaux perçurent la tension et commencèrent à s'agiter. Ted et Chris jubilaient, car ils avaient briefé Ram afin qu'il ne soit ni trop timoré ni trop complaisant.

Kalima prit la parole pour voler au secours de son ami :

— Mesdames, messieurs, j'imagine ce que certains d'entre vous ressentent. Vous vous dites : nous sommes les hommes les plus puissants de la planète et ce jeune homme sorti de nulle part vient nous donner des leçons et nous traite comme des malfaiteurs. Je comprends votre réaction même si je ne l'approuve pas, mais dites-vous bien que mon ami Ram et moi-même ne sommes pas des illuminés, pas plus que des provocateurs. Nous n'avons pas la grosse tête, comme j'ai pu l'entendre, et nous ne sommes pas non plus des donneurs de leçons. Dites-vous bien que nous parlons au nom de tous les êtres vivants, ce qui nous confère une légitimité au moins aussi grande que la vôtre.

— Pardon de t'interrompre, Kalima, dit Ram, mais je tiens à préciser que nous sommes aussi les porte-parole d'une partie de l'humanité, certainement la plus importante, celle qui souffre des conséquences de l'arrogance de l'homme et de son emprise sans limites sur la nature. Mon intention n'était pas de vous humilier, mais il y a un moment où les choses doivent être dites et je ne voudrais pas qu'en raison d'une trop grande complaisance de notre part vous vous sentiez autorisés à revoir vos engagements à la baisse. Auquel cas, ayez conscience que la réaction des animaux sauvages comme domestiques risque d'être très violente. Je crois que vous avez compris à travers nos actions et en présence de la masse animale ici présente que les humains ne feront pas le poids. Les armes de destruction les plus sophistiquées sont impuissantes face à de minuscules insectes. Lorsque certains d'entre vous se retirent des accords internationaux sur le climat et la préservation de la biodiversité, lorsqu'ils encouragent, même indirectement, à poursuivre le pillage des ressources naturelles, ils prétendent ne pas être responsables des exactions de quelques brutes qui n'hésitent pas à tuer des défenseurs de la nature comme nous l'avons vu en Amazonie, mais, en réalité, ils ont une grande part de responsabilité. Il se trouve toujours quelqu'un de plus fanatique pour bien comprendre le message et passer à l'action. Quand vous laissez impunément perdurer les trafics d'animaux sauvages ainsi que la maltraitance des animaux domestiques, lorsque vos textes de lois autorisent la chasse et la pêche d'espèces au bord de l'extinction, vous êtes directement complices et responsables de la perte de biodiversité qui est au moins aussi grave sinon plus que le dérèglement climatique. Comme l'a titré mon ami Ted Paterson dans son éditorial, ce congrès est celui de la « deuxième » dernière chance et, vous pouvez nous croire, il n'y en aura pas de troisième. Vous l'avez tous remarqué, pendant la révolte des animaux, un grand vent de démocratie et de solidarité s'est levé sur la terre entière, ceux qui n'en seront pas les acteurs seront balayés. Ne prenez pas mes propos pour de l'arrogance, mais comme un encouragement à briser les tabous. Nous sommes parfaitement conscients que le chemin sera rude et que les réformes profondes que vous allez voter ne se feront pas en un jour et sans difficultés. Nous faisons appel à votre honneur, à ceux qui sont en responsabilité et qui ont le pouvoir de faire évoluer les sociétés humaines. Après la révolution industrielle et la révolution numérique, vous avez la chance et l'opportunité d'être les principaux acteurs de la troisième grande révolution : celle de l'écologie. Les décisions que vous allez prendre et leur mise en œuvre devraient conduire à un tournant majeur dans la relation des humains avec la terre et les autres êtres vivants.

Un silence absolu régnait dans la salle. En temps normal, les dirigeants les plus puissants du monde n'auraient pas toléré un seul instant des propos tels que ceux proférés par Ram, mais le rapport de force n'était pas en leur faveur et ils avaient tous conscience qu'en cas de résistance, leur avenir politique était plus que compromis. Même les plus vertueux d'entre eux savent où se trouve leur intérêt.

Pour terminer, Kalima reprit la parole :

— Mesdames, messieurs, merci de nous avoir accueillis et écoutés, nous allons vous laisser poursuivre vos travaux en toute sérénité. Je demande aux animaux de se retirer. En attendant le résultat de vos délibérations, nous allons poursuivre notre démonstration de force et de beauté dans les rues de New York.

Une journée suffit pour que le congrès des Nations unies vote à l'unanimité les nouveaux règlements internationaux. Les résolutions prévoyaient, étape par étape, un changement radical dans tous les domaines qui jusqu'à présent avaient impacté la biodiversité. Chacun savait que la tâche serait ardue et l'adaptation aux nouvelles normes d'une grande complexité, mais le principe et la volonté politique étaient actés. Seul l'avenir dirait si les résultats seraient à la hauteur des enjeux et des espoirs.

De retour chez ses parents où elle s'installa avec Ram, Kalima accoucha d'une splendide petite fille.

— Viens, dit-elle à Ram en prenant le bébé dans ses bras, je veux que la première image qu'elle aperçoive à l'extérieur soit celle d'un animal sauvage

Le couple se rendit près du plan d'eau où venaient chaque soir s'abreuver les animaux du parc et s'approcha d'un jeune guépard à la robe étincelante.

— Tu vois, le guépard, c'est notre fille, elle te salue.

Mais, à la stupéfaction du couple, l'animal ne comprit pas et s'éloigna en courant.

— Et toi, insista Kalima auprès d'un babouin, tu ne veux pas voir ma fille ?

Le singe, pourtant familier des abords du lodge, passa sans même lever la tête.

Le vieux guide massaï, qui avait rejoint les jeunes gens, s'adressa dans sa langue à Kalima, mais Ram ne comprit pas un seul mot de leurs échanges. L'aventure était terminée, Ram et Kalima ne pouvaient plus communiquer avec les animaux, mais la Mère n'avait pas menti, l'amour des deux jeunes était bien réel, comme en témoignait l'humble créature lovée dans les bras de sa mère.

Achevé d'imprimer en mai 2021
sur les presses de la Source d'Or
63200 Riom
Numéro d'impression : 104835

Imprimé en France
Dépôt légal : août 2021
ISBN : 978-2-8129-3226-7
www.deboree.com
livres@centrefrance.com